阿云嘎文集

第五卷　中短篇小说

作家出版社

作家可以没有权力，没有金钱。但是，不能没有尊严。

全区短篇小说重点作家创作会在内蒙古军区招待所召开。左起依次是巴音达来、却拉布杰、孟和博彦、赛音巴雅尔、苏荣巴图、莫·阿斯尔、巴·格日勒图、阿云嘎

目　录

额吉的心

一

都贵玛额吉，昨晚头挨着枕头就做梦了。

眼前，是苍茫的一片草原，但不知是哪里的草原。哦！这不就是我活到六十八岁从未离开的、查干河岸的斯尔古林台地吗？你看，那神奇的高压线架子，不是还在呼呼响吗？忽地，远远看见一个骑马的人，如离弦的箭一样，奔着她呼啸而来。骑马的人近了，他帽子上的红五角星更加明亮了。眨眼工夫，他就来到眼前，噌地跳下马，行了军礼。“额吉，您可好？”他的蒙古语说得还不太利索。她瞧着眼前的战士，愣了半天。突然，她认了出来，并大喊：“虎子？我的好孩子！”她上前一把抱住战士，潸然泪下。她顾不得擦拭噙满双眼的泪水，细细打量着虎子。这孩子，比以前更壮实了，长方脸上也长了不少肉，又圆又亮了。“虎子，我的孩子，你的伤都好了吗？”都贵玛老人倾诉起三十年来从早到晚萦绕心头的思绪。可是，虎子并没有立刻回应她——梦境就是这样光怪陆离——瞬息间，场景切换到了三十年前的查干河的台地上。

眼前，一片烟雾缭绕，高压电线的架子也不见了踪影，只有一座刚刚支起来的四个哈那（毡壁）的青色小包。都贵玛额吉旁边站着的也变成了三十年前的虎子。沉默寡言、姑娘一样腼腆的小战士，低头把弄着缰绳。过了许久，对着都贵玛额吉说："额吉，将来我一定会回来看您。您跟我亲生妈妈一样，查干河也是我的故乡。"说完，小伙子跨上马背，向着天边奔驰而去，不一会儿跑出了视野。都贵玛老人感到茫然无措，想大喊一声，却叫不出声，从一阵憋闷中醒了过来。

虽然只是在梦里见到了虎子，但是记忆却清晰可见。这让都贵玛真真切切地见到了虎子一样，喝早茶的时候都挂着笑脸。

她的儿媳妇突然想起一件事，从背包里掏出来几大包的草药。儿媳还说："额吉，有人给您捎来药了，说是对腰腿病特别管用!""嗯？谁给我捎的？"都贵玛老人好奇地问道。儿媳答道："从呼和浩特来的大夫，叫王猛虎。他听说您有腰腿病专门给捎来的。昨晚开会的时候会计转交给我的。""王猛虎？"都贵玛额吉哽咽了一声，默念道，"我的梦真灵验啊，我的虎子到底是回来了。"

看见额吉"犯了老毛病"，一旁的儿媳笑着说："额吉，您别又是认错人了吧？重名的人可多着呢。"都贵玛额吉却执拗地说："如果不是虎子，咋会给我捎来这么多药？"

虽然暂时还不能确定捎来药的王猛虎就是自己日思夜想的虎子，但是，这几包药着实让她热乎乎的了。老人暗自下定决心，喝几天捎来的药，腿脚见好了，一定去见见他。

二

一提起"王猛虎"的名字，都贵玛额吉就久久不能平静。不单如此，甚至见到一位支边的汉族小伙子，她都能想起虎子。

解放后，草原上有了第一条公路。每当门前驶过载满粮食或者货物的车辆，她就站到门口，希望能从那些内地来的司机里见到自己的虎子。为了勘探草原上丰富的矿藏，这里来了一拨科考队。她的眼里，在烈日下、暴风雨中，用各种工具不分昼夜忙活的小伙子们，跟虎子干活的神态简直一模一样。

一九五八年认错人的那次是最有趣的。那件事发生在支起高压电线架子的时候。当时，在查干河的台地上，来了一群建筑专家和工人，持续奋战了好几个月。他们筑起一座水电站，又支起许多高压线的架子。来的人里不仅有蒙古族，还有不少操着各地方言的汉族小伙子。有一天傍晚，一场暴雨后，都贵玛额吉正在参加羊群小组的会。这时，生产队的书记急忙跑过来通知道："壮劳力马上到工地上的医疗帐篷集合。"说完，他跟摸不着头脑的大伙儿解释道："哦，事情是这样的。今天的大雨中，刚刚支起来的架子，禁不起大风，有一处脱焊了。正摇摇欲坠的时候，路过的建筑专家王猛虎同志看到了险情，他不管三七二十一地爬上高架，把脱焊的地方加固了。谁承想，他刚弄好准备下来时，一阵大风刮来，把他重重地摔到了地上。现在伤势很严重，需要马上输血！"

闻听消息后，大伙纵身跃起，全出动了。那时，谁也没有注意到都贵玛额吉的脸上早已煞白了。"王猛虎啊，难道你在查干河的边上流两次血吗？"都贵玛额吉呆呆地站了一会儿，恍惚间跟着纷纷起身赶着去献血的人们出发了。大家劝她，这么大年纪就不要去了。可是，她的语气很坚决："我要去见儿子！"

都贵玛额吉一直守在建筑专家的病床前，两天两夜都没离开。医生、护士来病房时，她眼含热泪地哭求着："让这孩子快点儿好起来吧！"医生告诉她"没事了，他一定能康复"后，她才稍稍放下了心。人们看着都贵玛额吉的举动，对这位长了一张清瘦的脸、高鼻梁又戴了一副近视眼镜的建筑专家就是当年救过都贵玛额吉的战斗英雄深信不疑了。

其实，那天傍晚都贵玛额吉一进帐篷，只看了一眼在雪白的病床上躺着的那个人，就已经知道这位专家"不是自己的虎子"了。只是，两个王猛虎都让她感受到了莫名的亲切和温暖：一个在强盗们的枪林弹雨中面无惧色，冲锋陷阵；一个在暴风骤雨中不顾安危，爬上高架。她轻轻地抚摸着建筑专家的额头，打心底里叫了一声“儿子”。

三

几日后，都贵玛额吉的草药也快喝完了。因为身子轻快了许多，所以，她想第二天去见见那个王猛虎医生。不过，天公不作美，下午就下起了大雨，直到傍晚都没见放晴。如果明天雨还不能停，都贵玛额吉的计划恐怕要推迟了。

户外，突然一阵狗叫。门被拉开，进来一位穿着雨披的人。他脱下雨披，露出了一张稚气未脱的红脸蛋儿。他笑眯眯地向她们问候：“你们好!”婆媳二人诧异地盯着这个最多二十岁的小伙子。他戴了一顶白帽，应该确定是医生了。婆媳俩随即起身，让医生换了一身干净衣服，还给倒了一碗热茶。“同志，你就是王猛虎吧?”额吉问道。小大夫说：“啊? 不是。王猛虎医生要给病人做手术，去生产队了。临走时，他嘱咐我从今晚开始给额吉您做针灸治疗。”

“哦，孩子。那你为什么不等雨停了再来呀? 黑夜里迷路了，可不是开玩笑的。”都贵玛额吉开口就责备起来。没承想，小医生却一脸严肃地说：“不行啊，额吉。针灸必须在吃完药的当天开始才有疗效呢。从今晚开始，我每天来给您扎针。”

开始针灸了。

都贵玛额吉心中填满了期待。她问道：“孩子，你们那个王猛虎医生到底长啥样啊?”小医生顿了一下，说：“长啥样? 您认识他吗?”

“应该认识。”都贵玛额吉又说道，“孩子，你不知道啊。三十年前，一个叫王猛虎的小伙子为了救我受了重伤。那时，他比现在的你还小呢。可怜的孩子!”“三十年前？……王猛虎?”年轻的医生眨巴着眼睛，好奇地问道，“到底发生过什么事情啊?”

“哎!”额吉叹了一声气，慢慢地讲述起那一段难忘经历：“那时候，解放军刚来，国民党的一撮残留队伍没有被完全消灭。而且，他们还经常冒出来在各地烧杀抢夺。有一天，那些坏家伙就来到我们家了。他们正肆无忌惮地抢东西的时候，那孩子赶来放了几枪。结果，强盗们吓得一溜烟跑得无影无踪了。要说那孩子，不仅动作麻利，还非常勇敢。但是，躲在羊圈里的一个强盗，发现解放军只来了一人，就从暗处放了个冷枪。好在，那家伙的手脚哆嗦着，枪子儿并没有射中。那时，刚刚下了马，还没来得及跟我问好的小战士，大喊一声，用自己的身体挡住了那颗子弹。就那一瞬间，枪响了。战士也抬起手里的枪，毫不犹豫地扣动了扳机。我只看到对面的强盗应声倒下了。等他转过脸的时候，我才发现这名战士还是一个孩子呢。看着也就十六七岁的样子，个子不高，但很精神，长方脸，看着就机灵。我看到他军装的衣角在滴血，就一把抱住了他。但是，除了喊一声‘孩子’，我啥也说不出来了……”

“后来呢?”年轻的医生被额吉讲的故事吸引住了。

“后来，我知道了他的家离这儿很远，在一个不分冬夏、永远暖和的地方。他叫王猛虎，所以，我就叫他虎子了。他们一个排在查干河边驻扎了半个月。那时，我每天守在虎子旁边，不分昼夜地照顾着他。不要觉得半个月很短，我们俩真的是像母子一样相处的。半个月后，虎子的伤好差不多了，就跟着部队出发了。虎子呢，就这样走了，他不可能留下来的。临走时告诉我，日后他一定会回到查干河，参加这里的建设。只是，已经过去三十年了，一直也没有音信……”

都贵玛额吉说到这儿顿了一小会儿。外面，雨还在哗哗地下，屋子里却沉静了许久。

最后，都贵玛额吉的儿媳妇开口，打破了沉重的气氛：“同志，你们的王猛虎同志，跟我额吉说的是一个人吗?”小医生有些难为情地摇了摇头，说：“我们的那个王猛虎，今年才二十七岁。”

“是吗?”都贵玛额吉再没吱声。屋子里更安静了。

小医生做错了什么一样笑着说：“额吉，您别伤心了。现在，我们都是您的虎子，不是吗?”

都贵玛额吉没有过分地失望，也好像被刚才小医生说的“我们都是您的虎子”深深地打动了。这一刻，那些每天拉着货物、往来穿梭的驾驶员，顶着烈日、冒着风雨探寻宝藏的科研人员，大旱季节送来清水的空军驾驶员，高鼻梁、凹眼睛的建筑专家，和眼前的小医生以及仍没有重逢的王猛虎医生……一个一个的面孔浮现在额吉的眼前，让她感觉到与自己日思夜想的虎子没什么两样了。

第二天，雨晴了。草原依旧辽阔，美丽。都贵玛额吉送小医生出来，紧紧握着他的双手。小医生感受到了额吉的手是那么地温暖，那么地有力量……

额尔德木图　译

老实人和他的妻姐

旗人事局的局长——齐木德，是一位新近提拔的年轻干部。人们谈论他的时候都会说：“齐木德啊，可是老实人哪！”不过，他的姐姐，准确地说是他的大姨子——斯琴格日乐，自打认识以来，这么多年就没看上他。说起他们之间的矛盾，不过都是些琐碎的小事，或者是毫无关联的芝麻大点儿的事，不仅索然无味，更不值得大书特书。

细琢磨的话，一切的根源可能都源于所谓的“老实”这个说法。

一　两个“镜子”

那是前年的前一年，就是大前年的事。斯琴格日乐正在打扫阅览室——她是图书馆的工作人员——斯琴花一脸笑容地走进来。看起来她有些犹豫，咬着下嘴唇站了半天。最后，还是下定决心，开了口：“姐，我有人了……”

“啊？谁呀？”

“就是我们单位的，齐木德。”

斯琴格日乐快速在脑子里过了一遍在旗政府工作的、还算不错的小伙子们，可是，无论如何也想不出一个叫齐木德的年轻人。她有些担心地问妹妹："啥样的人啊？"

斯琴花不知道咋回答这个问题了。在她心里，齐木德就是最好的小伙子。不过，她不好意思当着姐姐夸自己的男朋友，只是说了一句："人们都说他是一个'老实人'嘛。"

"呵，老实人？"

"姐，老实人不行吗？"斯琴花看着姐姐，急切地说。因为，姐姐的脸上明显露出了不高兴和一丝不屑的表情。

"人们说他'老实'是啥意思？"

斯琴花噗地笑了出来，说："姐呀，老实人就是好人，是可靠的、可信的人呗。"她指着书架上的各类词典，说，"你不信，翻翻这些词典啊！你一定能看到'老实，即一种好性格'……"

斯琴格日乐瞥了一眼兴奋头儿上的妹妹，就以一个"有社会经验的人"的口气教育道："你这个傻瓜。这些词典当然可以照镜子一样随时看，但是，有一种东西可是很难能从词典上得到解释的。那就是人心！它不像照镜子一样，一眼就能看清楚的。你得明白这个道理。"

"姐，那照你心中的词典，该怎么解释'老实'呀？"

斯琴格日乐没有吱声，但是她心里却"明镜似的"。依她看来，老实等于懦弱、窝囊、无能……只是当着妹妹，没好意思直说，所以，她有些憋气，甚至用一种怜悯的目光看着妹妹。她心想，我们家斯琴花，既聪明又漂亮，将来如果跟了那个窝囊的东西，那一辈子只剩受苦受累了。唉！到时候，连打柜子的木板儿、招呼客人的一瓶酒都拿不出来，可咋办？更别说将来孩子上个好学校、找个好工作那些遥远的事情了……

不过，她到底没说出来，只是不咸不淡地留了一句"还是互相多了解了解，多想一想吧"。

二 从可怜、厌烦到尊重、亲近的“骤变”

斯琴格日乐总算见到齐木德了。只见小伙子长得清秀，话也少，显得很稳重。斯琴格日乐以过来人的眼光端详了许久。她想，总要看看到底是怎样的人再说吧。

没过多久，齐木德参加工作队下了基层，这一走就是一年。当时，不少人只是名义上“下乡”了。也就是说，被褥留在乡下了，人还在城里自在快活。有的即便下去了，但是挨不了几天，就以“汇报工作”“看病”等种种理由回到镇上，猫在家里待上十天半个月。齐木德没这样，下去之后整整一年也没见到他的影子。前些日子，刚听说他跟牧民一起打井呢，没过几天又说忙着剪羊毛呢。真正到了一年期限后齐木德才回来。再见到他时，除了脸晒得比以前黑了许多以外，根本不像别人似的，大小拎回来点儿什么“收获”。一套被褥上面，只多了一纸奖状。斯琴格日乐看着齐木德，都替他冤得不行。

齐木德回来没十天，上面又要派出第二拨工作队。他甚至没来得及好好休息，名单上又出现了他的大名。听了这个消息，斯琴格日乐立马不高兴了，“窝囊废，就是这个样儿！”

一天，斯琴格日乐在街上碰到了齐木德。斯琴格日乐一副满眼同情地对他说：“晚上你来一下我家。”

齐木德有些迟疑地笑着问：“晚上有个会，有事吗，姐？”

“我给你弄一个诊断书吧，这样你也可以不用下乡了。”斯琴格日乐有些炫耀似的说，“医院的老杨，应该认识吧？副院长呢。我跟他一说就能办！”

“呵，不用了，姐。”

“嗯？为啥？”

“那怎么好啊？不能，不能。”齐木德着急地说。

斯琴格日乐看着齐木德忠实憨厚的样子，这次没有同情，反倒有些厌烦了。

不过，很多事情总是很复杂，让人措手不及。又过了一年，也就是齐木德第二次下乡回来后不久，他突然被提拔成了人事局的局长。

斯琴格日乐开始还将信将疑，接着是诧异，最后，不明不白地喜出望外了。齐木德还是原来的齐木德，但在斯琴格日乐眼里早已不是“看着不顺眼”的窝囊废了。以前，人们只要提起“你妹夫……”，她就立马不高兴了：“你们说的是齐木德吗？谁知道能不能成我妹夫呢？”语气也不冷不热。而现在，人们一说“齐木德……”，她就迫不及待地跟大家显摆起来：“说我们妹夫呢吧？齐局长已经跟我们家斯琴花定亲了。”这种转变怎么发生的，她自己也说不清楚。或许，她认为齐木德已经是局长了，所以再不能说他“老实巴交”了。

三　什么局长？还不如一只白条羊

去年春天，旗里招录了几十个新工人。当时，人们为了安排自己的儿女，可谓八仙过海各显神通了。明的和暗的，找门子，托关系，好是折腾了一阵子。斯琴格日乐的儿子因为正好毕业，也在这次招聘的范围内。竞争虽然很激烈，但是斯琴格日乐似乎“稳坐钓鱼台”，并没有着急上火。因为，她觉得马上要当自己妹夫的齐木德，就是依靠的一棵大树。她看着那些要跑断腿的竞争者，甚至觉得有些好笑。

不过，斯琴格日乐毕竟是“明白事理”的老手。想起自己曾对齐木德不冷不热的态度，总觉得应该有点儿表示才能万无一失。这一天，她打开柜子，找出来买给丈夫的、还没来得及穿的涤卡上衣，认真包好，趁着傍晚的烟尘尚未消散时奔着齐木德的宿舍去了。

"齐木德!"斯琴格日乐的口气比之前亲切了不止百倍。她和颜悦色地跟齐木德说道:"妹夫啊,我知道你局里的工作忙,但是你也太客气了。有空就去家里坐坐啊!在我眼里你跟亲弟弟是一样的。"说着,解开了包裹,"我一直想给你做一件衣服,这不,刚从上海捎来了一件。哎呀,你是不知道我们家的那个也是每天忙,孩子刚刚毕业没找到工作呢,他却一点儿都不上心孩子的事情,都是我一个人跑前跑后的……来,你试一试吧,看看大小合不合适?"

齐木德真是老实人,所以,听着未来的大姨子说的话,根本没明白有几层意思。只有脸上微微泛红,老老实实地套上了那件上衣。

斯琴格日乐面带微笑,看着齐木德说:"我还想托你一件事儿。这次招聘新工人,你无论如何安排一下你的外甥哦!这对你来说,还不是一句话的事儿嘛。"

齐木德扣着新衣服的扣子,随口就答了一句:"啊?不能那么干!"

斯琴格日乐心里咯噔了一下,还有些不高兴,但保持住了笑脸。然后,她声泪俱下地讲述起了自己的难处。可没想到的是,齐木德虽然耐心听完了,也很客气,但是,他依然不留余地地答复了一句:"姐,衣服我留下,不过孩子上班的事情是不能暗箱操作的。"

就这样,本以为手拿把攥的事情却化为泡影了。斯琴格日乐也只能眼睁睁地看着别人家的孩子都被分配到各个单位上班去了。计划落空后,又羞又恼的她把所有火气都撒在妹妹身上了:"你要是不跟那个饭桶断绝关系,以后就不要来见我!哼,说是局长呢,还不如一只白条羊呢。交通局伙食科的老王,送了一只白条羊,人家儿子就上班了。真是的……"听到心爱的人被羞辱,斯琴花的脸上也是青一阵白一阵,嘴巴都颤抖了:"姐,你既然走动,为啥不拿出白条羊把事办了,还去求什么活人啊?我们可没求你来啊。"斯琴格日乐听了这话,更是气得快要站不稳了:"你……你回去告诉那个饭桶,把我的衣服给我还回来。我们自己都不够穿呢!"

几天后，齐木德真把那件衣服给送回来了。

四　说“不进他们家门”的人食言了

斯琴格日乐一直抱有怨气，以至于齐木德和斯琴花的婚礼都没去。“哼，我这辈子都不会进他们家门！”

不过，正所谓“话不能说太满，事不能做太绝”，没过多久斯琴格日乐就遇到了非找齐木德不可的事情了。

斯琴格日乐原来是统计局的干部，而且是统计学专业毕业生，业务水平还是不错的。因为“文革”中干部队伍被分散，她就来到旗图书馆工作了。

最近，她在图书馆越发地待不住了，因为这里“太不受人关注”了。因此，她一直希望能回到统计局工作。可是，她想调回原单位，还得经齐木德的批准才能成行。这下，她被难住了。

说来也怪，本来她的这个事儿跟走后门给儿子找工作完全是两码事。因为，她想从事与所学专业相关的工作，是为了给四个现代化做出更大贡献，完全属于合情合理。但是，她始终没有了上次去找齐木德的那一份勇气。想起曾经辱骂齐木德的话语，自己后悔了好几天。最后，还是通过别人给齐木德递了一句话，提了这事。

一晃过去好些天，也没有等来半句消息。她有些坐不住了。最后下了决心，不管咋样，都去找找看！她怀着惴惴不安的心情，去了斯琴花和齐木德的新房，不过她没有抱多大的希望。她走到妹妹家的窗户底下，隐约听到斯琴花正和齐木德说她的事呢。她急忙停下脚步，把耳朵贴到了窗户上。

“我认真考虑过姐姐的申请，是合理的，所以决定给她调回原单位。”这是齐木德的声音。

“真的?”斯琴花问。

“是啊。”

“可是，我姐姐以前骂你不如一只白条羊来着，还把新衣服给要回去了。现在，你真的给她办这件事吗?”

屋子里传来齐木德爽朗的笑声。他说：“她怎么对我，那都属于私事。但是，让干部去从事所学专业相关的工作，是按原则办的事情。我们不能把私心和工作混为一谈。所以，给姐姐调回去是正确的。”

“你真是个大好人!”

斯琴格日乐刚才还提到嗓子眼的一颗心，终于放下了，而且让她高兴得差点儿蹦起来。妹妹刚才说的最后一句话，在她内心激起了千层浪，甚至在那一刻，她也赞同“老实人就是好”了。斯琴格日乐悄悄地回家去了。路上，她依然没想明白将来怎么面对齐木德的问题。不过，她似乎明白了一个道理：像齐木德这样的“老实人”越来越多，拉关系走后门的“能耐人”越来越少，那一切会变得越来越好……

额尔德木图　译

驼铃声声

一

“噔噔，咚咚”“噔噔，咚咚”。

太阳西斜，沿着乌兰达坝的沙地北缘，出现了两列满载小树苗的驼队。骑在第一列、领头的大红骟驼上的是老驮夫吉仁泰。他挺直了腰板，随着骆驼的脚步，悠悠地颠簸着，看起来精神抖擞。在后一列驼队里领头的、年仅二十二岁的青年是去年返乡的知青卫多布。

卫多布一路上望着绵延无尽的泛着白色的沙丘。现在，只要再走半天的路程，就可以到达目的地，完成任务。年轻的卫多布，好像今天才更深刻地体会了当一名驮夫的重要性。一老一少，两个人牵着的十二头骆驼，俨然是一支威武的战斗队伍，战胜了敌人凯旋。沙丘后面，还是沙丘，重重叠叠，连绵不绝。老头和小伙的心共同奔向希热图的沙丘。如是这样，只有敢把劲风踩在脚底下的驮夫，才能体会到拉脚远途中的一份收获。

跟着吉仁泰当驮夫的半年里，卫多布了解到这个五十多岁的健壮老光棍儿是个幽默感十足，且心地善良的人。吉仁泰老人常说：“卫多布啊！你老大哥我可以两天不吃饭，但半天不说笑话就不舒服。我一辈子的大半时间都在人畜全无的荒凉戈壁上赶路过来的。不过，我会总想着一些好笑的事情消磨时间。你也别愁眉苦脸了，跟我说说话。”骆驼慢吞吞的步子挺让人不耐烦的，好在每每听到吉仁泰讲的故事，卫多布也能打起点儿精神，眼睛也能亮起来。这么说吧，吉仁泰老人的笑话有驱散愁苦的魔力。

刚绕过一处沙嘴，吉仁泰老先生讽刺打趣的话就从前面的驼队向卫多布飞抵过来了：

“就你这副模样，你那个‘奶奶’将来敢给你穿上鼻勒、套上缰绳拽着你走。后生啊，你要小心一点儿！乌兰图雅可是套马能手——丹巴的女儿啊，厉害着呢。说不准能把你……”

卫多布诡笑了一声，反讥道：“吉仁泰先生，我那个穿鼻勒、套缰绳的姑娘还好。您倒是不怕冲你砸笼头、抽鞭子的旭日嘎诺颜吗？”在驼背上摇晃着的吉仁泰听了这话并不以为意，依旧眉飞色舞地说道：

“那有什么啊？因为蝲蝲蛄叫，我还不种地了吗？”显得一副无所谓的样子。

二

昨天，旗革委员会副主任——“旭日嘎”亲临生产队指导工作。不得不说，起这种“暴风雪、沙尘暴”之类的名字还是怪少见的。他大驾光临之后，对大队党支部提出了以下几点要求：一是，组织固沙人员举办“反击右倾翻案风”学习班，开展歌咏和朗诵比赛；二是，大队支部成员召开专题会议，端正路线；三是，带领一老一少两位驮夫，从陷在北面沙地的车里拿出学习材料，深入基层。好家伙，他这一来，彻底打乱了生产队筹备多时的希热图沙漠上造林的计划。

旭日嘎下达完命令后，和生产队的楚鲁支书进行了一整晚的激烈争论。他的举动不仅引起了支部书记的反感，还让社员们很不满意。

而静静地坐在生产队会议室，在丝绸的红旗上绣着金色的“固沙造林先锋”字样的女人们，突然听到驼铃声后，扔掉针线就向外跑了出去。

驼铃的声响不仅把女人们引出来了，把所有人都从家里叫出来了。人们迎着吉仁泰和卫多布过去，有的跪着骆驼，有的汇报着这两天的情况。生产队党支部书记楚鲁，搓着手掌，在一旁听人们说话，默默地笑着。他是一个沉默寡言，但性情和善的支部书记，被人们称为“老实的楚鲁”。他与旭日嘎硬扛了一晚上，今天早上又召开党支部紧急会议，刚刚散会。人们安静下来后，他拿了几块碱砖，扔给骆驼，然后凑到吉仁泰跟前，说：“老大哥，骆驼都好些吧?”对方几乎同时说了一句：“还好，您放心。”

“老吉，旗革委会副主任旭日嘎同志来我们生产队蹲点了。”楚鲁书记一边帮他们撤下骆驼的鞍屉，一边简单地传达了副主任的指示。

吉仁泰点了点头，应了一声后盯着楚鲁说：“是这样啊！刚才我还在想，为什么这个名字都不吉利的家伙在旗上没闹够，还跑到戈壁滩里来瞎指挥不可呢？原来是‘野狗摇尾巴，冲着黄羊来的啊’。”他眯着眼，歪着嘴，滑稽地笑了笑。大家都知道，吉仁泰只要遇到难题了就爱这样。

楚鲁看着老驮夫，而乌兰图雅姑娘的目光却一刻也没离开年轻的驮夫身上。

“外面冷，进屋里谈。我们是在希热图沙丘搭帐篷呢，还是在大队的屋子里开学习班呢?”楚鲁书记客气地对大家说。

吉仁泰摸着躺下去的骆驼的双峰，又朝天看了一会儿，说：“嗯，明天要刮风了啊！我的大书记，您就放心吧！乌兰图雅，别摆出一副要打架的表情，这会影响驮夫的情绪。我们书记号称大石头‘楚鲁’，但我们也不是泥捏的呀。那个家伙要是闹得太过分了，我们就叫他呀……”他撂下一句囫囵话进屋了。这时突然有人说：“看！他来了。”

旭日嘎是听到铃声后才来到队部的。

他看到卧倒的骆驼堆周围有好多人，就直接过来了。在人群中，他观察到有个中等身材、眉毛挺拔的老人，还有一个额头紧锁的年轻人，自己估计这二位就是吉仁泰和卫多布了。

他迈着四方步过来给大伙问好：“伙计们好啊！”年轻人没出声，那个老头倒说话了，但像是在骂骆驼：“哼，真是个喂野狗的东西！”接着，转过来迎着旭日嘎回敬道：“啊，是旭主任啊，您身子骨还硬朗吧！”一个老家伙恭恭敬敬地迎面向自己问好，旭日嘎有点儿意外，愣了一下，说：“吉仁泰哥，什么主任不主任的，我们都是人民的勤务员嘛。”这时，吉仁泰接着就来了一句：“哎呀，您说什么呢呀，您怎么能当勤务员呢？看着就有当大官的福气嘛。今天是主任，明天就成了书记，后天指不定就当了什么更大的官儿呢。”

旭日嘎这次不知说什么好了，有点儿惊讶的目光瞥了一下吉仁泰。这时，卫多布突然哈哈笑起来，他的笑声里明显夹带着除了讽刺就是挖苦的味道，人们也跟着哄笑起来。那些个不满情绪，在笑声中无遮无拦地显现出来了！

旭日嘎的火气噌一下就上来了。不过，他还是见过世面的，眨着眼睛，硬是摆出了一副“大人不计小人过”的架势说道：“来，伙计们，明天我想跟你们一起下到各个牧点去。我们路上好好聊！”

“我们明天去旗里拉树苗。你没听见吗！”卫多布大叫了一声，又准备上前理论的时候，被旁边的乌兰图雅拦住了。

旭日嘎用鄙夷的眼光看着这个想扑过来的小青年。“树苗嘛？”他知道该“出狠招”了，就说道，“我从旗里出发前就通知苗圃了，计划给你们队的树苗暂缓下来了。所以，你们去了也带不回来。”他得意洋洋地看着众人的脸。

这真是出乎了大家的意料！人们在惊慌的同时，突然安静下来，好像躲避冷风一样紧紧靠拢在一起。这时，只有老驮夫吉仁泰面露嘲弄的笑容，仰着脖子望了望天空，又低头看了看眼前的旭日嘎。

旭日嘎故意用冷冷的目光盯着大家。过了好一会儿，他才拿腔拿调地继续说道："但是，同志们，我们互相理解，这比互相排斥要好吧。你们如果一定要树苗，也不是没有办法。我只要打个电话就行喽。可是，你们也得考虑考虑我的工作吧？我的那些材料不用骆驼拉回来，我怎么送到牧民手里呢？啊？呵呵……"

虽然旭日嘎少说半句故意停下来了，但人们已经领教到了他的阴险狡诈。看来，这家伙是以同意拨给树苗为条件，把骆驼弄到手，然后到处跑着搞自己的勾当呢呀。如果真遂了他的意，那么，即便把树苗都带回来了，还能不能去那么远的希热图造林，不也成问题了吗？这下，吉仁泰也压不住火了，但是，他还是克制地看着旭日嘎，没冲动。他心想，"这家伙是准备彻底翻脸了。那我们还跟你客气啥呀？我不会就这么轻易放过你的！"想到这儿，面前的这个"老造反派"在自己眼里就像一只纸叠的东西一样无足轻重了。瞬间，吉仁泰的脸上露出狠辣的诡异笑容——他这是有万全的计划了。

这时，楚鲁书记说："旗里不给我们树苗，我们就找兄弟队里帮忙。至于你，旭日嘎同志，别再妨碍我们工作了。"

吉仁泰想着"不给这家伙点儿颜色看看，真是舒坦不了了"。他假笑了笑，说："书记，我提个意见吧。"

"说！老吉。"

"我认为可以这样办。一呢，旭主任还是给苗圃打个电话，让他们把树苗照常分给我们；二呢，如果同意把树苗给我们，我这个老头子就愿意带着旭主任您和您的材料下去走一圈儿。"

"啊……"乌兰图雅惊呆了，忍不住地拽了拽吉仁泰的袖子。吉仁泰笑着说：“我们明天过乌兰达坝河，再经赫楚鄂日彦，嗯……”他提高了嗓门，继续说道，“先到那边大一点儿的牧点儿上吧。这样，你的工作开展起来也就方便了。”

听了这话，人们的眼睛不约而同地闪烁起来。楚鲁书记脸上却浮现出一副深沉的表情，看了看天色，说：“还是绕过乌兰达坝和赫楚鄂日彦好吧。”

“走直道儿近啊。再说了，走两个地方，正好驯一驯那头生格子啊。”吉仁泰说着，看见楚鲁书记的脸上还是犹豫的神情，继续说道，“我的书记啊，别犹豫啦。千万不能错过这个教训那头公驼的机会。”

楚鲁书记好像也下了最后的决心，啪地拍了一下吉仁泰的肩膀，果断地对着旭日嘎说：“那就这样吧。旭主任觉得怎么样？现在只需你给苗圃打个电话了。其他的我们安排。”看事情办得这么简单，旭日嘎也高兴了。他说：“你们放心，我马上打电话。”于是，他跟着人们向队部走去。其间，他忍不住地瞥了一眼吉仁泰，心想，“这老头子真是个怪人。人们都气急败坏了，他倒无动于衷啊。而且，他这一句话就把问题给解决了。那么严肃的大队书记脸上也露出笑容了。这是为什么呢？”不过，转念又颇为满意地想着，“到底是乡下人。我抓住树苗这个杀手锏，一逼，一哄，他们就乖乖就范了。咳！这些家伙为了种树，简直要魔怔了。”

旭日嘎装腔作势地地撂下电话听筒的一刹那，吉仁泰心满意足地对他说：“好嘞，旭主任。明天早点儿起啊，我们天亮前就出发。”

一切进入了原计划的轨道。人们都在愉快、自信又紧张的气氛中做着各种准备工作。这时，月亮从沙海的东端升起，仿佛饶有兴致地俯瞰着这片沙漠中发生的别开生面的故事……

三

拂晓前，队部外面传来了喊骆驼跪地的“速合、速合”的声音。随着清脆的驼铃声划破沙地的宁静夜空，吉仁泰也亮出了拉脚人才有的清澈而洪亮的嗓门。他的歌声，在清晨的风中铮铮作响。

在戈壁的高山上，
蝈蝈叫着秋天哟。
在扎格的高山上，
蚂蚱叫着秋天哟。
骑着英俊的红驼，
穿越无垠的沙漠……

楚鲁书记和乌兰图雅站在原地，久久地看着远去的驼队。

一老一少、两个驮夫，虽然迎着冷风上路了，但是，他们的心里却高兴得很。他们把骆驼连成一列，和旭日嘎三个人分别骑上了最前面的三匹骆驼。因为心想事成了，旭日嘎的心里也像在酷暑的季节喝了一碗加糖的酸马奶一样，舒畅起来了。这样，三个人都显得很兴奋，一路上聊得也还算热闹。

吉仁泰转过身来，拿着一个黑乎乎的东西递给了旭日嘎。一阵呛鼻的烈性酒的味道扑鼻而来时，旭日嘎撇着嘴喊道：“快拿走！”由于前夜喝得太多，此时的他一路上烧心得根本打不起精神呢。

“呵，有你求我的时候。这可是楚鲁给我的好东西啊。”

吉仁泰把酒壶揣进了怀里，他心中充满了未曾有过的强烈信念。虽说“老实”的楚鲁书记塞给他酒壶的时候一句话也没说，但对吉仁泰而言，不说话反而更明白支书的意思。现在，他心里想："楚鲁啊，你真懂我的心啊。相信你老大哥吧，我一定会给你办得亮亮堂堂的。"

此时，卫多布的心里又是另一种滋味。联想到楚鲁书记给老吉的酒，还有乌兰图雅带给他的皮衣，不禁体会到了斗争愈激烈，革命同志间的关系就愈发火热且令人陶醉的感觉。这一切，让年轻的驮夫充满了自信和豪迈。

驼队慢慢走到了陷在乌兰达坝的汽车跟前。他们从车上拿出一包包材料，驮在了骆驼背上。卫多布说："后面两匹骆驼的包裹让我来吧！"吉仁泰说："好的，我相信你。在到达目的地之前，你不会弄丢哪怕一张材料。"

四

黎明时分出发的驼队，在日出时分进入了乌兰达坝戈壁。

"快到牧点了吧？"旭日嘎问道。

"啊！驼队在前进，牧点又在原地，肯定能到的。"吉仁泰头也不回地驳了一句。

碰了个小钉子，旭日嘎沉默了，不过，很快他又着急了。因为，路上的沙岭越来越陡，北边的天空也升起了灰暗的雾霾。这不是起沙尘暴的预兆吗？吉仁泰从怀里掏出酒壶，喝了一口，递给了卫多布。卫多布也干了一大口，还给了他。这样，两个驮夫在驼背上喝得兴起，忘了那个旭什么主任似的，丝毫不以为然。

这时，天色由蓝转黄，绕着升高的日头出现一圈黄晕。不一会儿，从沙海的北边冒出一团乌黑的云，将整个半边天都笼罩了。

"哎呀，吉仁泰哥！"因为刚碰了一个钉子，所以旭日嘎有些踌躇不决，不过他还是着急地问道，"是不是要来沙尘暴了？"

“哦，没什么啊！”吉仁泰的眼睛放着亮光，面无表情地说，“我们从来没怕过什么沙尘暴。没关系的！”刚说着，驼队跨过一个沙丘时，风口袋好像突然爆裂了一样，随着一阵阵阴冷的呼啸，沙尘暴刮起来了。霎时，十步之外的东西都看不清了，飞起的沙粒直抽得脸上生疼。继而，天空飘起了雪花。三月的雪，落在人身上就化了，没过一会儿，他们的脸面和外衣都被裹了一层泥，显得狼狈不堪。

旭日嘎突然冷得瑟瑟发抖。他抬头望了一眼阴冷的天，又瞅了瞅气势汹汹的驮夫，突然感到自己已经无能为力了，要任他人摆布了。此时此刻，他只希望能快点儿到一个牧点上。

大约又走了两个小时，卫多布突然回头喊道：“哎呀，末尾骆驼上的套绳脱扣啦。”

吉仁泰扭过来身子责备道：“完了，完了。我不是让你好好系的吗？现在怎么办啊？旭主任。我们回去找吗？”

旭日嘎向后看了看，刚才好像隐约看到驮在后面骆驼上的学习材料掉地上了。但是，因为被暴风鞭打得快要冻僵的人，早已顾不上那些东西了。他磕着上下齿，哆哆嗦嗦地说道：“算了！还是早点儿到目的地再说吧。”

平日里昏昏沉沉、万籁寂静的戈壁，此刻好像惊醒了一样，一坨一坨地蠕动起来。他们又走了近两个小时。其间，又有一匹骆驼的行李脱扣，又掉了两包学习材料。说实在的，即便是没有掉下来的材料，也已经被融化的雪水浸透了，一路上滴滴答答的。

“哎，真可惜！这都是公家的纸啊！早知这样，还不如卷烟抽了。”说话间，吉仁泰的眼睛一闪一闪的。卫多布听了，差点儿没笑出声。

春日到底不长，接着没走一会儿，太阳渐渐偏西，云彩也变得阴沉了。走了这么久还不见人影，旭日嘎真的急了，嚼着舌头问道：“我……我们，没……没迷路吧？”他开始后悔刚才没有喝老吉的酒，但为时已晚。

“等等，等等，”吉仁泰拉住缰绳，煞有介事地问道，“不是，我们这是往哪儿走呢?”

旭日嘎一脸茫然地望着混沌世界，挤出了一句：“应该是往南吧。”

“哦，是吗? 那就对了，马上就到了。”

“哎呀!”旭日嘎几乎哀号起来了，“这一片戈壁里连根柳条都看不见，除了赤秃秃，还是赤秃秃……”

“主任！我倒觉得一直这样赤秃秃的话还省事了，就不麻烦‘恢复了’或者‘拨乱反正了’。相比起种那些‘修正主义的草’和‘资本主义的树’，让这‘社会主义的’赤秃秃的沙坨保持着原貌，是不是更好啊? 你说呢。”

人慌乱的时候就管不了太多了。现在，不管吉仁泰说什么，旭主任都顾不上去争论了，他只希望翻过南面的坨子，就能看到一个牧点。

其实旭日嘎做梦也没想到事情会这么严重。他们从黎明走到了中午，从中午走到了晚上，天色越来越暗，眼看就黢黑了还没到地方。你说，从日出前走到日落后还到不了的牧点，到底在哪儿呢?

旭日嘎渐渐地失去了耐心，怒火也渐渐地爆发出来了：“吉仁泰老哥，现在到底还有多少里地?”他的表情很严肃。

吉仁泰不动声色地回答道：“啊? 谁知道呢?”

“旗里的来我们大队测量来着，问他们应该知道!”卫多布说完，两个人哈哈笑起来。

冷风中，旭日嘎的膝盖针扎一样地刺痛。他突然拉下脸，狠狠地叫了一声：“停下!”

“怎么了? 主任你是要在这儿过夜吗?”吉仁泰反讽道。

旭日嘎已经疲惫不堪了。他勉强抬起耷拉下来的眼皮，愣愣地盯着老驮夫，质问道：“这到底是怎么回事?”感觉此刻的自己有一肚子苦水倒不出来，“你……你们，现在，马上把我送到大队上。”

“你是说返回去? 真是下巴掉不下来，啥话都能说啊！你这是要权威，还是学犬吠？”卫多布硬撑了回去。

“你才是狗！”旭日嘎按捺不住火气，在驼背上暴跳如雷，“你算什么东西啊，敢不听我的指令？要反革命吗？”又冷又气的旭日嘎扯着嗓子喊的时候，眼睫毛都在发抖。但他自己也知道，在这冰天雪地的沙漠中，无论怎么喊叫也毫无威慑力可言了。

“什么？旭主任？你骂谁？我们干脆下来理论吧。”吉仁泰说着就跳下了骆驼。不知为什么，旭日嘎也没想落下风，叫骆驼跪了下去。殊不知，他的双脚已经冻僵了，听到在冰冷的地面上打木桩一样的“嗵”一声，才确定自己的双脚踩到地上了。

“你刚才说我们是反革命？我告诉你，我们是沙漠的主人，是人民公社的社员，是翻身的奴隶！你还不知道这个道理吗？蠢货。老实说，我打十二岁起，牵了整整四十四年的骆驼，什么狂暴的风雪没见过？今天，我会怕了你这个小疯子？别天真了。”吉仁泰继续说，“你以为戈壁人民好欺负啊？我们自己知道该做什么，怎么做，该恨谁，该爱谁。你怎么张牙舞爪也无济于事。我们相信你交代自己问题的日子也快到了。无论谁，只要干了伤天害理的事情，老百姓都不会答应的！刚才你说要回大队去？说真心话，你还有胆量在今夜再蹚一次乌兰达坝和赫楚鄂日彦吗？你个小混蛋！”

旭日嘎眨巴眼睛，盯着眼前的这个老汉，竟什么也说不出来了。他最擅长的本事就是讲不过道理就蛮拧，蛮拧不过就大喊大叫。可是，今天在这片呼啸不止的沙暴中，面对这样一个普普通通的老驮夫，他却哑口无言了。

卫多布说：“旭日嘎同志，你也别怕冻死。现在马上就到你家了，真的，这次绝对没有骗你。”

“什么……”旭日嘎彻底蒙了。

“别什么了，我们这一整天朝正北方向骑了一百多里了，现在马上到旗上了。在这儿还得谢谢你给打了电话，一会儿我们就去旗上拉树苗。你现在就可以往家跑了。至于回家呢，还是去医院呢，随便你！”卫多布说这话的时候，旭日嘎的眼眉结了冰霜，活脱变成了一尊刷了白漆的雕塑。

这时，旭日嘎才发现他们真的已经走到了沙海的边缘。他看到了大草原的腹地，还有远处星星点点的灯光。果然是到了旗的南面了。

“好，现在出发吧。旭主任，以后如果需要到我们大队，就骑着我们的骆驼来。我们一定会好好伺候您。”吉仁泰说。

旭日嘎感觉自己的身体一阵阵地发热，又一阵阵地打冷战，也许“真该去一趟医院了”。他不顾一切奔着灯光闪烁的镇子跑去。他并没回头，但好像隐约听到了吉仁泰和卫多布热情激昂的谈话……

好一个晴朗的夜晚！驼背上的树苗，七高八低地颤动着，迎着微风，飘来一股绿意盎然的味道。两个驮夫爬到了一处高高的沙丘顶，向下望去时，只见南边空旷的盐碱地上，沿着沙地的边缘，有无数的篝火被点燃了。

“哈，希热图沙丘到了！”

“我们的人把篝火点着了！”

一老一少的旅途疲劳好像瞬间烟消云散了。篝火，多美啊！这一刻，在卫多布眼里，它像极了乌兰图雅的那双闪耀着幸福的眼睛。而在吉仁泰的眼里，它们更像是在沙丘里盛开的朵朵鲜艳的红花……

额尔德木图　译

心　事

年轻人的一些心事可以允许一部分人知道，另外一些心事绝不能让别人知道。下面我要讲的，是一个意外事件给三个年轻人带来的种种心事。

一

……娜仁其木格受伤的消息，像一阵风似的传开了。

事情的经过非常简单。今天早上，娜仁其木格骑着她的高头黑马，赶牛群去草场。还没走出多远，突然从草丛里蹿出一只野兔，大黑马受了惊，娜仁其木格被摔下了马。骑马摔下来，本不是什么大事，但想到她的新马具，娜仁其木格就拽着缰绳没放手。马儿受了更大的惊吓，把娜仁其木格拖出二十几步远。直到失去知觉，娜仁其木格才放开缰绳……

公社中心卫生院的救护车开走后，人们开始纷纷议论：

“哎呀，这么年纪轻轻的女孩伤了脸……”

“不就是一个破马鞍吗，坏就坏了呗，死拽着不放。唉，这姑娘……”

娜仁其木格的好朋友萨茹拉，是个俊俏的姑娘。听到娜仁其木格伤了脸，她哭了。她想，“啊！伤着了脸？太吓人了。”她痛哭的同时，听大家说娜仁其木格是因为一个马鞍才受了伤，突然想起什么似的，红了脸。她怕大家发现，径自离开了。但谁会在乎她呢，大家还在激动，还在聊。

萨茹拉红着脸一直向前跑，跑到羊群旁才停下。“原来她为了那个马鞍才拼命地拽着缰绳不放，真是。”想到这里，她的心隐隐作痛。

别人不知道娜仁其木格为什么会因为一个马鞍拼命，但萨茹拉的心里最明白。去年夏天，在公社那达慕上看到自己的闺蜜有了一个新马鞍时，她的心里多么苦涩和无奈呀。马鞍，不是娜仁其木格自己买的，是公社拖拉机驾驶员阿古拉—— 一个才貌双全的小伙子送给她的。阿古拉没有把马鞍送给她，而是送给了娜仁其木格，这件事让她心如刀绞。那时候萨茹拉难过地想，我不比娜仁其木格强十倍吗？

是啊，莫说是一个娜仁其木格，就是拿到全公社去比，萨茹拉也觉得自己是第一。她从小争强好胜，什么事都不想输给别人。比如说，如果附近的女孩让人从城里捎来一条好看的丝巾戴上，她就会悄悄关注。哪天她也让人从城里捎来一条更好看的丝巾戴上，压过那个女孩，心里才能舒服。美貌和智慧让她常常自豪。她觉得自己最出众，自然会觉得在爱情方面公社里最优秀的小伙子才配得上她。阿古拉面容俊朗，干活儿麻利，还骑着“铁马”，公社里的男女老少，谁不夸他好？她早就想，配阿古拉的人，全公社只有她一个人。但是，事情发生得多意外。任凭萨茹拉怎样故意接近阿古拉，怎样悄悄地表达自己的爱慕，阿古拉总是显得那么理智，有时还带着嘲讽意味，叫她“萨茹拉同志”。但是对娜仁其木格，总是叫她的简称“娜仁”或“其木格”。有时萨茹拉故意去找阿古拉，他就眨巴着他的眼睛大谈生产学习或者思想，就像在团支部的大会上讲话似的。但是一见到娜仁，他就会变个人。“哼，娜仁其木格嘴笨，长相也普通，真不知道阿古拉喜欢她什么。”萨茹拉无法理解阿古拉和娜仁其木格之间的感情。但不管她能不能理解，阿古拉和娜仁其木格的感情越来越好，到去年夏天的那达慕时，他送了她一套新马具。得知这个消息后，萨茹拉一个人跑到一个无人的地方哭了很久。她觉得事情太不合理。萨茹拉是个坚强的姑娘，哭痛快后，她命令自己要忘掉这件事，若无其事地回了家。日后，她每每想起这件事，心中就会有异样的感觉，但久而久之，几乎都忘记了。

今天她听说娜仁其木格的受伤与新马鞍有关，就忍不住难过起来。“呸，她的脸皮可真厚！为了讨好阿古拉，连命都不要了！”她这样想。

二

二十八马力的拖拉机，在没有路的草原上疯狂行驶着。驾车的年轻人，用尽力气用右脚踩着油门。他把自己的急躁的心情，通过右脚传递给拖拉机。那人便是阿古拉。

他把拖拉机开到羊圈旁，与迎接他的萨茹拉见面。他一声问好都没有，直接焦急地问道：“娜仁怎么样了？”

看到阿古拉紧张的样子，萨茹拉真有些不好意思，她说：“应该没事。你刚从旗里回来吗？路上……”

不等她说完，阿古拉便调转拖拉机，踩死油门，准备去公社。

“阿古拉哥，你要去公社？我也想去看望娜仁！”

拖拉机像一匹烈马，在路上颠簸而行。阿古拉现在顾不得这些，他的脑子里只有两个字：娜仁。萨茹拉坐在他身旁，心里非常舒适，非常开心。他们两个人，各怀心事，都顾不上拖拉机的频频颠簸。

他们两个在路上颠簸时，娜仁其木格正安静地躺在公社卫生院洁白的病床上沉思。她在想什么？早上刚住院时，她想的是，大概我这次受了重伤。她感到浑身疼痛，尤其是脸部，像被人泼了开水般灼痛。她想阿古拉。现在他在身边，那该多好。就算阿古拉不说一句话，默默地站在她身边，也比什么药都强。她也只是想想而已，她知道他在运羊毛，今天去了旗里。她自责道："唉，我可真没出息。擦破点儿皮就想这些。"此时，病房外一位老大夫和年轻女护士的对话内容引起了她的注意。

"大夫，娜仁没事吧？"

"没事倒是没事，脸部擦伤严重。"

"那有啥？擦破皮而已，是轻伤。"

"傻孩子，她还没结婚哪。"

"没结婚又怎样？"

"如果脸上落下疤……"

护士刚明白过来，失声叫起来时，老大夫轻声喊了句"住嘴别出声！"护士就没再作声。

听到这些，娜仁其木格觉得好笑。未婚女人的脸上留疤又能怎样？还不是照样能工作。后来，她变得有些不安。啊！如果脸上留了疤，虽然它不是什么做坏事才留下的，但一定会对阿古拉形成压力，她虽然相信他不会变心，但娶了这样一个有疤的老婆，别人肯定会嘲笑他。阿古拉是家里的独生子，如果他领着一个满脸是疤的女人回去，父母得多难过！这些对阿古拉来说一定是天大的压力，遇到这些事，他还能心安吗？想到这里，她明白了事情的严重性，难过至极。

她不禁想起了去年夏天的那达慕结束后，在夜里和阿古拉一起回家时的情景。那是一个安静而美丽的夜晚，月光和露水一起眷顾草原，环境美得醉人。在这样醉人的环境中，她和阿古拉骑着马，肩并肩一起回家。

阿古拉长长地舒了一口气，说："你看，咱俩的马都愿意在一起了。"

娜仁其木格笑而不答。

阿古拉说："娜仁你太沉默了，说说话。"

娜仁其木格微笑着问："说什么呀？"

"什么都行，我喜欢听你说话。"

娜仁其木格还是不想说话。她喜欢默默地用心感受这种幸福。为了不让阿古拉失望，她说："我的心，不说你也知道啊。我时时刻刻都在想你。"

……往事浮现时，她心如刀绞。想着想着，她也平静了。等平息后她觉得应该立马跟阿古拉分手才对。她觉得，自己残疾了，依然缠着阿古拉不放，就太自私了。正在此时，阿古拉和萨茹拉进来了。

刚进来，阿古拉便焦急地说："一个破马鞍，坏就坏呗！为啥你……唉！"

她艰难地睁开眼，看着阿古拉。一看，刚才用几个小时下的决心便像初春太阳下的雪堆般出现了崩塌融化的危险。火热的爱情瞬间压住了她刚才的胡思乱想。在刚才的决定完全消失前，她不准备说话，以此来死死地守住最后的堡垒。她"嗯"一下，便闭上了眼睛。她听到萨茹拉在抽泣，她怕萨茹拉就这样跑出去。如果萨茹拉跑出去，一旦阿古拉温暖的大手握住她的手，最后的堡垒也会失守。娜仁其木格还是不想放弃刚才的决定。

阿古拉的想法，正好和她相反。他希望萨茹拉赶紧离开，好让他好好安慰娜仁。萨茹拉也有自己的心思。她知道阿古拉希望她出去，但她不想给他们创造单独在一起的机会。不过她也知道，如果继续站在这里，会有些尴尬，也会让他讨厌。她在心里命令了自己好几次，可双脚就是不执行命令。

三个人的三种心思，让狭小的病房变得安静又闷热。最后还是娜仁其木格开口说："阿古拉，谢谢你来看我，回去吧。"

"谢谢？你跟我说谢谢？"很显然，阿古拉生气了。

“生产不是很忙吗？别因为我影响生产。”

“就算再忙，我……”

“回去吧，别再来了……”娜仁其木格的声音越来越低，她继续说，“我想一个人静静……”

三

十几天过去了。阿古拉两天过来看望娜仁其木格一次，有时萨茹拉也跟着一起来。

阿古拉第二次来探望她时，她鼓起全部的勇气说出了自己的决定。其结果是，阿古拉险些被气疯，他吼道：“你，你……你这个没有情感的家伙！你折磨我，也折磨自己！你为什么要这样？”他还没说完，就已大步流星地夺门而出。

“他走了。”娜仁其木格这样想着闭上了眼睛。

但她很快发现，阿古拉并没有走。娜仁其木格再熟悉不过的脚步声，在医院的楼道里时而缓慢、时而急促地响着迎来了黎明。通过脚步声，她清清楚楚地听到了阿古拉的心跳、愁苦和信心。

次日早上，医生的晨检刚过，阿古拉就信心满满地进来了。还没等娜仁其木格说话，他就严肃大方地说：“我今天也告诉你我的决定：你越疏离我，我就越靠近你。我像块胶，无时无刻不黏着你。如果达不到目的，我绝不会善罢甘休。”

听到阿古拉激动的表白后，一股暖流穿过娜仁其木格的身体，幸福的感觉让她忘记了伤口的疼痛。

此事之后，娜仁其木格原本并不坚固的决定，开始面临被摧毁的危险。虽然她心里矛盾重重，对阿古拉时冷时热，但阿古拉根本不往心里去。他无比坚定、信心满满、异常乐观，有时还带着点儿调皮。

娜仁其木格故意表现出冷漠时，他饶有兴致地说：“算了吧，你这么装，还不如好好谈谈咱们的婚事……”

娜仁其木格不得不承认，她自己彻底失败了。

四

这几天萨茹拉非常开心。她每次坐在阿古拉身旁，在公社和城市间疾驰时，就像一个打了胜仗的将军般自豪。

有一天早上，阿古拉像一个要出去玩的孩子般跑来，兴奋地喊道：“萨茹拉，快，咱们去公社……”

阿古拉第一次主动过来叫她，而且也没叫“萨茹拉同志”，直呼其名，这让萨茹拉非常开心。她诧异地问道：“怎么了？”

“娜仁要出院啦！”

“是吗？”萨茹拉正在系丝巾的手停下来，问道：“她的脸……没事吧？”

“不知道，据说昨天已经取了纱布了。”

在去公社的路上，萨茹拉的心里五味杂陈。人真是个奇怪的东西，自己都不理解自己的心思。在今天，拖拉机离公社越来越近时，她清清楚楚地听到了自己内心深处的声音。“娜仁其木格的脸怎么样了？没落下疤吗？”想到这里，她后背发凉。她希望娜仁其木格的脸上落下疤！可当她看到娜仁其木格只留出眼睛，其他地方用纱布包裹得严严实实的头部时，又哭得死去活来。为什么要哭？为谁而哭？这个问题，除了她自己，没有人能给出正确答案。这十几天里，她一有空就跟阿古拉一起去看娜仁其木格，从今往后再也没有机会跟他一起坐拖拉机了。现在一切将会结束，命运又一次跟她开了个玩笑。诸如此类的心思，让她浑身颤抖。

那天她看到娜仁其木格故意气他，本以为阿古拉会离开她。没想到他往公社跑得更勤了。唉，真是不可思议……

在拖拉机的突突声中，她心中的希望一次次升腾，又一次次幻灭。

到了公社，萨茹拉敏锐地发现阿古拉的白线手套已陈旧不堪。她说："你先去，我去一趟商店。"走进商店，她先选了一双白线手套。走出商店，她的脑子开始飞速旋转。就这么给他吗？还是往里塞点儿东西？必须塞！塞什么好？写两首情诗？啊，还是塞一朵花吧。娇嫩的花朵，能代表一切，好看又适宜。想到这里，她从路边摘了一朵小黄花，塞在手套里。

她走进卫生院走廊时，从病房传来了笑声。

"娜仁，是真的。你脸上留了疤，反倒比以前更好看了。"这是阿古拉的声音。

"真不害臊，不好看我也黏上你了。"迎面飞来的是娜仁其木格愉快的说话声。

萨茹拉定住。她的心跳得厉害，似乎最后的幻想已经破灭。

"哎呀，亲爱的，你又过来了。你来探望我多少次，今天又来接我出院。我真不知道怎么感谢你。"娜仁其木格看到她，直接跑过来搂住了她的脖子。

萨茹拉傻傻地"嗯"了一下。

娜仁其木格抱得更紧了，贴在她耳边说："好姐妹，你的心像乳汁般洁白。"

萨茹拉的脸，突然开始发烫。她盯着脚尖站了许久，最后才战战兢兢地看了娜仁其木格一眼。她的左脸上，留下了细细的新月形伤疤。但它一点儿都不影响她的美貌，今天她似乎更漂亮了。

愣了许久，萨茹拉才发现自己的手里还拿着一双手套。她想藏起来，但为时已晚。阿古拉看到那双手套说："哈，这手套多漂亮。当礼物送给哥哥吧，我的手套已经破得不成样了。"

“啊，不行，不行。”萨茹拉说着把手套往包里塞，但是阿古拉一把抢了过去。

萨茹拉慌慌张张地红着脸喊道：“我的手套，你给我！”

娜仁其木格笑着说：“好妹妹，你就给他吧，姐姐再给你买一双。”

从卫生院里出来，阿古拉请萨茹拉上车。萨茹拉觉得在一对恋人面前当电灯泡不合适，于是坚决地说：“你们先走，我还有事。”

拖拉机发出欢快的突突声，带着一对情侣走了。萨茹拉站在原地，久久地望着他们的背影。想到刚才的手套，萨茹拉险些哭出来，她说：“天啊，里面还有一朵花呢，叫他看见算怎么回事！”可又有什么办法呢，但愿他看不到。她后悔地站在那里，想起这十几天来的心事，内心就感到隐隐作痛。她想到刚才娜仁其木格说她的心像乳汁般洁白，就暗暗骂自己：“你的心里呀，都是蛇蝎。”

我们都是新社会的青年，我为什么就不能和她一样在生活之路上真诚、善良、干干净净地进步？想到这里，这位争强好胜的姑娘再一次下定决心，朝着拖拉机的方向信心百倍地迈出了步伐……

照日格图　译

公社书记的一天

公社书记巴达拉夫，昨晚足足喝了顿茶就睡下了，天没大亮，他得起来去外面一趟。秋末时节，山丘染满了霜，远远望去一片洁白，阵阵刺骨寒风袭来，天空稀疏的星星还在眨着眼睛。他披着衣裳走出院子时，吃了一惊，发现门口站着两个人。这俩人一高一矮，只见他们的袍子衣领、帽子、眉毛、睫毛上沾满了霜。巴达拉夫揉了揉惺忪的睡眼，仔细看着他俩，心想，这么早就来公社了，他们是谁？要是在乡下，这正是人们睡得香的时候呀。

“巴书记！……爷爷，这位就是巴书记……”高个子用冻僵了的声音说。“啊……”矮个子应了一声，从站立的地方步履艰难地向前挪动了一步。

这时候，巴达拉夫看出，高个子是个二十来岁的后生，矮个子是个白发苍苍的老头儿。离他俩不远处，停着一辆骡子拉的小车。

后生说：“巴书记，这是我爷爷……”这个老头儿尽管动作不那么利索，可还是吃力地迎上前说：“啊，巴书记，您身体好吧？工作忙吧？”说完后，又尽力笑了笑。此刻，巴达拉夫终于认出了这两个人。这老头儿住在离这儿八十多里的地方，他叫达楞吉如嘎太·阿格瓦。后生是他的孙子呼格吉勒图。此次城里招收工人，呼格吉勒图通过了初选。今天，初选通过的这帮年轻人要到公社报到进行体检。爷孙俩正是为此事而来。

“你们来得真早！快进屋暖暖吧，外面很冷。”巴达拉夫说。

阿格瓦掸了掸挂在胡子上的霜，说：“没事儿。您家人大概还没起呢，我们浑身是霜，怎么好意思打扰？没事儿，我们就在外边等会儿吧。”他脸上带着一丝抑制不住的笑容，继续高兴地说，“感谢党的恩情啊，我家上三代，下三代，当官没有一个超过‘羊倌’的。你们是把我家所有的福分，都给了我这个坏小子呼格吉勒图了，让他进城当上了司机！我老头儿听到这信儿，真不敢相信是真的。听说咱全公社才要十来个年轻人，怎么能不精挑细选啊？可十来个人里就有我的孙子呼格吉勒图！这都是领导们培养教育得好哇。今天，这小子来报名参加体检。我家祖祖辈辈没出过这样的人，我没出过远门，近十来年间，都没离开过家里的粪灰堆，可今天怎么能不亲自送他一趟呢？再说，我得亲自来向你们领导说声谢谢啊！……”

巴达拉夫又叫他俩进家暖暖身子，可老头儿说什么也不肯。巴达拉夫只好先领他们到办公室坐了下来，自己又向家中走去。

半个月前，城里来公社招工，共十来个名额。这次，说什么也不能像以前那样，绝不允许再走后门了！巴达拉夫暗下了决心。各生产队领导也都拥护这一主张，配合他的工作，符合招工条件的十来个青年，很快被选拔了出来。今天体检结束，此次招工工作就要结束了。

现在，阿格瓦老人向领导表示了真诚的感谢，说的是真心话。巴达拉夫想到这儿，不禁回忆起十几天为此项工作付出的努力，心里有了一丝安慰与自豪。如果他不努力堵住后门儿，像呼格吉勒图这样的孩子，想找到个工作，怕是做梦也办不到。他回到家里的院子时，想回热被窝再躺一会儿，在院子里踱了几步，不禁想起那句人们常挂嘴边的话：“当官不为民做主，不如回家卖红薯。”在不平常的日子里，我这个公社书记，一定要为阿格瓦这样的老实本分的百姓做主，无论如何，不能再苦了他们。

突然，一辆没载货的卡车发了疯似的开进公社的院子，又猛地停了下来。车门还没打开，就传来在驾驶室里的洪亮的声音："哈哈哈，老巴！老朋友来了，还不快来迎接，难道咱们以后不来往了？哈哈哈……"车门开了，前几次来送粮食的王司机和一个中年胖女人从驾驶室下来了。只见胖女人提着一个鼓鼓囊囊的提包。听来的客人这么说，巴达拉夫也只好迎了上去。王司机抖动了几下胖身子，笑着说："啊，我来介绍一下，这位是咱们旗运输公司张经理的夫人。"胖女人谦卑地笑笑，和巴达拉夫握了握手。"去办公室吧。"巴达拉夫说着正要带他俩走，王司机拍拍他的肩膀说："怎么，不让进家，要去办公室？对老朋友也公事公办啦！"说完，又冲那女人说："走，咱就去这老兄家里，别客气，来他这儿，就像到自己家一样！"巴达拉夫无奈地笑了笑，跟在他俩后面走着，眉头越皱越紧。一听这女人是运输公司张经理的夫人，他就明白两位不速之客今天来的目的了。张经理的外甥女正是巴达拉夫这个公社的牧民。

王司机和张经理的女人一进屋，就轮番向巴达拉夫发起了进攻。这女人一跨进门槛，脸上的笑容就多了几分，说："啊，嘿嘿嘿……巴书记啊，这次，本来老张要亲自登门的，可因为太忙，没能如愿。我们老张知道，这偏远的牧区不通车，来去也不方便。自打他当了运输公司领导后，可为你们公社的交通问题费了不少心思啊……"

看这女人的样子，听她说话的语气，巴达拉夫心里就不舒服。他从小就很不喜欢虚伪的人，尤其讨厌女人玩这套把戏。此刻，在他心里，鄙视、气愤之情油然而生。可他又不好说些刻薄的话。他懂得，和人打交道言行须谨慎，对待这种虚伪的人，更要慎之又慎。这是他在长期生活中得出的经验。这时，站在旁边的王司机哈哈大笑几声，说："咱来老巴这儿，有话就直说，也用不着客气了。我们张经理的外甥女，正是你们公社的人。这次招工，你无论如何也要想想办法，关照她一下。咱们可都是老相识啦，在家靠父母，出门靠朋友嘛，有什么办法呢？这次是给你添麻烦来了。"胖女人接了过来："嘿嘿……

巴书记啊，您可是这里的顶头上司，办这事儿啊，只要您一句话，就准成！麻烦您啦，嘿嘿……”

来的这两位，一个巴书记、巴书记地奉承，时时发出假笑，一个老巴、老巴地套近乎，时时发出大笑，一个迂回包抄，一个直接进攻。巴达拉夫皱了皱眉头，无可奈何地摇了摇头。对他俩的进攻，他不得不采用防御的办法。于是搪塞着说：“唉，你们不说，我能忘了您的外甥女吗？但这次，怎么努力也帮不上啊。等下次再有这样的机会，我无论如何……唉……”巴达拉夫长长地出了口气。女人赶紧接了过来：“哎，巴书记，求您的人一定很多，招工指标又少。可我们知道，您很有能力，不是完全没办法，否则我们也不麻烦您了。我们老张的姐姐，就这么一个女儿……”巴达拉夫无奈地闭上嘴，看着这个胖女人，只见她两眼频频眨动，松弛又白皙的脸上，两张薄嘴唇不停张合着。巴达拉夫心想，你的三个孩子都有了工作，现在又轮到你们的外甥女了！哼，这工作全是为你们家准备的？阿格瓦老人全家几代人，找到工作的，以前连一个都没有。胖女人又喋喋不休地说开了：“我们老张身体不好。‘文革’中被打得……这该死的‘四人帮’……”她突然改变了说话语气，还现出热泪盈眶的样子。巴达拉夫明白，鼻涕一把，眼泪一把，是这类女人最厉害的武器。可眼泪只是在眼眶中含着，不轻易流出来。

这时，王司机在一旁开了腔：“现在咱老巴硬了！那又该怎么办？如今办事儿啊，咱得仰仗人家啊……”一听这话，女人赶忙打开了提包，从里面掏出带烫金标签的瓶酒，带银包装的香烟，盒装的高档糕点在桌子上堆了一堆。行啊，这俩家伙！非亲非故的人，竟好意思拍着他肩膀称兄道弟，明明不值得笑的事，也能冲人家龇牙咧嘴笑，会无缘无故地哭泣，居然还发了疯似的把大堆大堆的礼品摆在你眼前。这一切做法，究竟是为什么？唯一的目的，就是吓唬你，强迫你，哄你开心，然后把你当驴一样使唤。巴达拉夫心中顷刻燃起一团怒火，强硬地说道：“这样做不应该！快把这些东西拿走！”

胖女人嘿嘿笑了两声，说：“您别想歪了，我们老张……”没等她往下说，王司机哈哈大笑几声抢过来说：“……你就别装了，又拿出你那马克思理论来了……”他俩的话都没说完，就停了下来，此刻他们发现巴达拉夫的脸色已经变了。“嗨，嗯……”王司机说着，眨了眨眼，脸色也变得冷若冰霜！胖女人从口袋里掏出手绢，说：“我们也是万般无奈才这样做的，有什么法子啊？我就是想帮外甥女找个工作。我们是老实巴交的人，再说我们也符合招工条件吧？我们这些老实巴交的普通人，什么时候都是吃亏的！哼……”巴达拉夫明白，这“哼”一多了，她那两眼可就要“下雨”了。这时，王司机冷笑了几声，说：“巴书记，咱们都是一个旗的人，今后咱们抬头不见低头见。还是把话挑明了吧，我们从大老远，就是奔着老朋友来的。你不肯收这些礼物，就是撕我们的脸，看不起我们吧？哼哼，说真的，我们张经理送的礼物，还从来没人拒绝过呢。真的……”这女人在最需要的时候，拿出了她最厉害的武器，用饱含眼泪的眼睛死盯着巴达拉夫的脸。两位来客，语气和样子变得比刚进来时硬多了。看到他俩摆出一副不达目的决不罢休的架势，巴达拉夫心里变得犹豫起来。王司机的表情也变得一本正经，说：“巴书记，说真的，你们全公社人的口粮、牲畜的饲料和其他货物，还必须靠我们来运送吧？靠你们那几辆破拖拉机可是不顶用的。谁都知道，你们这儿二百里范围之内，还没有一条达到国家标准的公路。我们司机如果硬是不肯来这儿，就算是交通部，也不能命令我们在不达标的公路开车行驶。我们的张经理还是关照你们，愿意给你们运货啊。不然的话，不来也就不来了……”

巴达拉夫一下子愣住了。他知道，王司机这话可不仅仅是吓唬他。已经秋末了，粮食、饲料和其他过冬货物果真运不进来，那会闹出什么乱子啊！作为公社书记，他怎么会不考虑这个问题？

“巴书记，您别误会啊。”女人说着，脸上又浮出笑容，把柜子上的礼物一件件放进了柜里面。此刻，巴达拉夫没有阻拦。王司机显得有点儿过意不去，摇摇头，拍了拍后脑勺，仿佛陷入深思，停了一会儿，说：“我这脾气，我这张嘴呀，我就是心直口快呀，说不定会得罪人！四十多岁了，怕是改不了喽。老巴啊，我就是看着张经理家境不太富裕，所以才肯舍着脸面求人，否则，又不是我的女儿，我才不愿管呢。”

巴达拉夫仿佛认输了，在这场争斗中，他作为反方，确已无力反抗了。

“老巴，咱们说点儿实际的吧……”王司机笑着凑了过来。这时，女人的眼眶也变干了……

那天下午，巴达拉夫失魂落魄地从公社的院子里走了出来，只见他面如土灰。他胸口憋闷，感觉有些恶心。

暮秋午后的太阳仍是暖洋洋的。南山梁冬营地上，拉牧草的拖拉机冒着缕缕青烟从眼前奔跑过去。山梁那边几个青年男女赶着牛群，边笑边谈论着什么。远处盆地里的芨芨草已变得金黄，原野似乎显得更加辽阔。多迷人的景色啊！巴达拉夫在这个公社做了二十二年书记。眼前的景物对他来说，再熟悉不过了。但今天，他无心欣赏秋天的美景，只觉得眼前一片茫然。

“巴书记……”听到有人叫他，他抬起头，只见公社秘书图门贺西格带着一脸愁容站在他前边。是这位四十岁的秘书负责这次招工的具体工作。“哦。”巴达拉夫随口应了一声。

“王司机刚找过我，他说的那事儿……”

“哦?”

“他说您已经答应了。”

其实，巴达拉夫没有直接说“同意”，但现在说“不同意”的时间已经过去了。他自己清楚地知道这一切，于是就“哦”了一声。

“那么……该把谁弄下去呢？把谁弄下去也是件麻烦事。都是接到通知才来参加体检的……”图门贺西格挠着头皮说，“如果发生争执，最老实的可能还是阿格瓦老人，要不就把他的孙子……”话没说完，图门贺西格皱着眉盯着书记。

巴达拉夫的心在颤抖。“我得亲自来向你们领导说声谢谢啊！”阿格瓦老人的这句话又在他的耳边响起，老人满带感激之情的笑脸，胡子、眉毛上挂着的白霜，天不亮就在门口站立等候的样子，又浮现在他的眼前。

已七十六岁的阿格瓦老人，这辈子都没去过旗里，来公社也是有数的几回。一生本本分分地干着繁重的体力活儿，不懂得什么叫投机取巧。就是这么个普普通通的笨老头，在辽阔的草原上，比谁洒下的汗水都多。他日复一日、年复一年地放牧着畜群，付出的辛劳比谁也不少。在劳苦大众当家做主人的今天，他理应得到人们深深的尊重，享受人们更多的关照。可是……巴达拉夫正默默地想着，一阵汽车的马达声让他从沉思中清醒过来。一辆没载货物的卡车带着一阵风开过去。他看到了车驾驶室里的王司机和他身边的胖女人。那女人闪着光泽的脸上显出一副自豪喜悦的神情。他俩开怀大笑，车朝着来路驶去。他们要赶回去，把外甥女接来参加体检。

巴达拉夫心如乱麻，有要呕吐的感觉。他心里责骂着自己，这样当书记，分明是在作孽，哪如回家放羊去！

天色已晚，招工工作结束了，可巴达拉夫一点儿都轻松不下来。他就像一只患了旋转病的羔羊在外面来回踱着。在傍晚的冷风中，他觉得凉凉的东西落在脸上，这才意识到那是一层霜。他茫然地走着，突然听到呼格吉勒图的声音：“爷爷，咱们还是回去吧！看样子，人家不要我了！”巴达拉夫吃了一惊，抬头一看，才知道自己来到了卫生院跟前。卫生院门口，站着一高一矮两个人。矮个子说：“再等等吧，再稍微等等！”啊，他俩到现在还在等着体检呢。

今天下午，图门贺西格说是家里有事，请假回乡下了。其实，他是怕遇到阿格瓦老头儿惹上麻烦。于是他们爷孙俩到现在还不知道呼格吉勒图的名额早已被别人占了。我去告诉他们……巴达拉夫这样想着，可并没有挪动身子，他实在没有勇气去见他俩。怕被他俩发现自己，巴达拉夫于是慌忙地躲到了一棵大榆树背面。

阿格瓦老人仍在喋喋不休地做着呼格吉勒图的思想工作："孩子，真的不要你了也没关系嘛。挑选能用机器工作的人，可不像选个马驹，选匹骒马那么简单，一定是从好的里面选好的。真的不要你了，肯定是有比你更好的孩子被选中了，还是你没有达到标准嘛。那么难那么深的机器，要是你摆弄不了，出了乱子该怎么办？那不是让国家受损失了吗？啊，我的孩子，别以为爷爷老糊涂了，国家利益第一，个人利益第二，这道理我明白着呢！……"

听了阿格瓦这一席话，巴达拉夫身上像挨了一顿鞭子，真想跑过去大声说："善良的人啊，我要向你们认罪！"此刻，他真想把触手可及的东西揪过来摔在地上，把它们摔个稀巴烂，或找个人，火冒三丈地和他大吵一架！可他还是没能冲过去，只是呆呆凝视着浑身沾满秋霜的两个人。

高个儿、矮个儿两个白色的身影，在卫生院门前久久站立……

"再等等吧……"阿格瓦刚才轻轻说出的那句话，又回响在巴达拉夫的耳边，他们究竟在等待什么呢？啊，蓦地，他突然意识到了，他们等待的，不也正是自己苦苦追寻、日日憧憬的那东西吗？

赵文工　译

吉日嘎拉和他的叔叔

你们认识我队的纳木吉勒大叔吗？他身材魁梧，嗓门洪亮，两撇富有气派的胡子，十足的男子汉大丈夫气概。他酷爱两样东西：美酒和骏马。在他家中，柜上摆的是酒瓶，墙上贴的是骏马图。据说在五十年代中，有一次在敖包盛会上，就哪一匹马将跑第一，同龙腾大叔争得面红耳赤，他在气愤之下掏出自己心爱的镶银玉石嘴烟袋押了赌注。当然，最后他赢了。事后，他出高价买下了那匹高头大黑马，被人们誉为“快马纳木吉勒”，很是出了几年风头。他跨着大黑马，常常有意从龙腾大叔的门口扬鞭而过，留下一串尘烟；每逢人前人后总要嘲弄一番：“双目不识千里驹，你算哪一路蒙古人？”为此，龙腾大叔他俩的关系总不免有些紧张。以后开始搞公社化，再往后个体不准饲养自留畜，而最后竟要“割尾巴”，直“割”得纳木吉勒大叔嘴边没有了“我的马”，也就不再因为马而同邻居闹别扭了。可是谁想得到呢？自从去年开始实行“新苏鲁克”制以来，纳木吉勒大叔的“旧病”复发了。

“我要买一匹马！”他冲着队长喊。

“哪怕你买十匹哪！”队长说。

“不，我只要一匹。一匹好马能顶几匹劣马……”

从此，纳木吉勒大叔经常地沿着河边、草场追逐马群。每逢他发现一匹新骟的马时，总要从头到脚研究一番，从吃草的口情到嘶呜的声音，打滚撕咬尥蹶子撒欢也不放过。他在后边跟着，追着，掂掇着，又不时地踱到牧马人身旁追问小马的“直系亲属、社会关系”……最后，纳木吉勒大叔牵回一匹阔胸细腰，四条腿脖儿溜直的三岁口小骟马。

晚上，纳木吉勒大叔饱餐了肥肉、喝足了白酒，满身的劳乏一扫而光，打起了香甜的鼾声。在梦呓中他还在说：“谁能撵得上我纳木吉勒！……这附近？哼！……你们就瞅着眼馋吧……”

第二天，一个挎着书包的细高身材的年轻人来到了他们家。年轻人进门先行礼：“叔叔婶婶好！”

“好、好！”老两口嘴里忙应着，四只眼睛却不住地打量着这个身着短衣襟的青年。半晌才认出来：“噢……是我的吉日嘎拉回来了。”忙着招呼，自然是一场忙乱。

吉日嘎拉是纳木吉勒大叔的亲侄子。纳木吉勒大叔老两口从开脸拜天地起至今膝下一直缺丁少花。为此，同老哥说好，吉日嘎拉高中毕业后到他家来。这样，当老两口伸腿瞪眼离开人世时，一生积蓄的一点儿家产也有个托付人；另外，人将暮年，总希望有儿子、儿媳、孙子、孙女儿围绕在自己的膝下，热热闹闹，欢欢喜喜，享尽天伦之乐。因此，这个双眼闪烁着青春的光辉，活泼机灵，一脸顽皮相的年轻人，从学校毕业后首先来到了叔叔家。

晚上，纳木吉勒大叔煮水饺招待侄儿。几盅酒下肚后他挥着手说：“吉日嘎拉，你来瞧！从今日起，这家里的一切都是你的，随你怎么处置。叔叔我一生为了积攒这些东西也曾起早贪黑，但花用它时可从没有吝惜……嗯，你喝酒呵！都大小伙子啦，唉……”

吉日嘎拉没有端酒盅，却说：“明年我想考大学。”

“随你的便。你如果有本事摘月亮，叔叔也能帮助你。”纳木吉勒大叔非常慷慨地说，“不过孩子，你考那些学校有什么用呢？想当干部吗？嗨！目前的干部又不同于过去的梅林、章京，几十元工资将够填饱肚子，你还不如趁早找一个姑娘成家立业！”

“叔叔，难道我们家不能出一名大学生吗？”吉日嘎拉问。

“虽说没有大学生，可也出过快马纳木吉勒嘞！”纳木吉勒大叔哈哈大笑，“嗨，你喝呀，年轻人嘛。嘿嘿，我年轻时在酒宴上能只身战十人哪……”说着，端起茶碗一饮而尽。他多么想把话题转到酒和马上，将自己的那些荣耀的往事对着自己的侄子全抖出来呀！可是他发觉侄子对他这些并不怎么感兴趣，他有点儿扫兴了。

“叔叔，酒的主要成分是酒精，据说对大脑不利。”吉日嘎拉用他那双机灵的眼睛打量着叔叔。

“天生愚笨的人不喝酒也聪明不了。”纳木吉勒大叔一口吸干杯中酒，乐呵呵地说。

“就听你一个人唠叨了，也让孩子说一说嘛。读书人知道的事多，我们也好听一听。”老伴在一旁抱怨说。

吉日嘎拉略一思索便讲开了。开始纳木吉勒大叔惊诧的眼珠差一点儿从眼眶里奔出来。什么美国去年发射的一艘宇宙飞船将土星的表层照片拍回了地球；著名的象棋大师敌不住日本的一个机器人；苏联的两个人上了月球后又返回了地球……阿弥陀佛，这不是本旗的新闻，而是世界奇闻啊！纳木吉勒大叔在自己最富于幻想的梦中也没有梦到过这些！那一年他曾梦见自己的大黑马生双翼飞过了龙腾家的屋顶。这也是仅有的一次，他至今没有忘却……

听到最后纳木吉勒大叔有点儿不耐烦了。这些东西肯定不会假，可是距离我们毕竟太遥远了。同接羔、抗寒、打草、剪毛，以及调驯每年能在那达慕大会上争第一的骏马能有多大关联？若是茶前饭后向他人炫耀一番倒也还可以，他感到吉日嘎拉变了。

纳木吉勒大叔第二天发现吉日嘎拉的挎包里除为老两口带来的烟酒点心外，还有一大堆奇形怪状的东西。特意为吉日嘎拉腾出的那间屋子的桌子上堆满了薄厚不等的书籍，一堆电池，电线，还有一些像黑蚂蚁似的东西和其他一些叫不上名来的杂乱玩意儿。

“孩子，这是什么呀?”纳木吉勒大叔拿起一个琥珀色的小盒问。

“电表。”

“噢……”他吃了一惊，赶忙放回桌上。

他转身看见贴在墙上的一张双目深陷的老头儿画像，颇感兴趣地问：“他是谁?”

“博布夫。首次发现电波的人。”

看来也是个好人，那就请他在那儿待着吧。可是他又不由得想问：

“孩子，你弄这些玩意儿做什么呢?”

“我在自修半导体专业。”吉日嘎拉回答。

“嘿嘿，你的志向倒是不错，我看算了吧！像你这样牧羊人的儿子怎么可能弄懂那些玩意儿？咱家祖辈都是牧羊人，最好也不过是牧马人。”

吉日嘎拉笑了。仍然是那种顽皮的，带有嘲弄人味道的微笑。纳木吉勒大叔对于这种笑并不生疏，他在吉日嘎拉脸上已经见到过几次。

“叔叔，等不到中午我就能为您装一台新半导体。”

纳木吉勒大叔压根就不信，摇了摇头。

“叔叔不信？您没见在旗里修半导体的那个小伙子？他才十六岁！至于他祖辈是干什么的，哼，鬼才晓得!”

是有一个小孩，纳木吉勒大叔想起来了。去年由于收音机不响了，他曾去找他修过。那个小孩也不知是从哪儿来的，说话叽里咕噜的，只见他拿一把很像锥子，可能就是锥子，捅了几下，伸手就要了他十元钱。想一想吧，捅几下就是十元钱，要装配一台新的，能容易吗?

纳木吉勒大叔的脑袋摇得像拨浪鼓：

“得了，得了！别去学那个小东西。据说出于生活所迫，内地人自小学一些手艺混肚皮哩。咱们蒙古人就不同了。只要跟着畜群走，穷字是不会来找你的。别为了搞个电什么的，再让电打一下，那才算倒了八辈子霉。”

可是到中午时，吉日嘎拉把一台装到铝质香烟盒内的新半导体赠送给了叔叔。比起他原来的那台收音机，这个好比大的给他生了一个小崽子，能揣到怀里边走边听，可真是方便多了。他拧了一下开关，哈扎布嘹亮的歌声差一点儿掀掉屋顶。

“好哇，孩子你还真行！”纳木吉勒大叔高兴得哈哈大笑。

他怀中揣着半导体，欣赏着哈扎布唱的长调民歌，走出了家门。他突然想起一件往事：有一年龙腾曾咒他是断子绝孙。哼，请你过来瞧一瞧吧，要比试吗？你的四个崽子捆一堆儿也不抵我的一个侄子。他感受到了从未有过的满足。

光阴如流水。纳木吉勒大叔对自己的侄子越来越不满意了。侄子人没有什么可挑剔的，是个聪明伶俐的孩子。对于屋里院内的活儿，从不用谁来催促。可就是……唉！怎么说呢？老少两代人的思想就像一个是高山上的猛兽，一个是海底的游鱼，怎么也拢不到一块儿去。你瞧吧，只要稍有空闲，吉日嘎拉总会钻到屋里算呀画呀的，要不就搬出那堆电线，接住、拆开、再接……有几次一直鼓捣到天亮。

每次看到这些，纳木吉勒大叔就有点儿恼火。他并不指望侄子给他挣回多少钱，却殷切盼望他能为他挣得名誉。当一二十年后，在公社或者是在全旗的那达慕大会上将会有一匹马甩脱全部赛马，流星穿月似的射过来。那时人们将会议论：“哎，谁的马呀？”“吉日嘎拉的枣骝马（或是雪白马，或是银灰马）嘛。”“哪一个吉日嘎拉？”“除了纳木吉勒的吉日嘎拉，谁的马还能跑第一？”“敢情也是。纳木吉勒的侄子的马能不跑第一？纳木吉勒本人就是个威名远扬的骑手和驯马手，是一个堂堂的男子汉！”纳木吉勒大叔不是作家，也不懂得什么“形象思维”。但是像电影镜头似的片断情节总在他的大脑中转悠。可是照吉日嘎拉目前这个样子，鬼才能知道……

纳木吉勒大叔曾几次告诫他别再倒腾那些线呀，电呀，谁料他根本听不进去。还有几次他想给吉日嘎拉摆一摆自己的“驯马经”，对方却像在听喇嘛诵经，屁股下面没有一刻稳当劲。“我说的话一点儿都没有灌进他的耳朵里。”纳木吉勒大叔想到这里，不由得生起气来。有一次吉日嘎拉又被迫坐下来听叔叔念“经文”。看来他是忍无可忍了，突然抬起头来说：“叔叔，您在讲马有多么快？”“是哇。马这种牲畜……”小伙子的脸变严肃了：“世界上还有比马更快的东西！”“是啥？飞机吗？”“比它还快……”“那是啥呀？”“电波。”纳木吉勒大叔在心里骂了一句：“去你娘的电波！”真想把茶碗劈脸摔过去，但他没有摔，只是像打足气的篮球似的在炕上颠了几下，又像被谁突然拔掉了气嘴，长叹口气仰后躺倒了。

纳木吉勒大叔思前想后，最终得出一个结论：吉日嘎拉的最大毛病就是“不满足”，整天不是大学，就是什么比飞机还快的电波，也不知他心有多高。目前的年轻人读了几天书，看到、听到一些事，就再也不知满足了，连他祖先是谁都快要忘记了。这还得了！都是那些电线，还有墙上的那张双目深陷的人像……这一切的一切，陡然引起了纳木吉勒大叔的憎恨。

纳木吉勒大叔目前犹如热锅上的蚂蚁，他刚刚听说龙腾的两个儿子每人牵回一匹马来。经过四方探询，他得到了准信，这两匹马的父母都是远近闻名的快马。而更为严重的是，为了驯好这两匹马，老龙腾亲自上了阵。纳木吉勒大叔也知道龙腾并不是一个简单的牧马人。稍不注意，将来的头马奖将会落入龙腾的手中。真是那样的话，我纳木吉勒还值得活在世间吗？

纳木吉勒大叔摸了摸怀中的袖珍半导体，更增添了心中的惆怅。当初吉日嘎拉赠送半导体时的喜悦早已无影无踪了。

纳木吉勒大叔越急，好像吉日嘎拉给他增添的麻烦越多。“半导体怎么响个没完没了？你快去看一看”。奉父母命的邻居家孩子接踵而至。像传染病似的，附近的年轻人也开始染上了吉日嘎拉的那种怪癖。他们只要稍有空，便三五成群地聚到一块儿，像是虔诚的信徒，专心地听着吉日嘎拉大讲什么“理想……”“国家的强盛……”。从他们的话语里偶尔还会冒出一些对祖宗大不敬的语言。“好哇，你是决心要搅个底儿朝天嘞！”纳木吉勒大叔想。看来他们并没有满足，那些青年人又成立了一个什么“学习小组”，请吉日嘎拉做他们的“老师”。

一天晚上，吉日嘎拉正准备去“学习小组”教课，纳木吉勒大叔在一旁憋不住开了腔：“那匹马不是为你买的？你还管不管？”“叔叔，您也知道我的骑术不怎么样，还是您自己……”吉日嘎拉边说边整理自己的挎包。

纳木吉勒大叔的心猛然一阵难过：

“你可能不知道。过去在全旗那达慕大会上跑第一的是我们公社的马，在全公社，又是我们队的马。我们队可是出过不少有名的快马。你们年轻人……”他略一顿，又接着说，“嗳！马才是蒙古人的宝！为了马，我们蒙古人可以抛弃自己一切……”

吉日嘎拉轻轻地放下挎包，用激动的眼神打量着叔叔。这眼神里包含的不仅是激动，而更多的则是怜悯。他语调缓慢地说：

“叔叔，我们目前学习的目的也正在于未来！”

“什么？”

吉日嘎拉突然提高了音声，激烈地说：

“我尊敬我的祖先。我也钦佩他们创造的光辉业绩。但是，如果我们有时为了谁的马跑第一这种微不足道的一桩小事，不顾情谊，撕破脸皮，这多么不值得！”

“什么？你说是小事？”纳木吉勒大叔怒火攻心，声音渐渐提高了：“蒙古民族的强大是从马背上得来的。成吉思汗如果等你接好那个破线头……哼！”

纳木吉勒大叔的老伴是永远站在侄子一边的。她看到老头儿无端地发火，便走到侄子身旁拿过挎包说：

“孩子你走吧。他们还在等你哩。”

“你让孩子参加什么小组，要是学坏了，那时我再和你算账！”纳木吉勒大叔转身冲老伴瞪圆了眼珠。

“小组又有什么不好？席尼喇嘛不也是成立独贵龙（注：蒙古语独贵龙就是小组。这里指的是第一次国内革命战争时期席尼喇嘛领导的独贵龙运动）为革命做出贡献的吗？”老伴也不理他这一套。

纳木吉勒大叔开始自己调驯枣红马。目前他的筋骨还算硬强，尤其想到无论如何也不能在明年的那达慕大会上让龙腾瞧自己的笑话，他吃饭不香，睡觉不稳，浑身充溢着使不完的劲。

他打算先把马驯好，再逐渐地调教它。他跨着枣红马，时而勒缰直立，时而扬鞭飞驰，像一团烈焰，在原野上滚动。他想把它驯成烈而不躁，恒而不钝，放似箭离弦，收若山扎根的骏马。纳木吉勒大叔清楚地知道，马也有着自己的“气质”，要想争第一，除有四条铁蹄外还必须具备持久耐劳的“气质”。经过这样一个时期的调驯，他感到比较满意了，让枣红马归了马群。

快到冬至了。一个详细的秘密计划也在他心中成熟了。他没有告诉侄子，连老伴也不知道。他明白，如果他俩知道了，不挨顿臭骂也会被讥笑一番。原来他想秘密“侦察”一次龙腾。

他得悉龙腾最近将两匹马牵回家的消息后，一天下午，他告诉老伴：“我去队部。”便骑着马走了。他们两家相距不过十来里地。他先到队部，陪着老厨师装了满肚子浓茶，等太阳快要落山了，才来到位于龙腾家西北方向的一个丘陵上。龙腾的两匹马确实在门口拴着，从这里还能隐约看到龙腾出出进进的身影。“好哇，一到晚上我就能摸你个清清楚楚！”纳木吉勒大叔嘴角挂着一丝狡诈的微笑，在那里坐着、等着。

太阳躲进了西山，夜幕慢慢地被拉开了。暮霭笼罩着四野，几头牛伸着懒腰慢腾腾地从丘陵走过去。从羊圈里传来龙腾老伴喂养老弱绵羊的呼唤声。西北方向不知谁家的狗突然发出一阵狂吠。夜深了。寒冷的初冬夜空，群星闪烁。一阵寒风袭来，纳木吉勒大叔不由自主地全身一阵瑟缩。

又等了一会儿。坐在丘陵上顶不住寒风侵袭，也看不清龙腾门口的情景，他希望能靠近一些。他知道龙腾喂养的两只狗在夜晚能活撕了人，他不敢去，只好转到龙腾家西南头的一片洼地里伸长耳朵听了起来。他在心中默默地想，我只要听到马蹄声便悄悄地跟上。

他这样耐着性子又等了挺长时间。突然从他背后传来轻微的声响，不久又清楚地听到了一男一女的谈笑声。“哎，别让他们发觉了。”纳木吉勒大叔想尽快地躲开。猛然，他停住脚步，使出全身力气拉长了脖子。他听清了，一点儿不错，说话的是吉日嘎拉，另一个是龙腾的小女儿。下午，吉日嘎拉说了一声要给“小组”里的人上课，就走得无影无踪。真他娘的！原来是如此的“学习”，这般的“上课”，纳木吉勒大叔的心里可真够恼火的。为了明年的赛马，龙腾我俩各自驯马，竞争得如此激烈，你们两个该死的东西倒好，半夜三更，荒郊野外，嘻嘻哈哈……突然他又想起一件要紧事：啊哟，慢，慢！他们偏偏在这个时候勾搭是不是同驯马有关呢？好哇！龙腾的女儿肯定是他父亲派遣的“特务”，勾搭上吉日嘎拉想了解我驯马的详情。谁又能保证我们那位不会“叛变”，连底都捅给这个姑娘哩？纳木吉勒大叔开始感到了问题的严重性。

两个年轻人离他更近了。纳木吉勒大叔赶忙躲到一片锦鸡儿丛后打算偷听。

“你叔叔整天还在鼓捣那匹马吗？”

“还用说吗，吃喝都顾不上了。”

“说他俩是‘特务’‘叛徒’，真是一点儿都不冤!”纳木吉勒大叔暗想。这会儿他的心快要从嗓子眼里跳出来了。

“我父亲也一样，整天除了马还是马。”

“有一匹好马却也值得骄傲，从古至今，马总是同蒙古人有着紧密的联系。你别笑，事实是这样。你若纵观蒙古历史，便能轻易地看出马在其中起着多么重要的作用。”姑娘紧紧地依偎着吉日嘎拉边走边讲。

“我们这一代年轻人如果满足于祖辈为我们创造的财富，不能比上一代人有所前进，那真是犯了不可饶恕的罪过。”

姑娘突然非常不满意地说：

“难道我父亲和你叔叔都落后?”

“致使他们落后的原因很多，在这许多原因之中还有这么一个因素：我们这些人比较容易满足，生活稍有好转，便气也粗了，连学也不愿意上了。”

“哈、哈、哈……我父亲正是这样……”姑娘笑了。

“我叔叔也得算一个。”

为了表示亲热，竟敢毫不隐讳地诋毁自己的长辈，真是两个混账东西！纳木吉勒大叔想。但是他的心情开始轻松了一些。因为根据他们的谈话，看来还不至于是“特务”和“叛徒”。就在这时，吉日嘎拉想为姑娘披上自己的皮大衣，一阵风摆动了大衣的衣襟，惊动了纳木吉勒的马。那马竖起耳朵喷了一声响鼻。

“好像是马。”姑娘吃惊地说。

“大概是一匹带绊的马吧。”吉日嘎拉将皮大衣披到了姑娘身上。

“不是有人在跟踪我们吧?”姑娘还是不放心。

“谁会无聊到偷听姑娘小伙子间的谈话?”吉日嘎拉不以为然，接着问，“据说你父亲为了不让人察觉，总是在夜晚驯马，是真的吗?”

好小子！纳木吉勒大叔真想替侄子喝彩，他赶忙拉长了耳朵。

“哪有这种事？你想吧，黑咕隆咚的怎么驯马？”姑娘好像乐了。

对呀！活见鬼，白挨了半夜冻，又搭进去一整下午的时间。明天不感冒算是走运。纳木吉勒大叔刚想到这里，鼻子像是有意同他作对，如同钻进去一条毛毛虫，一阵奇痒难耐。纳木吉勒大叔使出全副本领忍受着，抑制着……但这一切都无济于事，“阿嚏！”……

姑娘刚说：“有人！”小伙子便大喝一声：“谁？”

纳木吉勒大叔说一声“不好”，翻身爬到马背上，一溜烟跑了。

从第二天起纳木吉勒大叔遍身疼痛，鼻子也发齉。但他还是显得非常高兴，昨晚他虽然无端地挨了半夜冻，又患了感冒，毕竟发现了吉日嘎拉和龙腾小女儿交朋友的秘密，此事又给了他很大的启发，嘴角总是挂着一丝令人难以察觉的狡黠的微笑。

几天后的一天，当吉日嘎拉又要去上课时，纳木吉勒大叔装出一副不是亲眼目睹，而是道听途说的样儿，亲切地问：“吉日嘎拉，听说你和龙腾的小姑娘感情不错，是有这么回事吗？”

小伙子开始有些慌张，接着又装出一副毫不在意的样子：“哪儿来的这种事？我们俩不过是……”

“那有什么？都老大不小了。那是个很不错的姑娘，你让她来咱们家坐一坐，我们也想见一见，自小就在我们眼皮底下长大的嘛。”

担心因两家老人的不和会给他们带来阻力的两个年轻人听到这话，如同接到了大赦令，几天以后，姑娘果然来到了他们家。不仅这样，姑娘还扯了个弥天大谎，说：“爹爹妈妈向您问好！”纳木吉勒大叔心中暗乐，经他略施计谋，姑娘便痛快地答应三两天内就将两匹马牵来。本来谁家的马跑第一对于姑娘来说都无关紧要。纳木吉勒大叔也赶忙将自己的枣红马牵回门口空起来。

几天后，姑娘果然将两匹马悄悄地牵来了。纳木吉勒大叔只扫了一眼便明白了这不是一般的马。他们在马背上搭上毡垫，纳木吉勒大叔下了一声命令：“走！”便跨上了自己的枣红马。吉日嘎拉和姑娘各自骑了龙腾的马。三人沿着浅沟来到西头的一片沼地。一进沼地他们便放松缰绳，撒马跑开了。两个年轻人并不当真，连说带笑催马疾驰，纳木吉勒大叔却自始至终仔细观察那两匹马的跑相，暗自同自己的枣红马做着比较。最后纳木吉勒大叔的枣红马领先了。但纳木吉勒大叔清楚地意识到那两匹马丝毫不比自己的马差，他这次领先只是由于两个年轻人贪图好玩，开始跑时把马逼得太紧了的缘故。

纳木吉勒大叔现在比以往任何时候都精神。

第二年的公社那达慕大会上。

主席台上首先用高音喇叭报道了一件新闻：吉日嘎拉、龙腾的女儿等本队的十来名青年为了考大学已经出发到了盟所在地。人们争相祝贺。唯有纳木吉勒大叔和龙腾俩人顾不得高兴，皱着眉头等待着赛马时间的到来。

第二天下午，通过高音喇叭又报告了大家一条最新消息：赛马的结果，纳木吉勒的枣红马取得了第一，龙腾的海骝马和银灰马各得了第二、第三。当骑这三匹马参加比赛的三名小骑手上台领奖时，会场中爆发出一阵雷鸣般的掌声。

纳木吉勒大叔的老伴这时却正在满世界找自己的老头儿。她在嘴里不停地嘟囔："这个该死的老东西又钻到哪个旮旯里去了？"原来纳木吉勒大叔当看清跑在最前的是自己的枣红马时，从怀中摸出早已准备好了的酒瓶仰脖子灌开了。瓶干人醉，他靠着一棵老槐树进入了甜蜜的梦乡。"谁的马？……纳木吉勒的马！……龙腾，你的马只好去衔我的马尾。你的女儿也将成为我的儿媳。我的亲家，从今咱俩该友好相处了。"睡梦中的纳木吉勒大叔的嘴角上始终漾着满意的微笑。

吉日嘎拉为他装配的袖珍半导体藏在他怀中报道着新闻："某某国发射的宇宙飞船成功地探索了土星表层后目前正以空间三速向新的目标前进。"

纳木吉勒大叔的老伴始终没有找着他。她突然想起了吉日嘎拉：

“老天爷怎么这样闷热？吉日嘎拉，还有我那没有过门的儿媳，同去的那些孩子们目前坐在考场里不知有多么热?”她好像看见了从本队去的十来名青年正进入考场，挥洒着汗水，解答着考题……

嘎格查干沙漠

一

大漠沙梁上那轮冬日里火红的夕阳，频频闪烁着光芒，它看上去像什么呢?

温都日玛拿着一把扫帚，呆呆地站在羊圈门口。每天在把羊群圈进去之前，她总要把圈里冻了的湿羊粪打扫一遍。可今天傍晚，她只打扫了一半，两眼就直勾勾地盯着那轮夕阳，久久站立着。

在温都日玛的眼里，那西斜的一轮红日，正像那个年轻脚夫的那张健康的脸，圆圆的，红红的。他的脸上带着一副稚嫩、幽默调皮的神情，一双大眼睛亮亮的。……

今天傍晚，天气很冷，冰一样的风刺着温都日玛的脸颊。可她似乎丝毫没有在意。

“哈拉扎胡！哈拉扎胡!”额吉从蒙古包走出来，呼喊着喂养着的一只孤儿小羊羔的名字，温都日玛这才从沉思中清醒过来，她的脸红了，比西斜的太阳还要红。她觉得，自己发愣的样子怕是被额吉看到了，于是心跳不已地悄悄看着额吉。可慈爱的母亲仿佛没有理会她，只把装着饲料的盆子放到地上，然后就回到蒙古包里了。

温都日玛接着打扫羊圈。“唰——唰——”扫帚发出有节奏的声响。想起那两只眼睛……那脸上的笑容……温都日玛变得焦躁起来，心里骂道，离我远点儿！什么样的面容，跟我又有什么关系？温都日玛这种躁动，自见到脚夫小伙儿那天起，总不时折磨着她。这种心绪使她丰满漂亮的脸都变得有些消瘦了。

二

去年初冬一天的早晨，温都日玛赶着羊群出坡了。羊群到了那片洼地草场刚刚吃稳，从西北面，几峰鱼贯而行的骆驼，仰着头，慢悠悠地进了洼地，从羊群中间走了过来。骑在领头驼上的脚夫，放开破锣似的嗓子边唱边走，仿佛根本就没顾及他已到了牧场中。他唱道：

孤独的查干沙漠，
干燥的热风吹拂不断，
心中只想着你啊，
怎奈我俩相距遥远！
……

站在嘎格查干梁顶的温都日玛，听到这歌声，脸上火辣辣的，便生气地喊道："喂！羊群刚吃稳啊！你绕着点儿走不行吗？"

可那个脚夫若无其事，接着又一段歌词飘了过来：

羊群去哪里吃草，
靠柔风引领，
咱俩在哪里相逢，

由命运决定。

……

“喂！你头上没长耳朵吗？没听见吗！”温都日玛使足了劲儿吼喊着。那脚夫停止了歌唱，停下来，调转驼头，径直向温都日玛走来。这时，温都日玛气得满脸通红。

脚夫是个小伙子，穿着绿色大衣，样子像个军人。他那张脸，圆圆的，红红的，微笑的神情中透着稚嫩调皮，给人的印象很深。

“我是让你绕开正吃草的羊群走，不是叫你过来！”温都日玛毫不客气地对他说。

“你是为我走的路生气，还是为我唱的歌生气啊？哈哈哈……”小伙儿大笑几声，带着点儿不知天高地厚的样子，说，“我是来问问，这儿的苗圃在哪里，才走过来的，你可不要误会哟。”

“你打听这干什么？”

“买点儿树苗，栽种在门前。”

“你是哪儿的？”

“巴音杭盖大队的。”

温都日玛知道，巴音杭盖是植树造林最落后的地方，那里都是布满硬沙砾的沙梁，植树谈何容易。可那儿的生活还算富裕，人们对植树造林也就非常不重视。

“你们那儿的日子很富裕，还植树干吗？”温都日玛讥讽着他。她看到小伙子大衣的褶皱里落满旅途中的灰尘时，心里的气渐渐消了。

小伙子说：“在你看来，富裕就能过上有意义的生活吗？”

“什么？……你在说什么啊？”

“我从军队退伍两个多月了。回来后，看到家乡的树非常少。我想在门前圈出个院子，在里面种些树。每年种一点儿，种一辈子。等我死后，那些树会留在那里。我能在故乡留下有价值的东西，可能就是这些树，这一点点儿绿色，就是我的希望。”小伙子说着，脸上充满了快乐。

他侃侃的讲述，吸引了温都日玛，便问道：“干吗非要种树，干点儿别的也行啊。比如，不能搞搞种畜繁殖，学开拖拉机等等？”

“不，不，”小伙儿摇摇头说，“在我们那儿，搞种畜繁殖十多年了，学开拖拉机也是太普遍、太容易的事了。”

温都日玛一下子没明白他这话是什么意思，觉得他考虑问题的方法有点儿怪，就不住地打量着他。

这小伙儿又哈哈笑了几声，说：“我想做点儿人们没做过、没见过的事儿。我知道困难很大，可我还小，不想坐在前人做成的事业上过日子，那样能有什么出息？”

哦，温都日玛终于明白了他的意思，觉得他的想法有些孩子气，可又蛮可爱的！

“你是个挺有抱负的家伙！”此刻，温都日玛的气全都消了，问他：“你买多少树苗，还至于带驼队来？”

“就买五百棵。我还得给队里去驮盐呢。”他说完，温都日玛指给了他苗圃的地方。他又接着说，“到了秋天植树造林的时候，我还来买树苗。那时候我再来向你问安！”说完，他就走了。

人的不同想法是蛮奇怪的东西。温都日玛和小伙子说话时间没超过十分钟，分开时，也没有互问姓名。可是小伙儿说的话，让温都日玛感觉到了一丝新鲜感。在荒凉的沙梁上种出绿色的树林！在故乡的土地上留下遗产！渴望绿色！是多么有意义的事啊！她不禁回想起几天前，她曾跟随公社组织的一些牧民，去参观植树造林模范萨木腾的造林基地。萨木腾老人为治理荒沙，二十多年前把家从水草丰美的牧场搬到沙漠深处，年复一年，他家的周围竟出现了一片能遮住阳光的林子。当时，温都日玛很激动，觉得这真是件有意义的事情。甚至突发奇想，自己也劝说母亲，把家搬到沙漠深处，营造出一片绿洲，那该多了不起啊！可她回到家中后，没有向母亲提起过自己曾有过的想法，也不再想搬家的事情，只是偶尔那片幻想中的绿洲，撩起她的一丝心潮。

这个脚夫小伙儿憧憬的事情，或许也是温都日玛心中的希望？她有些理解了这个年轻脚夫的想法，此刻她有些激动。她望着小伙儿逐渐远去的背影想到，他说秋天会再来，可那毕竟是很遥远的事。不知怎的，她觉得心里空荡荡的。

三

终于熬过了漫长的冬季，春天来了。温都日玛和往常一样，在羊群里忙着各种事情。去年冬季末月，一个来自巴音杭盖的年轻脚夫，经过这里，在嘎格查干沙梁和温都日玛相遇后离去，这件事除了他俩，这个世界上再没人知道。

有一天，温都日玛姑娘家的柜子上，多了一本叫《戈壁绿洲》的诗集。温都日玛就是为了这个书名，才从流动的书店购得了这本书。温都日玛每次赶羊出坡来到洼地，登上嘎格查干沙梁时，站的时间比原来更长了些。她望着辽阔的沙漠，想着遥远的巴音杭盖，那里干旱的沙地上，在她的眼前，仿佛出现了一个微小的绿点，绿点在慢慢变大，越来越变得清晰……

这天，温都日玛去大队参加团会回来，翻书包时，她的手像遭了蛇咬似的，一下子抽了回来，她摸到一个崭新的信封，里面装着一封信。又是哪个无聊的家伙！她心里骂了一句。往姑娘的书包里偷放情书，是当时家乡的年轻后生惯用的做法，几年来，她早也领教过了。她怕被额吉知道，就躲到柜子那边打开信看了起来。原来是呼格吉勒图塞给她的。呼格吉勒图是全大队出名的有本事的小伙子，是姑娘们心中的一颗明星。队上请也不来的汽车司机到了呼格吉勒图身边，都愿主动停下来。他拉着一只羊出去，就能揣着一百块钱回来。在复杂的社会关系网中，他更是如鱼得水，自由游动。现在，这个有本事的小伙子向温都日玛求爱了，可温都日玛却没有多么快慰。呼格吉勒图和那个脚夫小伙子在她的心里并列而立，她用平和的目光看着他俩，微微摇了摇头……

这天，温都日玛在返回队里的路上，看到一个牵着一峰骆驼的人带着几峰骆驼正向她走来。这是脚夫的车马、骆驼踏出的一条老路。她也没有太在意。当她和脚夫迎面相遇时，她猛地认出了脚夫，失声喊了出来："啊，是你吗？"这个小伙子，没错，正是他！

那张又圆又红的脸变得有些黑了，那件绿大衣显得有些旧了。小伙子也认出了温都日玛，激动地笑着说："你好啊？有缘总能相逢啊！"他说完，调皮地眨了眨眼睛。

"好啊！你这是从哪儿来啊？"温都日玛笑着问。

"又去嘎格查干了，可恰巧你不在。"脚夫小伙说，"我去给队里驮东西，半路上去苗圃订购秋天用的树苗。"

"拿走的那些树苗都栽种了吗？"

"都栽种了。在沙地上种，还得驮水浇树，真把我们折腾得够呛！"

"我们"？温都日玛想，难道还有别人和他合伙干？他俩并肩走了几步，温都日玛发现，他那件绿大衣胸前撕破过，可又被缝补好了。那针脚真细。是谁给他缝的？……一连串的猜想出现在她的脑海里。可她装出很平静的样子，问："秋天想再种多少树苗？"

"打算再种八百棵。那就是每年种一千三百棵，按一千成活算，十年就是一万，五十年就是五万。"小伙儿说，"唉，忙一辈子，怕也是成不了什么大事。"

"五万棵是那么容易吗？"

"是啊，要是每人一辈子都栽活五万棵树，五十年后，毛乌素沙漠、鄂尔多斯高原会变成什么样子？”说着，小伙儿露出了快活的笑容。

温都日玛此刻知道了，这个年轻人的心里有那么美好的向往。

古代留下来的路，在他俩的脚下延伸着。路两边的锦鸡儿、油蒿挨挨挤挤，在严寒酷暑中顽强地生长着。前面金色的沙梁闪着耀眼的光。走着走着，温都日玛问道：“你叫什么名字？”

“照日格图。我也正要问你的名字呢。”

“我的名字不是多出色的，以后再告诉你吧。不过……也没必要告诉你了。”温都日玛说。

“那就等你以后告诉我吧。好了，再见吧。现在我们应该彼此告辞了，你亲爱的人要是看到咱俩在这里说话，他会生气的！”他说完耸耸肩调皮地笑了。

听他这么一说，温都日玛心里有些怪怨，觉得挺不舒服。可为了让他心里明白，就说：“我可没有这样的麻烦事。可你……这么忙，还有要紧的事去做。”

脚夫小伙儿——名字叫照日格图——温都日玛现在知道了——他走了。他的大衣胸前那个破口，是谁给他缝好的？温都日玛心里反复琢磨着。

四

温都日玛和照日格图第三次相遇，是在去年秋季。照日格图来驮运春季预订的八百棵树苗。那次，温都日玛知道照日格图有了热恋中的情人。

照日格图走后，温都日玛哭了。当她哭泣时才知道，自己是多么喜欢这个脚夫小伙儿。可也是无奈的是，两人只是两次不期而遇，她也没有理由责骂人家小伙儿薄情寡义。

一天，温都日玛又登上嘎格查干沙梁，站在那里，心头泛起一丝伤感。

“温都日玛！”

她听到喊声，扭过头一看，发现呼格吉勒图在她背后。呼格吉勒图从马背上下来，问道：“看你气色不好，怎么啦？”

“没怎么啊。”

呼格吉勒图捋了捋马鬃，说：“前年，用一百块钱买的那匹野马驹，如今已长成三岁公马了。现在有人愿出五百块买它。我还在犹豫呢！”

“你可真有本事啊！”温都日玛用略带讥讽的口吻说。

“党号召致富嘛，”呼格吉勒图有些脸红，说，“你到现在还没给我回话呢。”

温都日玛想起了春天出现在书包里的那封信，就急忙说：“对不起，这么长时间了，都没回复你。”

“你是不愿意吧？”

姑娘心里翻腾着。在现实生活和工作中，呼格吉勒图确实是个挺机灵的后生，要是一生和他相守，不会有那么多忧愁。可温都日玛总觉得，他身上仿佛缺少了些什么，而且这种想法与日俱增。他不像那年轻脚夫那样，心中充满对未来的美好憧憬……如果温都日玛没有遇到照日格图，说不定会真的喜欢上呼格吉勒图。可命运让她和这个调皮脚夫小伙儿相遇了三次，每次的相遇都在她心里留下很深的痕迹。这以后又会怎样呢？

“你心里好像有了另一个人。”呼格吉勒图笑着说。

“你说的是谁？”温都日玛急着问。

“大概是那个未来的植树模范吧！”

“别瞎说！”温都日玛虽拉下脸反驳，可也信服呼格吉勒图眼光的确挺贼。

“听说他来咱们队三次了。最后来的那次，他走时，我看到你哭了。可是……”呼格吉勒图故意停了下来，笑看着温都日玛。

“可是什么?”

“一辈子流的汗比谁都多，享的福也许比谁都少。后来哪一天总能出名吧。可为此付出的代价会更大。”

温都日玛此刻比以前任何时候都讨厌呼格吉勒图。他不仅是在嘲讽那个年轻的脚夫，更让她接受不了的是，自己心目中那个圣洁的形象被他侮辱了。

温都日玛压抑着心中的愤怒说：“我以后会直接给你答复，可今天不行。”

五

温都日玛不是那种磨磨唧唧的人。她极力平息着心中的波澜，可脚夫小伙儿那张圆圆的脸，深深地留在她的脑海里，挥之不去，这让她时时躁动不已。

春天来了。照日格图该在这时来驮树苗了。他肯定会来，温都日玛突然想到，他现在怎样了？他去年种下的树苗成活了吗？他已经结婚了吧？……

一天，在洼地牧场放羊时，温都日玛果然看到了照日格图那队骆驼，可牵着骆驼过来的，是个上了年纪的男子。

“您是巴音杭盖的?”温都日玛迎上去问道。

“是啊!”老汉用奇怪的目光看着她答道。

“照日格图……怎么没来?”

“他生病了。”

“生病了？什么病啊？”

老汉看到温都日玛着急的样子，便拿出烟袋，点燃了烟锅里的烟叶，说：“唉，他说要今年结婚，可正忙着准备婚事时，那个不正经姑娘变了心，照日格图一气之下就病倒了。”

“哦，他没结婚啊？”温都日玛说着，心想，多没出息，为这点儿事气病了！去年秋天，我没生病，也过来了。

“怎么能结婚？去年冬天，我们公社招一名司机，照日格图被选上了，可他不去。他种下的果树，到今年会第一次结果。他舍不得离开那些果树。再说了，他又要栽种一片新树林，决心把这辈子都扑在植树造林上。这一来，那姑娘头也不回地离开了他。照日格图是个有血性的男孩子。可在春天寒冷的日子里，照日格图正为植树挖坑的时候，那姑娘嫁给了一个干部，还把他们的结婚照片寄给了他。一气之下，他病倒了……”

“老阿爸，我想……托您给他……捎一封信。”温都日玛说完，心在剧烈跳动。

“行，行啊，可是你……”老汉感到有些不解。

温都日玛把自己的名字告诉了老汉，又问了一句：“他，秋天还能来吗？”

“来吧，来驮运树苗。”

秋天，那还要等很久啊！温都日玛痴痴地想着。

那天晚上，温都日玛点燃了一支蜡烛。在烛光下，她郁积心头的话一下子涌向笔端，她快速地写了起来：

“……一年多以前，你曾问我，富裕就能过上有意义的生活吗？现在我坚定地回答你，我不那么看。我觉得，生活的意义，就在于奋斗，在于开拓进取。当离开这个世界的时候，可以无愧地对国家和民族说，我把自己的血和汗都洒在我挚爱的故乡的土地上了！然而，我的这个想法，是在遇到你之后，才从朦胧中逐渐变得清晰起来。一想到这些，我的心潮就翻滚沸腾，你知道吗？……我下定决心，给你写这封信的原因是，我相信自己的心，自己对生活的看法，和你是一样的。在遥远的沙漠故乡，一个牧羊姑娘的心，在一年多的时间里，在和你的心一起跳动着。你可能不会知道，我曾为你而悲伤过。在你种下的果树结果之前，我们的爱情之树能开花结果吗？秋天不会很遥远，我会每天站在嘎格查干沙梁上，瞭望着你的身影！……”

第二天，温都日玛去到苗圃，把信交给脚夫老人，求他转交给照日格图。

从那天以后，温都日玛等羊群吃稳了后，就登上嘎格查干梁顶，久久向西北瞭望。她仿佛听到，远处传来阵阵驼铃有节奏的声响，于是她轻轻哼唱起那首动人的歌：

孤独的查干沙漠，
干燥的热风吹拂不断，
心中只想着你啊，
怎奈我俩相距遥远！
……

赵文工　译

哥　哥

这是我第三次走这条路。

夏日中午的太阳，灼热难耐。周围的沙梁和路两旁的花草，都被这太阳晒得发蔫。我走在草丛中间的小路上，身上的衣服早已被汗水湿透，粘在身上。

前两次，我也是顺着这条路走到旗里参加高考。我回来还没几天，随之而来的是落榜的坏消息。现在，我是第三次走这条路。我一点儿都不相信，这次的成绩能比前两次好。

我的内兜，有哥哥昨晚给我的六十元钱和二十斤粮票。他还往我包里塞了不少东西。这么热的天，我背着这个包，就像背着一块石头。大概我内兜的小包也已被汗水湿透。

昨晚，哥哥一个人喝得烂醉。每次我去赶考，他都这样烂醉一次。喝醉后，像往常一样放声大哭。这哭声在我听来又无聊又诡异。哭够了，他用布满血丝的眼睛看着我，用颤抖的手翻衣兜，找出二十元钱扔给我。

“我不要。”

“不……不要？不要我扒了你的皮。你……你……你胆敢再考不上……我就扒……扒了你的皮。”

我不相信他能把大活人扒了皮，更不相信我自己能考上。

但去还得去。

早上出门时，我觉得哥哥可怜，也觉得自己对不起他。但愿这件无聊的事情没有第四次。

我的家乡很美。辽阔的草原绿草如茵，牛和马在草原上悠闲地吃着草。草原上流淌着查干河，弯弯曲曲地流向远方。可是我心里总也高兴不起来。因为我有这么一个哥哥。

哥哥的外表粗壮，性格粗鲁。除了睡觉，他的时间都用来劳动和喝酒。不管是喝酒还是劳动，都不忘督促我学习。哥哥是生产队的车老板儿。他就像在泥泞的路上赶他的马儿一样，赶着我去学习。

“呼格吉勒图，起床！”

我睁开眼，屋里漆黑一片。我知道，现在才到凌晨四点。我只好努力睁开粘了胶似的双眼，坐起来。我摸黑找到火柴，点了油灯，看看我们家唯一的“现代化家具”—— 一台碎了玻璃的挂钟，它指着四点半。我用冷水洗洗脸，翻开课本。昨晚，在这灯光下，在这台挂钟旁，我看书看到十二点。凌晨四点半、深夜十二点——这是哥哥给我规定的时间。

哥哥还在打着呼噜。困意袭来时，我觉得这个世界上最幸福的是哥哥，最悲惨的是我。

我连续这样“努力”后，开始出现头昏脑涨、呕吐、迅速消瘦等状况。

“真没出息！”哥哥这样骂我。

后来大家发现我越来越瘦，好几个人都找哥哥给他讲脑力劳动的特点，说再继续这样下去，就会把弟弟逼疯。此后，他没再逼我熬夜。

“我对你宽松点儿，但如果你借此偷懒，我就扒了你的皮！”哥哥警告道。

哥哥虽然逼我学习，但他自己不看书，广播也不听，他的身边没有一张纸半支笔。他没文化。

哥哥今年三十岁。他年轻时，正赶上“文革”十年，什么也没学到。“十年”结束时，哥哥成了一个沉默寡言、性格古怪的大车老板儿。他那黝黑的脸，满身的尘土和汗臭，起茧子的粗手指，沙哑的嗓门，给人一种粗俗落后的印象。每次他恶狠狠地训我，我就想念去世的父母。他们双双在1969年去世。父亲是一位全区小有名气的牧民作家，这是我后来才知道的。起初，他写诗歌和小说，后来也写评论，是自治区作协会员。因为这样，他吃了更多棍棒、烧红的铁板和辣椒水。父亲死后不久，母亲也闭上了双眼。那时候我很小，但隐隐约约知道父亲和哥哥完全不一样。他性格温柔，歌也唱得好，无比珍爱那几本摆在柜子上的书。我母亲很勤劳，喂牛、带孩子、做饭这种事，对她来说都易如反掌。那时候，我们全家多么幸福！

现在，我每次看到哥哥，就无比想念父母。我不知道哥哥想不想他们。

只有一次，提及父亲，他哭了。那是我第一次参加高考回来的晚上。

他骂我：“你那脑子，不是脑子，是糨糊！”我蜷缩在墙角里，没敢吱声。

他“哼”了一声，从柜子上拿起酒瓶，用牙嗑开瓶盖，开始往嘴里灌。

“桑匹乐的儿子咋考上了？啊！你现在连他都不如了？你复习时间，不是比他多很多吗？”

唉，我的哥哥呀，他以为谁复习得多，谁就能考上呢。与其说我在复习，不如说我在受罪。桑匹乐儿子的大姐，是优秀的高中毕业生，在公社当老师呢。她可比你更清楚怎么让弟弟复习。但我没吱声。看到他青筋凸起的大手掌，我知道，我只能选择默不作声。

他像一头吃撑的乳牛，手拿酒瓶喘着粗气。很显然，他在生气。没过多久，酒瓶空了，他也又醉了。他四仰八叉地躺在炕上，突然用颤抖的声音叫了一声："爸爸……"他的眼泪不住地往下流，流过耳朵旁，滴到炕上。

我的鼻子酸酸的。

去年夏天，大队书记趁着哥哥去拉货，带着一张表格来找我。我们大队，有一个种羊牧场，大队书记是想让我去那里当饲养员。我高兴极了。以后，我给自己做主，能够用自己的劳动创造生活啦。月薪四十五元，管够！更何况，那是我的！

手续办得很快，没一会儿，种羊牧场派一辆拖拉机过来，拉着我和我的行李出发了。我回头看了看哥哥和我住的土坯房。父母去世后，我们在这里住了十几年。那房子，又脏又穷，又穷又乱。但它是我温暖的摇篮。我又想起了哥哥。这几年，我和哥哥一起过，没有吃好穿暖。哥哥更是一件衣服穿好几年，在野外啃着干饽饽度日。哥哥是嗜酒，但这能怨他吗？母亲去世那天，十七岁的哥哥第一次喝醉，口吐着白沫倒下了。从此，他变得酒不离身。我可怜的哥哥。我领第一个月工资就来看他，给他买酒喝。

种羊牧场离我家只有四十来里地。但它好像远在天边。人的情绪，还真奇怪。我的家乡那么美，地上绿草茵茵，天上白云飘动，近处的土坡上羊群吃草，远处的天边骏马奔驰。家乡那么美，我和哥哥的命却那么不好。不过会好起来的吧。哥哥是车老板儿，我是种羊饲养员，我们就这样过日子。

拖拉机拉着我蹚过查干河时，我听到一阵急促的马蹄声，有人大喊着："等等！"原来是哥哥骑马过来了，他连马鞍都没套，飞也似的过来了。他骑马过来，横在拖拉机前面，一手拉住缰绳，让马调头，停在路中间。

"发生了什么事？"种羊牧场的人惊讶地问道。

"我……不让弟弟参加工作。"

"什……么？"

“我要让弟弟考大学。”

“你父亲含冤致死，大队才照顾你们。你识点儿抬举好吧?”

“我不管三七二十一。”哥哥动了倔，朝我吼道，“下来!”

我身不由己地跳了下来。

“你到底想干啥?”种羊牧场的人也生气了。

“你去告我!”哥哥骑马过去，准备拿我的行李。

“等等!”种羊牧场的人拽住了哥哥的手。

“你给我让开!”哥哥轻轻一抖，那人就像大风中的布条一样飘了起来。

他用一只手把我拽上马，让我骑在他的后面。

后来，大队书记臭骂了一顿哥哥，哥哥赔了种羊牧场的人四十元医疗费。

有时哥哥对我特别好。有一次他从旗里回来，扔给我一袋子东西说:“给！你每天吃这个。”

我打开袋子一看，原来是又大又红又香的苹果。

我说:“你吃吧。”

哥哥摇摇头说:“不。都你吃。人说这东西补脑。据说那些有知识的人，不吃饭也得吃苹果。”转而笑了笑，问:“是真的吗?”

那天晚上哥哥非常开心。喝了酒，也没喝醉。他把我拽到自己身边说:“嗐，看来读书也不容易。据说读书写字需要安静的环境。前两次你没考好，以后我多加注意。”

自那以后，哥哥看见我拿着书，便大气不敢喘，在屋里脚跟着地，走路轻手轻脚。有一天晚上，他想修车辕，但为了给我营造一个安静的环境，便拿到车棚里修到深夜。当时是仲秋，早已霜冻。晚上我读书，总觉得外面有啥动静。它时快时慢，时强时弱，却一直没有间断。我很奇怪那声音是哪儿来的，走到外面一看，才发现动静来自车棚。我看到车棚里点了一堆干牛粪，哥哥正忙着修车辕。墙角的蜡烛在风中摇摇摆摆，照着朦朦胧胧的车棚，也照亮了哥哥满是灰尘的脸庞和五大三粗的身子。他的影子映在墙上，占据了半堵墙。

我知道，哥哥明天去公社，今晚必须修好车辕才行。我的心咯噔一下，觉得应该劝哥哥上屋里修。但马上又觉得，那么说反而会伤哥哥的心。我快速后退，回到屋便拿起了课本。那天晚上，我依然搞不定天方夜谭似的一道道数学题，但奇怪的是，平时困得要死的我，那天晚上竟然一点儿都没困。

哥哥进来时，已是后半夜。见我还没睡，哥哥有点儿惊讶，他站到我身后没好气地说："喂，不睡吗？"

我嗓子里像是卡住了什么东西，磕磕绊绊地说："不，这几道题我算两遍再睡。"

"哈呀，你这一下子进步了嘛。"哥哥狠狠地说完这句话，上了炕。

窗外时而吹着瑟瑟的秋风，时而异常安静。我拿着书坐了许久。油灯在我面前晃，坏了玻璃的挂钟在嘀嗒作响。我不看课本，坐在那里发呆。我的脑子，可能真的是"一片糨糊"。但我这么坐着，多多少少能安慰哥哥的良苦用心……

开春的时候，我就听说哥哥在找对象。像我哥这样脾气臭、爱喝酒、干重活的粗人，找个媳妇真难。附近的女人都结了婚，没有一个看上我哥的。后来热心的邻里帮忙，给我哥介绍了一个相邻大队的女孩。大家都说，哥哥和那个女孩见了两次。哥哥不跟我说这些，我也不敢问。

有一天，我给人家帮忙搭把手浴羊回来，走到门口时，从屋里传来了女人的说话声。一想到是我未来的嫂子，我便站在窗外听他们说话。大概未来的嫂子是个说话不输人的女人，不时地从屋里传来银铃般的笑声。伴着这笑声，哥哥也会笑一声，他的笑，像一个破旧的驼铃。

我未来的嫂子说："你这屋，就像狗窝似的。"

“嗯，来不及收拾。”

“没事，收拾这些半天都不用。喂，你不盖新房吗？”

“这……这房子也行吧？”

“嗐，你到底有多少存款？”

“两千。”

“那就先盖个新房吧。”

哥哥大概是很紧张，他说：“不行，不行。呼格吉勒图考上大学就会有一笔开支。据说城里除了喝水和逛马路，都要钱。”

“哈呀，”那个女人说，“你要供你弟弟供到毕业？”

“是。”

“哼！”

沉默持续了几分钟。

“我直说吧。你弟弟都二十了，还是让他分家住吧。他能养活自己。这是我的意见，你考虑一下。”

我能理解未来嫂子的这话是什么意思。如果同意，就结婚；不同意，就分手！每一句话，都像秃蛋头上的虱子般明显。

“我早就想过。这……”

“怎么？”

“不行。”

“那算了。”

我透过窗户纸的窟窿看到一个年轻的女人咬着牙，一边腿开始往外迈，一边恶狠狠地说：“咱们不用再见面了。”哥哥坐在炕沿上，忧伤地看着她。

等他俩出来时，我还站在窗前愣神。那女人看了我扭过头，与我擦肩而过。哥哥看到我脸色不好，便尴尬地说：“你……进屋吃饭。没事，没事。”他边说边用大手抚摸我的头。我不知道他说的“没事”，是指什么。

我扭头便跑。一口气跑到家北边的小土坡上才停下来。我哭了。心中堆积着一种怨气和愤怒。我不知道抱怨的是谁，愤怒又是为了谁，我自己，哥哥，还是那个女人？

等我明白自己是哥哥多大的负担时，我的心中像烧着一团火。我也知道，不想成为负担，就得赶紧考上。哥哥不会同意我走其他路。我咬着牙坚持了半个月，最后还是放弃了。我的理解能力，没有因为我的咬牙坚持而增加。但高考时间，不知不觉地到来了。

这次我已下定决心。如果考不上（肯定考不上），就不跟哥哥一起住了。据说旗那边的石膏厂在招人，我去那儿，哥哥来叫我，我也不回去。

哥哥和我的矛盾，本可以这样化解。最后还是没能化解。落榜已成为事实，我也没能离开哥哥。我又回到了哥哥身边。

那是我去石膏厂上班的第七天。带我们这些临时工的一个黑脸老汉叫住我说："呼格吉勒图，去指挥部，你哥来了。"

我拿着铁锨愣住了。我虽然知道哥哥总有一天会来，但听到这个消息，还是变得不知所措。我甚至想过，就这样没头没脑地跑掉。我同时看到，哥哥就站在黑脸包工头身后。

哥哥牵着马，正在看我。这次倒没看到愤怒的眼神。他的脸上，落满了灰尘，疲惫不堪的他，看起来苍老了许多。他正在绝望地看着我。

我也像个傻子似的，呆呆地看着他。

"你……"他用沙哑的声音低声说。我清楚地知道，他想说的是，"你不回去吗？"

"我……"我低声回答。大概他已知道，我想说的是，"我不回去。"

亲兄亲弟，骨肉相连啊！

他开始掏挂在马背上的小包。他的手，颤抖得厉害！

翻来翻去，找出一本精致的蓝色日记本，用他粗大的手指擦了擦，突然把它扔给我，大声吼道：“这个给你，你烧了它吧！”

我不知道从来不近笔墨的哥哥怎么会有这么好看的日记本。他把日记本扔给我，便骑上马，快马加鞭地离开了我。我看到，他宽厚的肩膀一抖一抖的。大概他在哭。

我翻开日记本，里面没写字。只见扉页上写着几个字，字的颜色已不鲜亮。

赠儿子敦德布：

文盲比眼瞎更不幸。

其鲁

于我儿敦德布小学毕业日

这是爸爸的手迹！这日记本是十六年前哥哥小学毕业时爸爸送的礼物！

我的心，重重地挨了一棒。

两天后，我踏上了回家的路。现在，我比任何时候都更理解哥哥。是啊，这次我落榜了。但我现在一点儿都不害怕。我明年再考，而且肯定能考上……

照日格图　译

2022年1月10日汉译初稿

2022年1月25日修改

路口奇遇

在热闹喧嚣的城镇的十字路口，拉布坦老汉一只手拿着把铁勺，蹲坐在那里，就像个刚见到公婆的新媳妇，腼腆的脸上带着一丝微笑。他的身旁，一架火撑子里的煤烧得通红，火撑子上的大锅里，沸腾的汤煮着带骨的羊肉。拉布坦老汉守着这口锅坐了二十来分钟，可他却觉得仿佛坐了两年这么久。街上数不清的人，数不清的腿，在他面前来回经过。他觉得人们都向他投来鄙夷的目光，然后又纷纷转身离去。看到我，人们都在想些什么？此刻他如坐针毡。自己已活到五十七岁了，这还是第一次在众人面前丢这份脸。想到这里，尽管是在冬季寒冷的早晨，可浑身像是出了大汗。他连一分钟也不想在这儿待了。

冬天的早晨，被阳光照耀的商业街渐渐有了暖意，可鬼才知道街市怎么会如此烟雾弥漫！拉布坦瞥了一眼锅里的肉，轻声嘟囔着："妈的！我要把东西丢在这儿，头也不回地离开，我走呀！……慢着，要不再等等？他把我扔在这里丢人现眼，自己倒躲了个清净，这家伙简直是个无赖！吹牛大王满达呼的儿子，能有什么出息！"拉布坦老汉责骂着自己的女婿。

自上头让人们"致富"的号召一下来，女婿的衣襟里像是兜着风似的，昨天晚上就从苏木跑回来，一进门便喊道："扎！明天非得做一只羊的买卖不可，一只羊拿到城里去卖，能赚一块手表的钱呢！"

自独生女儿招进女婿后，拉布坦老人就把全家里里外外的事情都交给女婿打理。别说卖一只羊，就算卖一头骆驼，他也懒得管。可一听只卖一只羊，他还是忍不住了，说：“卖一只不如多卖几只好吧？咱群里苏拜母羊不也有的是吗？”女婿用微带嘲讽的眼神看了看老丈人，笑着说：“不，一只就足够，来只不下奶的老苏拜母羊吧，膘会更好。”这家伙最近一段时间变得有些爱吹牛，脾气也有些傲慢，偶尔还向老丈人投去瞧不起的目光，说话也带点儿指教的口吻，还拿自己从学校学的和道听途说的一知半解的大道理、新的旧的名词术语吓唬人。但拉布坦老人对此倒也不是很生气。女婿是好女婿，他毕竟凑合着读完了高中，而且还去过点儿地方，略有点儿见识，脑子聪明，腿脚也勤快。再说了，人不都是为自己家着想嘛。老头这么想着，女婿也没再跟他说什么，便从柜子里拿出一把刀，在水缸沿儿上钢了两下，让妻子拿着手电筒跟他一起走了出去。拉布坦心想：“哦，是要杀只羊去卖啊？”不一会儿，女儿、女婿从羊群里抓回一只不下奶的老苏拜母羊，宰杀了。女婿边剥着羊皮边和拉布坦商量：“阿爸，您明天和我一起进城，帮我去卖吧？”

“好吧！”老头爽快地答应了。他平时就想，能帮助就尽量帮孩子们一把。可后来事情可不是这样了。女婿走进走敖特尔时用的蒙古包，把生了锈的火撑子拿了出来。“莫非他们看这个也多余，想把它卖了？这玩意儿能值几个钱啊？”老汉这么想着，可也没吱声。这时，女婿拿来一把锛子，把整羊一小块一小块地剁开。这是要干什么？蒙古人杀羊，向来是把整羊按四肢分解开就行了，这分明是按汉人的方法剁羊啊。老头儿想着，又看了看放在地上生了锈的火撑子，他突然明白了，问道：“你这是要去卖手把肉吗？”

女婿抹了把汗，说：“嗯，一碗一块两毛五，一碗五块带骨肉，大小搭配，再浇两勺汤就行了。”

“啊？……这……”拉布坦听了，心里挺不舒服，喃喃着，“那是要干什么？”

女婿摆出一副训导人的样子，说：“卖剔骨生羊肉，一斤一块钱，眨眼工夫，把带骨肉剁开煮熟，一碗能卖一块两毛五，一碗最多六两剔骨肉。我们没有手吗？为什么只许别人这么赚？”

“可是……可是……”老汉不知该说什么，“要卖，你自己去卖吧，我可不去！”

“没事儿，阿爸只管烧烧火，坐在那儿看看锅，其他事儿都交给我来做。”

夜里，拉布坦老人睡不着，心里想着，这算什么啊？这辈子都没见过这样的事，别说做了。他们一家人，在旧社会就知道用畜产品到市上去和商人换吃的、穿的、用的；到了新社会，只懂得把劳动产品卖给国家，再从国家那里购买各种过日子的东西。一想到坐在街市一个角落，用勺子把火撑子敲得叮当响，去卖肉，他顿时觉得浑身冷飕飕的。他又想起老辈人曾说过的话：“富裕时你肯帮人，贫穷时人肯助你。”不做这买卖就不能活吗？人家做买卖，想占便宜，咱别那样吧，咱不能不眼红人家吗？用赚人家的钱过日子，心里踏实吗？妈的，好人就不做买卖！……

对“买卖人”，拉布坦老人从小就很讨厌。解放前，每到过年前夕，草原上就会来一伙买卖人。他们用两壶上面结着冰的酒就能换走牧民的一只三岁口大绵羊，嘴里还说，只因为是朋友，才肯亏这样的血本。用十块五颜六色的点心换走牧民一只大肥羊后，反倒像被人占了大便宜似的，皱着眉，哭丧着脸离去。拉布坦想起这些买卖人，心里就咒骂他们不是东西！唉，一块两毛五一碗，我怎能开得了口啊？

可是，到了早晨，女婿又是一再请求，老人还是无奈地答应跟他一起进城。他家离城里挺近，天刚一亮，翁婿俩就来到公路旁。等了不大一会儿，一辆汽车开了过来，女婿一招手，汽车“嘎”地停了下来。此刻，拉布坦很佩服女婿的能力。那司机和女婿是老相识。这家伙，什么时候结交了这么多人啊？老汉吃惊地看着女婿。

进了城，太阳刚出来。女婿离开拉布坦老汉，没一会儿，弄回来一口大锅和一担煤。拉布坦在火撑子里生起了火，把口袋里的肉倒进锅里，加上水，煮了起来。

“你是从哪儿弄来的这些东西？”拉布坦问。

“是从一个认识的朋友那儿借的。阿爸，您看着锅，我再去借点儿碗筷、桌椅来。”女婿说着，得意地笑了笑。

桌椅、碗筷都齐备了。十字街口满是做买卖的人，从卖鸡蛋鸭蛋到卖扫帚刷子，各种各样的货物整齐地摆放在一个个买卖人面前。一个个买卖人扯开嗓子叫卖着，夸着自己的东西如何如何好，十字街口人声嘈杂，一片喧闹。

“阿爸，您看着锅，我要见一个认识的人，去去就来。”

“你认识的人怎么没完没了？”

“他给我买了点儿木材，我去商量妥价钱后就回来。”女婿说着，低头看了看锅里的肉，又说，“肉现在可以卖了，阿爸吆喝着卖吧。”

“怎么吆喝？”老汉腻烦地说着，脸有些发热。

这时，他旁边正坐着一位老女人。老女人面前摆着一些鸡蛋，她吆喝着叫卖，就像山羊发出“咩咩”的叫声。“难道我也像她这样吆喝？快拉倒吧！”拉布坦愤愤地想。

女婿这时笑了笑，说：“这么吆喝，肥羊肉咧，一碗一块两毛五，又香又便宜啊！……”

“好，好，行啦！你快去快来吧！”拉布坦有些不耐烦。

煮肉的锅旁就剩下他一个人了。女婿这一走，可就没了音信。在这里坐着，万一撞上熟人，我可真成了鬼了！拉布坦想到这里，有点儿坐不住了。街市上的喧闹声越来越大，各种叫卖声像互相比着输赢，一声压倒一声。挎篮子的、抱着盆提着桶的人们，在街上摩肩擦踵穿梭而行。拉布坦老汉观察到，街市上的人，买东西的少，逛热闹的多。这时，一个人来到卖鸡蛋的老女人面前，蹲下来，一个个地抓起鸡蛋，转着圈儿，对着阳光看了好半天。拉布坦心想，咳，都是从鸡屁股里下出来的东西，能差多少？干吗费这么大工夫。可那个人还是那么有耐心地蹲着，他终于放下了鸡蛋，搓着手问道："这都是陈鸡蛋吧？"

老太太一听着急了："哪儿的话？都是昨天、前天刚下的。"

"哼，是陈蛋新蛋，一看就能看出来。"

"看你是个不识货的主儿吧？"

"好，干脆说吧，一块钱八个，怎么样？"

"七个半？"

"半个鸡蛋怎么卖？"

"你给两块钱，我给你十五个鸡蛋呗。"

那个人站起来，摇摇头，走了。

拉布坦面带不屑神情，摇了摇头。那个人为了多要半个鸡蛋，白浪费了煮顿茶的工夫，走掉了。这老女人为了少给半个鸡蛋，宁愿在这儿冻这么久。他俩算是绝配哦！

他正往烟锅里装烟时，一个人向他走来，停在他的锅旁。"嗯，现在……"拉布坦想着，心跳不已，低下头看着，干脆坐了下来。那个人好像在盯看着锅里的肉。拉布坦从下面看到这人穿着的一双黑皮鞋，一条蓝裤子的裤脚，黑皮鞋上落着一层薄薄的灰尘。他会问多少钱一碗吧，还是别问的好，要是问了，我该怎么回答？一碗一块两毛五？什么话？值那个价吗？听到后，人家会怎么想？就说这是苏拜老母羊的肉吗？……拉布但感到惴惴不安。

"老人家，肉怎么卖？"那人虽用汉语问，拉布坦还是听懂了，但他没有回答，仍坐在那里，默默地看着他。这个人又问了一句，拉布坦突然摇摇头，可为什么摇头，连他自己也说不清楚。

"啊，不是卖的吧？"那人问了一声，只见黑皮鞋向别处走去了。

拉布坦老汉喘着粗气，过了一会儿，心里觉得轻松了些。他抹了抹额头上的汗，向四处张望，仍不见女婿的踪影。这家伙，把我扔在这儿，准是找朋友喝酒去了，我再也不上你的当了，他心里责骂着女婿。

“老人家，一碗多少钱？”

听到问声，拉布坦急忙抬起头，是一个四十来岁的男人站在眼前，只见他干瘦白净的脸上，带着温和的笑容。拉布坦又觉得胸口有点儿憋，嗓子有点儿堵，向那人看了半天，还是摇摇头。他坐不住了，想要把这些肉快卖出去，赶紧回家！他突然说：“一块钱……”刚说完，嗓子又像被卡住，没法说话了。他仿佛觉得自己说了句“我见钱眼开”，心里好一阵难受。

“一块钱？哈哈！你要价太高了吧？”

拉布坦老汉吃惊地看着对方，只见这个善于讨价的人，正用奸诈的目光看着自己，还笑着说：“你不是牧民吗？唉，你们牧民如今也变了，变得比那些牲口贩子还厉害！”

拉布坦一听，突然像受到了侮辱，怒火中烧。贩子?！你个混账东西！别说眼下政策光照人心，生活美好，就是“四人帮”横行，牧民没钱花，日子拮据时，我们也从来没忍心占过别人便宜！他本能地意识到要捍卫“牧民”声誉，一副沉重担子仿佛突然压在了自己的肩上。

老汉瞪圆了眼睛，大声说：“我们一直被别人占着便宜，从不会占别人便宜！你想给多少钱？”骤然间，他内心的慌乱和羞涩消失殆尽，口齿变得流利，感觉心脏也像是膨胀起来。

“八毛钱。”那个人说道。

“哼，卖你六毛！”

“呵呵……你这……不是开玩笑吧？……”

这个人脑子没转过弯儿之前，拉布坦老人抓起一只碗，盛上满满的肉递给他，愤愤地说："给你！"

那个人一脸怀疑的样子，诧异地看着拉布坦，慌忙付了六毛钱，接过了肉。看见他心神恍惚的样子，拉布坦得意地笑笑，大模大样地点燃一袋烟，说："哈哈，多啊少啊，不就是几毛钱的事嘛，用得着那么眼红？"

"啊，啊……是……是啊！"

今天街上的手把肉六毛钱一碗！这消息不胫而走！不一会儿，好几个人聚集到拉布坦的肉摊旁边。拉布坦老汉开心地把盛得满满的一碗碗肉，递到一个个客人的手里。几个人吃完走后，又来了几个人。

"喂，老兄！"随着话音，一个粗嗓门大汉挤开几个正吃肉的人，来到拉布坦身边，掏出香烟递给拉布坦一支。这位陌生人干吗要这样？拉布坦没闹明白，但心想，伸手不打笑脸人嘛！于是就接过香烟，冲着他笑了笑。

那人说："你我都想挣个小钱，都是在日晒风吹中，混口饭吃的人，咱宁可一个帮一个，也别给人制造障碍啊，难道不是这样吗？"

这话说得在理，拉布坦点了点头。那人接着说："我也是卖羊肉的，就在那边儿。"他指了指街口的那个角，"现在，我的羊肉可是卖不动了！"说完，他无奈地摇了摇头。

"哦，怎么了？"

"怎么了，唉，你这儿卖六毛钱一碗，没人再去我那儿买了！咱们都是哥们儿，没结下过什么仇恨，干吗这么挤对人啊？"

拉布坦老汉听了这话后，不愿再理睬他，真不知该跟他说什么，于是"噗"一下把嘴里叼着的那支香烟吐到了地上……

"老哥哥啊，呵呵……跟你商量件事儿。"听到背后的问话声，正往碗里盛肉的拉布坦回头一看，是那个卖鸡蛋的老女人。她满是皱纹的脸上堆满了笑容。

"什么事儿？"

“你要是愿意的话……嘿嘿，我想把你这一锅肉都买下来。”

拉布坦没想到买卖会如此容易做，于是爽快地答应说：“好啊！”

老女人笑着问：“这锅肉有多少？不超过四十碗吧？”

“大概有吧。”拉布坦说着，对老女人那怪异的眼神感到奇怪。

“我按四十五碗给你钱。”

“那也不用。”

“别客气！你就把你的碗和勺子借给我吧？”

拉布坦老汉愣了一下，他终于明白了，于是笑了笑，心想，扎，这老太婆啊，这么老了还要花招啊？这些肉一到她手里，一碗就能卖出两碗的价钱来！能挣多少钱？这把年纪的老女人了，在细草中走路身子也会摇摆，在粗草中行走身子会被绊倒，还能活多久啊！这样挣钱，难道这点儿便宜钱就用不完吗？你还有后代子孙，这是作孽啊！想到这里，他忍着满腹的厌恶，强作笑脸，说：“我不卖给你了！”

“那就算五十碗吧？”

“我怕你被我占了太多的便宜，不卖了。靠占便宜弄到的饭，吃下去，肚子会疼啊！”

这时，老女人脸上的笑容，像被风吹散的乌云，突然消失得一干二净。她冷笑两声，狠狠瞪了老汉一眼，走向那几颗鸡蛋，继续做她的生意了。

吃肉的人们中不时传出赞叹声：

“还是牧民公道正直啊！”

“这才叫真正的轻财重义！”

“……”

此刻，拉布坦老人觉得自己变得好高大啊！他卷起袖子，捋捋胡子，棕红的脸上出现了美滋滋的神情，不停地说：“拿过碗来！拿过碗来！……”他给客人一碗碗地盛着肉。

不一会儿，一大锅肉就见了底儿。这时，一个人提着一个桶飞一样跑来，把最后几碗肉包圆儿了。买卖做成了！拉布坦老汉心满意足地喘了口气，用袖子抹了抹前额，也不知道他流了多少汗呢。

“阿爸！”听到喊声，拉布坦回头一看，女婿不知什么时候站在了他身后。只见他满脸哭笑不得的样子，呆呆站立着。

拉布坦此刻已不想嗔怪他了，和蔼地笑着说：“你回来得真好，我把肉卖得差不多了。”

“可是……阿爸您哪，……唉！……”

“怎么啦?”

“唉！……”女婿耷拉着脸，叹了口气，不停地摇着头。

……

女婿忙着把借来的桌椅和锅勺碗筷去还给了人家。翁婿俩要寻找能搭乘的车回家，便离开了十字路口。正走着，女婿看到一家饭馆，就说：“阿爸，咱们进去坐一会儿吧。”

“好，好啊，一只整羊都给人家吃了，咱自己还能空着肚子走啊！”老头高兴地说。

往日里，拉布坦老人很喜欢和女婿喝酒。尤其是在冬日的夜晚，翁婿俩喝着酒，酒就像一条鞭，话题就像一匹飞奔的马，爷儿俩畅聊着古今中外的奇闻轶事，真是好不痛快！

进了饭馆，爷儿俩要了几个菜、一瓶酒，舒舒服服地坐着喝了起来。拉布坦夹了一口菜尝了尝，说：“齁咸！就这么几片肉，放了这么多菜，还这么贵！”说完，带着瞧不起的神情微微笑笑。

“阿爸，您就不是个做买卖的人！人家是开饭馆，怎么能不贵啊?”女婿像是用鼻腔说话，和老人开着玩笑。

“你说什么啊？唉，你们这些年轻人哪……”

“什么？阿爸您那不是做买卖，是在施舍行善！”女婿的话中充满着讥讽。

“咳，做人怎么能不考虑自己的名声呢？不就是少挣几十块钱嘛，与其让人骂我拉布坦搜刮别人钱财，咱宁可少挣几个！”老汉说着，自己举起了酒盅，“你知道买肉的人怎么说？他们都说，还是牧民正派耿直！听到了吗？人的信誉，多少钱也换不来啊！”

这时候，女婿嘲讽的神情几乎变成了哭相，他使劲拍了下大腿，伤心地喊道：“阿爸，那些人是哄骗你上当呢！”

“什么？”

“我从朋友家出来，正走着，听到街上几个人在议论。一个说‘十字路口那儿卖手把羊肉，一碗才六毛钱’，另一个说‘奇怪啊，怎么这么便宜’，第三个人说‘奇怪什么，是个牧民老头儿卖，他根本就不会做生意’，还有一个说‘真是这样，夸了他几句，他就给人家满满盛了一大碗’，那几个人哈哈大笑着说‘走，咱也用几句空话去骗他的羊肉吃’。我听了以后，撒腿就跑。可跑来时，您已经把肉卖光了！”

“唉，嘿！……”刚喝下去的几盅酒猛地涌上了拉布坦的头上，他简直不知道该说什么，“天下竟有这等事情，花便宜钱吃了人家的肉，背地里还这样糟蹋人，都是些什么东西啊?!”拉布坦老人愣住了，心中充满困惑。

“真的，阿爸，一碗羊肉值多少钱，您知道吗?”女婿笑着问道。看样子，他有些醉了。

“说什么呢？不会超过五六毛钱吧?”

“有什么根据?”女婿继续追问。

拉布坦没话可说，被问蒙住了头。价格、行情这些东西，拉布坦真的是一无所知。为了摆脱尴尬的窘境，他轻声地反问女婿：“那么，你那个一块两毛五，有什么根据?”然后他又大声说：“你说说啊！”

“一、这街上手把羊肉都是怎么卖的；二、现在，从河里打捞的虾一斤都两块多了。靠精心牧养，从羊羔长成大羊，每年要花费那么多精力，一碗羊肉价格怎么不会超过六毛呢?”

“可是……可是……”

“我们把生肉煮熟再去卖，不是为了多挣点儿钱吗？”

女婿这一通猛烈进攻，问得拉布坦老汉张口结舌。他很想反驳，可绞尽脑汁，终究还是理屈词穷。

女婿教训了老丈人，看到老汉困惑不解，说不出话的样子，他更觉得有些得意，说：“这就是商品价值，商品价值！阿爸您知道吗？”这也是女婿刚从别人那儿听来的新词儿，要说商品价值，也许连他自己也没搞明白呢。

商品价值?！拉布坦根本不懂这个词儿是什么意思，看到女婿却像有学问的老师，一脸正经的样子，也就忙点了点头。

太阳快要落下去时，翁婿俩下了汽车。他们踏着草丛向家中走去。今天在城里路口遇到的件件事情在拉布坦脑子里翻腾着，可他越琢磨越想不明白。他看了看女婿，心里琢磨着：“混小子！现在的年轻人都在想些什么？我真是看不懂。可是……这家伙倒是比我想得远，比我精明多了，他以后不会被别人欺负，占便宜。就由他们去吧，比我强总是好事。五十七岁的人了，干吗还管那么多，咱躲远点儿吧！……”

冬日的夕阳，在草原边际还挂着半张脸。它像是在惊愕地注视着八十年代的草原……

赵文工　译

送　礼

牧民小伙楚勒图木信马由缰地走在夕阳下。他今年二十七岁了。落日的薄晖斜照在大地上，迎面吹来柔和的秋风，使得连绵的坨子和敞开的平川更加空旷而辽阔了。

楚勒图木有些闷闷不乐，他陷入了不知如何才好的麻烦中。辽阔草原的边缘地带，隐约看见几十排青砖砌成的房子。他知道，那是大队的队部，如今的苏木所在地。楚勒图木今天也是奔着那里去的，但是，他似乎不想那么快到达目的地，慢悠悠、慢悠悠地走着，甚至冒出了到不了才好的想法。

那么，是谁逼着楚勒图木，让他去不想去的地方了吗？没有，没有人强迫他，一切都是他自己的决定。

一

一个月前。

有一天，楚勒图木放马回来，到家后一边喝着妻子布仁其木格熬的茶，一边给她讲着外面听到的消息："听说，特古斯老人的儿子被地质队选中，干上临时工了。"

坐在炉子旁边扬奶的布仁其木格，并没有放下手中的活儿，只应了一声："哦，是吗?"

谁家的儿子有了什么工作，原本与这小两口平静的生活毫不相干。他们没有托人找工作的能力，也从没想过找个什么工作。

"你知道咋进地质队的不？据说，特古斯老先生把地质队管人事的头儿请到家里，好好招待了一番。好像又给塞了不少驼绒、毡子、奶油什么的。估计给喂饱了，然后事儿也成了。"

"哦，有可能。特古斯老人能办这种事儿。"布仁其木格用开水刷着铜锅，屋子里弥漫着热气儿。

楚勒图木家的从牧场听来的消息也说完了。他松了松腰带，靠着行李半躺下去。布仁其木格出来进去地忙乎着，一直没闲下来。楚勒图木每回放马回来，夫妻二人都会聊一会儿，说一些各自听到的奇闻趣事。只是，说完了就完了，记不住多少要紧的。

第二天，也许是第三天，布仁其木格饮完羊群回来，跟拾掇马绊儿的楚勒图木说："哎，对了！你是不是说过特古斯让儿子去当工人的事儿?"

"嗯……"

"就他那儿子，要是跟我们朝克吉勒比的话差远了啊！文化、头脑、干活儿……哪哪儿都不是对手哈。"

楚勒图木裁着熟皮条，觉得布仁其木格说得也有道理。朝克吉勒是布仁其木格的弟弟，比起特古斯那个初中都没毕业的儿子，他的小舅子好歹也是高中毕业的不是？而且，腿脚麻利，脑子也聪明。

楚勒图木没有放下手里的活儿，说："那可不？不过人家能啊，怎么说来着，叫送礼要胳膊长，请客要嘴巴甜。"

"还真是。不过，谁家还拿不出点儿送的、请的东西呀？只有会的才赶趟儿呢。"

楚勒图木纠缠着手里的熟皮条，思绪也跟着麻乱起来。哼！特古斯会的，我难道就不会了吗？楚勒图木想了想。要不，我也像特古斯一样，请他们吃一顿饭，送点儿好东西……那朝克吉勒不是也能成临时工了？都说临时工干好了，也能成国家干部嘛。那时，布仁其木格会高兴成啥样呢？

楚勒图木回过神来时，发现自己竟拿着马绊儿，呆呆地发愣呢。我这是想啥呢？简直是胡思乱想。不过，他又捋了捋刚才的想法，又觉得这也不是什么办不成的事儿。无论怎样，也得让我小舅子上个班。

“喂！”他略带兴奋地喊了媳妇一声。

“喂什么喂？啥事儿说呗。”布仁其木格从灶边回应。

“我们也让朝克吉勒去上班吧。”听起来，楚勒图木的口气还很坚定。

“什么？”布仁其木格有点儿信不过自己的耳朵。

“请的、送的，咱都不缺。我们是自愿给别人东西，又不是去抢别人东西，怕什么？”

楚勒图木兴致满满地说了一堆“大道理”。一旁的布仁其木格听着噗地笑了出来，说：“你可干不了这个吧？”小两口从小一起长大，布仁其木格深知自己的丈夫从娘胎里出来就没干过那种事。楚勒图木小时候很倔，有一次母亲让他去邻居家借点儿盐，他愣是没去。“你不去？是不是要我抽你两下？”被母亲吓唬一声后，他才很不情愿地走了出去。不过，他到底还是没去借，而是跑到后面的小坡上坐了半天，等天黑前才回来。母亲问他为啥没借回来时，他却说：“我不愿意求人家！”是的，只要遇到求人的事，楚勒图木打小就张不开嘴。几年前，申请入团的事儿都把他给难住了。其实，他是一个既能干又热心肠的小伙子。当时，布仁其木格四处打听后，了解到他虽然表现优异，但是因为“不积极靠近组织”，所以才没能入团。之后，她就不断开导楚勒图木：“你呀你，有机会的时候找团书记聊一聊呢吧？”楚勒图木摇了摇头：“要是让别人看见了会咋想？”“能咋想？”布仁其木格也觉得很奇怪。“别人要是觉得我去巴结领导了，多不好？”楚勒图木笑了笑，接着说，“与其让别人误会，晚两年入团能咋呢？”

他一直是这样的人。今天，楚勒图木突然说要请客、送礼，布仁其木格是一万个不相信。

“你是觉得我不会，是吗？”楚勒图木反问道。布仁其木格刷着水桶，说：“不知道啊，但我是不会相信的。”

“又不是什么学不了的难事儿。”楚勒图木信心满满地说。

听了这话，布仁其木格将信将疑地沉思了一会儿。然后，以温和的口气对丈夫说：“你自己拿主意吧。弟弟要是真能上班了，爸妈也一定会很高兴。”

二

楚勒图木两口子开始准备请客吃饭的事情。

楚勒图木之前也见过地质队里的领导。那是一位脸有点儿黑、四十岁左右的壮汉，看着很严肃，实际很和蔼的人。地质队的指挥部就设在苏木上，而且从他们家到苏木才二十多里地，所以，煮好了肉，备好了酒后再接过来也不误事儿。

这一天，楚勒图木拾掇好一只肥羊，炖上了一锅肉。布仁其木格把羊群放到草场后，也急急忙忙地赶回来了。她抖搂完了毡垫儿的灰尘，又打扫里里外外的，仿佛要过年一样。肉香和熏香的味道飘满包内的时候，楚勒图木走到马桩子上，备好了两匹马。

楚勒图木套好鞴鞍后却回到包里，点了一杆烟吞云吐雾起来。

布仁其木格不时看着丈夫，叹了一口气说：“再不去就晚了。你怎么还不动身啊？”

楚勒图木苦笑着，说：“去，去。可……人家要是不来咋办？”

布仁其木格怔了一下：“为了请他来专门拾掇了一只羊，还忙活半天了。应该能来吧？”

“要是还不来呢？……这谁能说得准。”

不知为什么，楚勒图木不停地自我暗示着，“想请的人肯定来不了”。他觉得这次不是请客人，而是要去干一件丢人的事情，心里总是很不得劲儿。

“哎呀，要是真不来的话……那多丢人啊？还不如让人抽一个耳光呢。”布仁其木格也有些慌了。

那个领导，看着倒和蔼可亲似的，但也挺严肃的。我去请人家，要是不高兴了，还批评我“这不行，这是歪风邪气”之类，咋办？即便不批评，就以今天有事为由搪塞我，不给我面子，咋办……一时，种种想法填满了楚勒图木的脑袋。

“哎！”楚勒图木挠了挠头。

布仁其木格也轻叹了一声气。

“或者……”楚勒图木支支吾吾地说着，“我们不请吃饭了，过几天直接把礼物给送过去吧。”

“那样也行。就算请来了，要是被街坊邻居都看见了也不好。我也正担心别人会想点儿啥，说点儿啥呢。”布仁其木格接着说，“但是这大夏天的，这一锅肉可咋办？”

“那没事。”楚勒图木顿时觉得浑身上下轻松了许多，说，“我还是很能吃的。”

布仁其木格也笑了笑，麻利地把肉盛出来放在桌子上了。两个人好像摆脱了多大苦难一样，豁然开朗起来。

三

人们总说，现在的人不进入“社会关系网”，几乎过不了日子，因为“关系网”覆盖着所有人，不存在任何一个网外的人。不过，看着楚勒图木两口子的日子，就知道这种观点是不完全正确的。

牧民小伙楚勒图木和他的妻子，平生第一次尝试投入到“关系网”后，他们平静的生活被彻底打乱了，甚至让他们尝到了忐忑不安的滋味。礼物早备好了：两张毡褥，二十斤驼绒，还有一只两岁母羊。等哪一天，楚勒图木去苏木上，把毡褥和驼绒送去了，并告诉领导还有一只母羊在自家羊群里放着，就停当了。然后，每年送去卖羊绒的钱，告知接的羔子有几只，那就万事大吉了。说实在的，要办这点儿事其实用不了半个小时。但是，楚勒图木总是犹豫不决，说了无数次明天去，可真到了“明天”，他又屁股沉得不动弹了。

“要不就算了吧！”布仁其木格偶尔也劝着丈夫。她早看出来了：这样折腾，快让自己丈夫得心病了。

“为啥算了？”楚勒图木嘴上这么说，不是为了安慰妻子，是在为自己打气。

布仁其木格不无灰心地说：“你去了跟人家咋说啊？”

“嗨！咋说还不行？我又不是不会说话的孩子。”

布仁其木格轻轻地叹了一口气。真是的！去了人家那里，能说啥呢？这些毡子、驼绒，为啥拿来的？难不成直接说是送的？可为啥给素不相识的人送东西？那就说，您给走个后门，让我小舅子也上班了吧？哇，这样肯定不行吧……

楚勒图木打小就跟特古斯做邻居，但是，今天才知道那老头的过人之处。楚勒图木绞尽脑汁都想不明白的事情，对特古斯来而言，简直就是手拿把攥。在这一方面，估计他连特古斯的一个小拇指都不如。

犯难了好些天后，楚勒图木终于下定决心去了。一个午后，他套上了马鞍子。他给自己打气，现如今互相送个礼啥的也不是什么新鲜事儿了，我没有必要担心什么。再说，他也意识到了，如果这礼物还送不出去，自己也过不了心里的一道坎儿。

他在马上驮好了毡子和驼绒，一个人奔着苏木去了。

四

虽然还是有些不情愿，但无论如何在临近黄昏时分，他骑到了苏木上。离地质队入驻的青砖房稍远的地方，他下了马，拴上马，环顾一遍四下，恐怕闹出什么动静来。最后，他还是下定决心，健步走了过去。地质队管事儿的领导正好在家。他看到楚勒图木进来，先愣了一下，但很快露出笑脸，语气平和地说：“稀客呀，稀客。来来，快请坐！”

好在没问你是谁，为什么来的，楚勒图木的心里稍稍宽慰了一些。他坐到了主人指的椅子边上。

“来这儿以后，牧民兄弟们可是给了我们很大的支持啊。”领导笑着说。

“啊，是……没什么……”

楚勒图木说话磕磕绊绊的样子，本是平易近人的领导也被逗得哈哈笑起来。

“咋样啊，兄弟。牛啊，羊啊，数量不少了吧？这些年党的好政策让你们都富起来了，是吧？”领导结合农牧区的政策，对楚勒图木足足讲了五分钟有余。

楚勒图木竖着耳朵静静地听着领导讲的话，但是，基本没听明白说了什么，反倒着急起来了，他啥时候才说完啊，我该咋说自己来的意思啊？

领导一个人说着说着，发现楚勒图木也不回应，显得有些无趣了。只好劝着楚勒图木：“来，喝茶。”

“啊，好，好。”

看着楚勒图木的情形，领导不免疑惑地问了一句：“你这到底有没有事儿啊？”

“嗯，我呀，”楚勒图木感到全身的皮肉都紧张起来了。而且，乍一进入主题后，他慌了，不着边际地回了一句：“我呀，也没什么事，没事。”

“真的吗？”对方又哈哈笑起来，说，“是。没事儿溜达溜达，对身体也有好处。”说着，就切换到养生的话题了。

幸好领导是一个健谈的人，要不然，两个人面对面坐着不吱声，真不知道怎么熬时间了。

等他说完，我就说说看。可是……先说带来的礼物呢，还是先提弟弟工作的事儿，再说礼物呢？怎么开头合适呢？楚勒图木毫无头绪了。

“领导，我……”楚勒图木总算开口了。

“嗯？啥事儿？”领导面容和蔼地等着他下面的话。

“我……我看您工作可真挺忙的。”楚勒图木说。这到关键时刻了，准备的话也顶到嘴边了，但是，真正吐出来的时候却变成另外一句话给出溜了。说实在的，楚勒图木自己都没想这样。

“是啊，也是没办法。”领导又开始谈起地质队平时有多忙之类的杂七杂八的事情了。这时，楚勒图木的脑门开始冒汗了。

挑明来意的信心越来越弱了。要不，这次先这样认识一下，以后再多来往一些，一回生二回熟，那时再求人家办事会不会好一点儿？楚勒图木暗自盘算着。可这样的话，驮来的东西又得带回去了。

领导说着说着，突然抬腕看了一下手表。楚勒图木见这情形，也领会了领导的意思了：这是人家不耐烦了，我也该走了。此时此刻，楚勒图木即使再有勇气直抒胸臆，也没有机会说了。主人看了手表，他一分钟都不想坐下去了。

趁领导顿了一下，他就站起身：“我该回去了。”

“再坐一会儿呗，急啥？”嘴上这么说着，领导也已经起身了。

到了外面，领导问道："小伙计，没别的事儿吧？"

楚勒图木迟疑了一下，说："没有。"

"有什么事来找我啊！"

"好，好的。"

楚勒图木解开拴马的缰绳，摸了摸马背上的毡子和驼绒，失落地叹了一口气。他骑上了马背，慢悠悠地原路返回了。

路上，夜空中闪烁着数以万计的繁星，风儿轻轻地拂面而过。"有事来找我"，这句话久久地萦绕在他的耳边。可是，我以后还会去找他吗？我能交上他吗？迎着夜风，楚勒图木的脑袋似乎清醒了许多。踌躇了一个多月，好不容易下定决心了，可是到底没说上三句话就出来了。楚勒图木沉思着自己的所作所为。以后，不用想以后了，自己也交不起那样的朋友，这事儿就到此为止了。楚勒图木缓过神来，长舒了一口气。

草原上的夜色原来这么美啊。习习的风中散着青草味道，晶亮的露水浸湿了全身的衣服。我这是干吗呢？什么事儿把自己折磨成这个样子了？有能耐的找工作去，没能耐的我们就放牛放羊过日子，能怎么着？我们祖祖辈辈不都是这样过来的吗？……他赞同了自己的想法。如此一来，这一个月里的所思所想都那么地可笑了。

啊！压在心头的石头终于落地了，这一刻让他倍感轻松。亲爱的布仁其木格，是不是还等着我没睡呢？我有一个温暖的小家，并且过着无比轻松快活的日子，这时，我还想什么请客送礼、低三下四的事情呢？太可笑了。想到这些，他突然给马儿加了鞭子，向前奔去。

额尔德木图　译

二十三岁

人一旦二十出头，就会大变样。男孩过了二十，就像吃到春天嫩草的牛犊似的，浑身都是劲儿，酒量变得吓人，干活也能干到吓人。女孩子则是另一番景象。她们从身体到思想，都带着各种各样的秘密，她们的笑声和歌声，都别有一番韵味。我们这帮乡下青年，就更甭说啦！脑子里每天都鼓捣事，好事坏事都能做到极致，一群天不怕地不怕的家伙！

在哈沙特井西坡的岩石下，苏雅拉图、舍力布、占布拉三人，点了香烟在吹牛。时值日暮，微风拂面。

昨天去旗里回来的苏雅拉图说："哈呀！城里的年轻人真能装。他们的皮鞋擦得真亮，鞋尖得跟锥子似的，身上还喷了香水，他们迎着风骑车子又香又神奇。对了，有人的裤子屁股上还有铜牌，哈呀。"看到奇特的东西，他就会"哈呀""哈呀"个不停。今天，他的"哈呀"尤其多。

"×他娘的。听说他们在大庭广众之下搂住女人的腰，也若无其事，是真的吗？"躺在草地上的舍力布问道。他像个重量级摔跤手，孤独地望着天空中的一朵白云。

"白天倒没见他们勾肩搭背。不过晚上看完电影出来，看见有人倚着电线杆在那里亲嘴。"

占布拉津津有味地听着。他的头发，像羊毛似的卷着。他是一个帅气的小伙子。他接着苏雅拉图的话茬说："听说在大城市，接吻都不是个事儿。"

年轻人在一起，无所不聊。从旗里的青年男女搂着接吻开始聊，聊远近真真假假的听闻，最后他们的话题落到了城里人的生活方式上。

"哈呀，到了晚上就看电视，要不就去跳舞。周日成双成对地穿上好看的衣服逛公园。几天就洗一次澡……"

苏雅拉图说的，不仅仅是旗里的生活，是他对城市生活的全部认知。他越说越羡慕。

"男人喜欢送女人一束束鲜花。"占布拉说的，是他看过的电影画面。他最近正在热恋，所以喜欢说这些。他轻捶一下舍力布，说："下次你见乌仁索时，也带着一束花去。"

舍力布的眼神更落寞了。他懒洋洋地伸个懒腰说："快算了，我们可没那福气享受这样的生活。我们啊，只配臭烘烘地过一辈子。"

他的两个伙伴，也沉默了。

占布拉坐起来，把衔在嘴里的草啐在地上，说："咱们三个一样大，都二十三岁。咱们的二十三岁是怎么过的？城里年轻人的二十三岁是怎么过的？这么一想，就难免要难过。"说完，他又躺下了。

苏雅拉图在嘴里嘟囔道："妈的，以后赚了大钱，哪怕是半天，也要过一过那样的日子。"

占布拉说："到时候我租个姑娘，搂她的腰。"

苏雅拉图趁机煽风点火，他说："既然给了钱，不只是搂腰那么简单了吧？"

"当然，还得吻她。"

"肯定不只是吻！"

三个人哈哈大笑。年轻人的笑，那么无拘无束，那么随心所欲。

二十三岁，不是一个闲得住的年纪。它就像拴在马桩上的骏马，时刻准备着奔跑。三个小伙子在哈沙特井西边聊完城里人的生活后不久，苏雅拉图去旗里，带回一个奇怪的东西。

苏雅拉图进门就翻包，从里面拿出一个纸盒子。从一层又一层的包装就可以拿出，盒子里放的是个易碎品。父亲看到苏雅拉图眉飞色舞的样子，也目不转睛地盯着那盒子。

纸盒子还有一层塑料包装，塑料里还包着一层纸。苏雅拉图撕了纸，拿出一个东西，小心翼翼地放在靠西墙的柜子上。苏雅拉图的父亲直勾勾地盯着那东西看了五分钟，先是因为害羞脸红，转而发怒，脸色由红转紫。那是一个一尺高的女人塑像。不知道是哪个恶心的人塑的，那女人只用袈裟似的东西勉强裹住了下身，赤裸着上身站在那里，一只乳房露了出来，还断了一只手臂。

“这……这……”气急败坏的父亲指着苏雅拉图吼道，“你拿来的这是什么东西？”在解放前，放在柜子上的是佛龛；“文化大革命”中放的是分给贫下牧民的主席像。他做梦也想不到，到了现在，苏雅拉图会买来一个裸体女人的塑像摆在那里。

苏雅拉图也没想到父亲会气成这样，他吓坏了，嘴里重复着：“这……这……”

“说，这东西是谁给你的？”

“不是别人给的，是……是我买的。”

“啊？钱多了烧的吗？你就不能用那钱买点心吃吗？”

“这是……这是……”

“这是啥？”

苏雅拉图不知道这是啥。他不知道这个女人的名字。但他知道，城里的文化人都喜欢她。这次他去旗里，刚好碰到，就买了一个。他要怎么给父亲解释呢？就说是断臂的烈士？他猜想，或许她是一位外国学者。不管怎么样，面对这个赤裸着上身的女人，他无法说服父亲。

“拿出去扔了！”

苏雅拉图没有动。

“你扔不扔？”父亲准备动手了。

苏雅拉图带着一肚子委屈，拿着塑像往外走。

“用斧子砸烂它，叫人看见还像话吗！”身后传来父亲的责骂声。

苏雅拉图把自己最喜欢的雕塑一锤锤砸碎，埋在灰堆旁。似乎这灰堆旁埋葬的，是他一颗破碎的心。

苏雅拉图的包里不仅有裸体女人，还有三双高跟鞋和项链、耳环等首饰。舍力布、占布拉都有女朋友，有两双高跟鞋，是给他们买的。苏雅拉图还没恋爱，不过他也买了一双。这当然不是盲目地跟风，他有心仪的女孩儿。当然，这些都不能告诉舍力布、占布拉他们。他花几十元买了这些，现在却不敢拿出来。如果父亲知道了，肯定能一巴掌把他拍晕。他决定把这些东西藏起来。或许有一天，这些东西用得上。就算永远都不能穿，他也这么藏着。可不能像那尊雕塑似的，把它埋起来。

占布拉把马拴在沙窝子里，像个小偷似的探出头，看着那三间砖瓦房。那家的拴马桩上，有一匹褐色的高头马时不时不安分地跷起前蹄。门口的毡子上，有一个老人在编马绊子，一个女孩看着老人的一举一动。占布拉偷偷地盯着那个女孩。

女孩虽然没看见他，但她应该知道。昨晚他们约定，今天下午三点，一起去旗里看电影。占布拉看看表，正好三点半。占布拉焦急地想，她怎么还不过来？去旗里有几十里地，如果不早点儿出发，就来不及呀。苏雅拉图说，这两天上映的是一部很有名的外国电影。

不一会儿，女孩进屋换了一身衣服。占布拉退回沙窝子里，下来牵着马。

“等了很长时间吧？”

“没事。”

“爷爷的故事没讲完，我走不开呀。”

“还是那套老掉牙的故事吗?”

女孩的爷爷，只知道这么一个故事，即好汉额尔勒岱·莫尔根战胜十二头恶魔莽古斯的故事。这个故事，是在他小的时候爷爷讲给他听的。在漫漫岁月中，这个故事被反反复复地至少讲了几千次。每次爷爷的爷爷把故事都讲得很详细，爷爷每次也会听得津津有味。后来，爷爷又给孩子们讲了无数遍这个故事。女孩早已对故事内容记得滚瓜烂熟，根本不爱听，她就想看一场电影。但爷爷不想让她看电影，他说电影那东西看也看不懂。她的爷爷，总分不清电影里的好人和坏人。

“你怎么没骑马?”占布拉责问道。

“爷爷不让骑，我说我要骑着马去姐姐家。他就说姐姐家不远，让我步行去。”

准备偷偷跑的两个人，开始商量对策。

女孩说:“你先走，咱们俩成双成对让人看见就不好了。”

“行，我去沙梁的东边等你。”

在沙梁东边的盐碱地碰面时，占布拉看到舍力布的马在那里，还下了马绊子。占布拉从梢绳上拿出马衔子套上，再往马背上套搭了一个旧毯子，两个人骑着马，悄悄地往旗里走。

在旗电影院门口，占布拉突然看到一个人，喊道:“看，那不是庆格乐图吗?”

女孩紧张地说道:“行了，别喊，别让他发现了。”

但占布拉一点儿都不理会她，一遍遍地喊着:“庆格乐图，庆格乐图!”

身穿雪白的短袖、在头发上涂一层发乳、戴金框眼镜的一个小伙子，牵着一个穿裙子的女孩的手，东张西望地找着喊他的人。他扫了好几次占布拉，都没认出来，还在找。

占布拉焦急地喊道："喂，庆格乐图，不认识了？"

这次庆格乐图才定睛看到占布拉，愣了半分钟，突然想起什么似的说："哦，原来是占布拉！"

看到发小，占布拉非常开心。他本想跑过去狠狠地捶他一拳，然后紧紧地抱住他。他还想给发小炫耀一下带着女朋友过来逛街的快乐。可庆格乐图一脸不悦。金框眼镜后面的那双眼睛，冒着冷冷的光，似乎碰到了自己极其讨厌的乞丐。看到他这样，占布拉收起手，问道："庆格乐图，你……你还好吗？"

"嗯，嗯。"庆格勒图含糊地答应一声，尴尬地站了一会儿，这才找话问道："你干啥来了？"

"来看电影。"

"来看电影，是吗？"庆格乐图好奇地问道。

占布拉说："都说是一部好电影。"现在，他进入了非常尴尬的境地。

庆格乐图一脸严肃地说道："嗯，是根据雨果的长篇小说改编的电影。不过这部电影可难懂啊，是一部非常有深度的作品。"好像只有占布拉看不懂这部电影，而他才有资格欣赏这部"非常有深度的作品"。他甚至觉得，占布拉明明看不懂，还挤在人群里买票看电影是一种浪费。

穿裙子的女孩焦急地在来回踱步。庆格乐图介绍道："他是……我们认识，他叫占布拉。是乡下来的，专门来看雨果的名作改编的电影。"他一边说，一边看着占布拉，脸上露出了嘲笑的表情。

占布拉呆呆地看着庆格乐图和那位穿裙子的女孩。庆格乐图像害病的羊羔般瘦弱，脸色惨白。那个穿裙子的女孩，就是一个雕琢粗略的木头勺子。但他们的脸上明明写着鄙视、嘲笑，甚至是怜悯。为什么，到底是为什么？如果我和她到旗里成了拿国家工资的干部，不，哪怕是工人也好，肯定比你们两个气派一百倍！这头臭驴，雨果的电影是专门给你拍的吗？这家影院，是你出钱建的吗？等老子赚了钱，非看这部电影不可，一连看上十遍。

占布拉咬紧牙，想给这两个人颜色看看。收拾他们两个，就跟玩似的。

等占布拉回过神来时，庆格乐图和穿裙子的女孩早已不知去向，他身边的女孩在低声下气地说：“别看了，咱们回去吧。”

“你等等，我要让他们当众出丑。”

女孩叹了口气，说：“算啦，那又有什么用？”

“这部电影，我还非看不可！”

“现在看还有什么意思？”女孩温柔地劝着占布拉，走向影院旁边的小林子。

两匹马在那里等着他们。

“该喝一次酒了，去谁家好？”占布拉问苏雅拉图。

“谁说不是，不知道谁有空？”苏雅拉图边说边眨巴着他机灵的眼睛，说道，“妈的！去舍力布家。哈呀，我怎么把他给忘了？”

就这样，苏雅拉图和占布拉去了舍力布家。舍力布早已猜透他俩的心思，笑着说：“先生们，是不是又来饮苦水了？今天算了吧。”

“咋了？妈的！”占布拉骂了一声。苏雅拉图说：“这小子开始抠门儿了。”

“不是，不是。”舍力布严肃地说，“我喝酒都喝腻了。”

“就让我俩这么回去？”

“哼，搂乌仁索的脖子，不腻味吧？”

就算你啐在他脸上，舍力布还能保持微笑。等两个人骂完后，他说：“我告诉你们一个消息。”

“什么消息？”

“苏木要建文化站了。”

正在气头上的占布拉和苏雅拉图没听明白，恶狠狠地说：“那里要雇你搬砖？”

“不是，不是。文化站！你们知道什么是文化站吗？那里有一个电视转播站，每天晚上放电视。到时候你买一台电视机和一台风力发电机，就能每天晚上看电视。那里还有阅览室和舞厅，有空就可以去玩。”

占布拉和苏雅拉图愣住了。苏雅拉图想到了藏在自己家里的高跟鞋和首饰。如果真有那么一个文化站，这些东西就能派上用场。此时，占布拉想起了庆格乐图轻蔑的眼神。妈的，到时候我坐在家里按一下按钮，就什么都能看，你这个臭毛驴！他仿佛看到了这样的场景：忙碌一天后，乡下的青年男女披着晚霞，陆陆续续地朝文化站走去。女孩们穿着裙子和高跟鞋，脖子上戴着项链；小伙子们打扮得也和城里人一样时尚。

占布拉发誓似的说道：“到时候呀，我从旗里的百货商店买一件最贵最好看的衣服。”

苏雅拉图不住地拍着大腿，嘴里“哈呀”个不停。

三个人畅想美好未来，直至夜深才各回各家。他们早已不想喝酒，甚至觉得喝酒过夜是一件极其无聊的事。

牛羊在草原上吃草，犹如撒在绿色绸缎上的珍珠。有一个姑娘，手拿着赶羊鞭站在羊群旁。

苏雅拉图像是从地缝里钻出来的，突然就站到了女孩身后。

“米都格……”苏雅拉图轻轻唤道。他能够清清楚楚地听到自己的喘息声和越来越快的心跳。

“你来啦！”米都格勉强挤出了一丝笑容。她的眼神，看起来感伤极了。

苏雅拉图努力让心跳平息下来，说：“我想跟你说句话……”他本想把话说得温柔一些，没想到说出来的话竟然像吵架般大声，这让他后悔莫及。

“算啦……”女孩哭丧着脸，扭头躲闪。

苏雅拉图追上去问：“为什么算啦?”

女孩用泪眼看着苏拉雅图说：“你不用说，你的心思我都知道。但是……但是……”

“但是怎么了?”

“咱俩成不了。我想去旗里生活。真的，这是我的大实话。”女孩说完，逃也似的跑了。

苏雅拉图像挨了重重的一锤。牧区女孩嫁给旗里干部或工人的事偶有发生。原来米都格也这么想。苏雅拉图知道，米都格决定的事，谁也无法阻拦。想起与占布拉、舍力布的几次聊天，被埋葬的裸体塑像、被藏好的高跟鞋，苏雅拉图理解了米都格的心思。“去吧，还是去了好。”想到这里，感伤的潮水向他涌来。

苏雅拉图的心里藏不住事。他一口气跑到占布拉那里，准备尽情倾诉。

正在修葺羊舍的占布拉听完苏雅拉图的话，把手里的铁锹扔出老远，说：“就让她走！不愿意走的女人，还多得很，你从她们中间挑一个。妈的，城里人的被窝，就那么舒服吗?”骂痛快后，占布拉又想起了什么似的，拍着大腿说，“我说，你没告诉她苏木正在建文化站吗?”

“文化站?”苏雅拉图愣住了。他不明白，文化站和米都格有啥关系。

占布拉说：“哎呀，你这个家伙，就像技术差的种羊，喜欢上，却不知道怎么上。没事，我去跟她说，她知道文化站，就不会走了。”

苏雅拉图刚刚缓过来一点儿。是啊，文化站！有了文化站，米都格的愿望能实现一半，她兴许就不去旗里了。

舍力布、乌仁索两个人把马拴在电线杆上，迈步朝苏木党委大院走去。乌仁索是一位满面红光、颇为健硕的姑娘。她拽着舍力布的胳膊问："我说，你去党委干啥？"

"嗐，去打听个消息。"

"党委能有你啥消息？"

舍力布黝黑的脸上写满了希望，他说："我去问问建文化站的事怎么样了。"

那是一个晴空万里的日子。苏木团委书记来到水边十几个青年当中，笑着挥手说道："鄙人想在任职期内给兄弟姐妹们做件好事。什么好事呢？建文化站。文化站里有电视，有舞厅，还有阅览室……"团委书记的那番话和那张写满希望的圆脸，给他留下了极其深刻的印象。现在已临近秋季，建文化站的事，得抓紧。天冷就来不及了。舍力布今天来苏木党委大院，就是为了这件事。

舍力布、乌仁索两个人像两位信徒走进寺院大殿似的，轻手轻脚地走过去，推开青砖瓦房的大门，站在走廊里观察。走廊里的大多数办公室都关着门，他们不知道找谁，在走廊里徘徊了好一阵子。他们听到一个办公室里有两个人在吵架，其中一个，正是苏木团委书记的声音。

凑近一听，才知道团委书记在发火。他的声音很高，还在颤抖："年轻人都在追求新生活。我们得想办法满足他们才是。建个文化站，其实花不了多少钱，我可以组织青年义务劳动。"

"同志，这不是钱的事。"说这话的，是苏木党委书记，"同志，我们的生产力还很落后。我们不把人力、财力用在生产上，而是去建什么舞厅和阅览室，老百姓会同意吗？我们这不是犯错误吗？弄这些娱乐的东西，还不如多接一只羔，多救一头牲畜……"

看到两位领导的意见不统一，舍力布没敢进去。他带着乌仁索开始往回走。好像苏木党委书记不怎么同意建文化站这件事。舍力布知道，如果他不同意，这事准成不了。舍力布遗憾地想，我们书记怎么就不同意？有个文化站，也挺不错的呀！

乌仁索打趣道："你不是要打听消息吗？怎么一声没吭就出来了？"

舍力布苦笑了一下，翻身上马。

占布拉的父母带着他弟弟去亲戚家串门了。大家都积极准备，想聚在占布拉家喝酒。首先，占布拉和苏雅拉图准备去旗里打工，大家聚一次也应该；第二，年轻人倍感兴趣的文化站没消息也已好多天，大家又开始喝酒解闷。

夜幕四合时，青年人都骑着马到占布拉家聚齐。占布拉的女朋友来得很早，她在熬奶茶。舍力布也领着乌仁索。占布拉和苏雅拉图也劝他一起去旗里打工，可他舍不下家乡，他准备今年冬天迎娶乌仁索。苏雅拉图一个人来的，米都格前些日子和一个司机结婚，去了旗里。自那时起，苏雅拉图的眉头就没有舒展过。

人一到齐，聚会就开始了。今天，他们喝得都很凶。起初他们还唱唱歌，随着空酒瓶的越来越多，他们的歌声变成了声嘶力竭的大吼。小伙子们的脸像涂过血的肠子，女孩们的眼神里迸发着野性的光芒。酒精，这个有毒的液体，钻进我们青年牧民的胃里，烧热了他们的五脏六腑，麻痹了他们的头脑。他们浑身发热就想唱歌，想大喊，甚至想打一架。乌仁索和占布拉的未婚妻搂着对方的脖子哭了起来。舍力布晃动笨拙的身子，不停地唱着一首长调民歌。苏雅拉图每喝完一瓶酒，就对着蜡烛看空瓶，好像那里藏着什么秘密似的。

不知过了多久，也不知是谁的提议，两个女孩今天准备打扮成城里女孩的模样给大家看。奇怪的是，她们早有准备，带来了自己平时根本不敢穿的衣服。趁着酒劲，她们忘记了害羞，走到外面不一会儿就戴着耳环和项链，穿着裙子和高跟鞋进来了。

"哇，真好看！"占布拉看着两位女生的光腿叫道。不知苏雅拉图想起了什么，不停地重复着："我的塑像，我的塑像……"

占布拉突然站起来，说道："你们……大家安静，我，我想说几句话。”大家安静下来，看着占布拉。

占布拉本想学着电影里的镜头高举酒杯。但他要为谁举杯？为了牧民青年？为了乡下女孩？他没听电影里这么说过。但他马上找到了眼前这几位朋友的共同特点。

他清了清嗓子，说：“同志们，为了二十三岁，干杯！”

几天后，占布拉和苏雅拉图去了旗里。没过几天，占布拉的女朋友也跟着去了。乡下，再也没有了他们的欢笑声。

只有舍力布和乌仁索还在忙着婚事。

照日格图　译

大漠歌

今天的暮霭，比哪天都降临得早。

太阳还没有落，挂在鄂尔多斯高原尽头一根套马杆高的地方。然而，它已经完全丧失了应有的光辉和生气，仿佛在一块又脏又旧的灰色幕布上，吊了一面生了锈的铜盘。鄂尔多斯高原的远远近近，不论是参差的红色砂岩，还是它怀中的辽阔无边的旷野，都被浓黑凝重的云雾遮盖了。天气突然变得寒冷起来。

这是可怕的风暴将彻夜席卷的信号!

吉格吉德牵着骆驼，迈着刚毅的步伐，顺着硬梁上那条时隐时现、曲曲弯弯的荒径，一步一步走下鄂尔多斯高原。他抬头扫了一眼天空，久久地注视着远方的雾霭，骂了一句:“这个鬼天气，又要发病了，妈的……”将一口唾沫吐出一庹多远。

蒙古人有句谚语:“驼倌怕风暴，锈铁怕钢锉。”不过对吉格吉德这样的牵驼人来说，狂风暴雪也算不上是多么大的威胁。且不说他这身穿戴:头戴狐狸皮帽，身穿老羊皮袄——少说也有三寸多厚的毛，脚蹬套了毡袜的皮靴，靴底又垫着兔皮。单是他那刚满二十七岁血气方刚的年纪，且又有长达十年的牵驼经历，自然禁得起这奇寒恶冷。有一天夜里，他贪杯喝多了，肚里热得厉害，便光着膀子跑到外面。站在风雪地里抽了两袋烟才回到层里，居然一点儿事儿也没有。自从十七岁那年牵驼至今，在漫长的旅程中，他所经历的冻死鬼天气和翻天覆地的风暴，少说也有二三十次，他从来不把这些放在眼里。总是稳坐在那峰走在最前面的骆驼背上，不时从备在下面的褡裢里掏出酒壶，大口地呷上几口烈酒，狂风暴雪就在他优哉游哉的独酌之间过去了。

日头一落天色更暗了。就在这时，好像突然谁打开了风口，冷风猛烈地狂啸起来。那视而不见的气浪，蕴含着万钧之力从天空盘旋而降，仿佛要把地面上的一切席卷而去。豆粒大的沙子，如同陨石雨似的回旋飞舞。这突如其来的打击，连强悍的骆驼都忍不住扭过头去。头一回驮脚的口轻骆驼，发出呜的一声哀嚎。“嗨!”吉格吉德向骆驼大喊一声。这是向苍天显示他的威风，还是对不争气的牲口发火？他烦躁地将皮袄的纽扣和皮帽的带儿一齐解开，故意挺着胸迎着风走。沙粒打得他的脸蛋儿生疼，无情的寒风钻进他的领口，冰一样地刺人，他的火气这才消失了大半。他想唱一支歌谣，可是一张口就被一股冷风呛得闭了嘴，根本唱不成句。今天的风真是太大了。

现在已经走了四十多里，翻过麻黄梁就进入毛乌素大沙漠了。想到午夜一过就能到巴达玛日格那里，他禁不住高兴地微笑起来。巴达玛日格，并不是吉格吉德的家。不过在他的心目中，就像自己的家一样温暖。那里房前屋后，长满了避风的沙柳。走近那低矮的羊圈，就能听见羊儿平静的反刍声，闻到熟悉的羊粪味。进得屋来，屋虽低矮狭小，可是散发着生活的温馨，真是一个妙不可言的去处啊！她家的看家四眼狗[①]，听见“叮咚叮咚”的驼铃声就跑出来，汪汪地吠叫几声。就连这狗叫的声音，吉格吉德听着也觉得亲切。巴达玛日格总是在这时候慌忙跑出来，对着狗喊一声：“滚一边去，怎么连人也不认识了!”然后把吉格吉德迎进屋里。要说嘛，外人来了叫几声，这是每一条狗的任务，原不值得那么大声谴责的。可在巴达玛日格看来，这条狗朝着吉格吉德叫就太不应该了。巴达玛日格的这层用意，吉格

① 指有圆形眉毛的狗。

吉德当然心领神会。只可惜的是：他居住在梁外，远在巴达玛日格家百里开外，所以只能在每年拉脚的时候，去那里三五趟。难怪那条看家四眼狗，直到如今也跟他不熟悉。

吉格吉德每次去，巴达玛日格的脸上就泛出红光，女人的神采又回到了她的身上。她动作轻快而麻利，匆匆熬好奶茶，把凉好的奶皮、酪蛋堆放在盘子里，接着又去炖肉。咱的人①满脸神气，坐在当头正中，将腰带解开，直吃喝得大汗淋漓。听着门外呼啸的风声，想到刚才还在外面受着劈头盖脸的甩打，如今却在这个家里这般坐着消受，真是比什么都幸福。他吃饱喝足，把饭碗向前一堆，身子朝后一仰，这时，巴达玛日格就把几个睡熟的黑花脸孩子，推到火炕的一边，挪出一块地方，在自己褥子上，并排放下一对枕头……啊，人的生活真是不可思议！牵驼人吉格吉德所以能够豪情满怀，度过漠风之苦、旅途之险，就是因为每次都能从这间低矮而温暖的屋子里，享受到一种平静、温柔、短暂而甜蜜的生活。说来他对生活的期望本不是很多的，这甜蜜而短暂的一夜欢遇，就足以使他迎战十次、几十次的恶风奇寒的袭击。

去冬一天夜里，巴达玛日格把她的头紧贴在吉格吉德那散发着土腥气味的宽阔胸膛上，轻轻问他：

“你……你心里到底是怎么想的？”

吉格吉德瞅着黑黑漆漆的屋顶，半天答不出一句话来，他还没弄清她话中的含义，于是她又问了一句：

“你说我是守寡呢，还是找男人？”

吉格吉德这才明白了她的心思。他们像老婆汉子似的已经过了三年，可是对于今后如何生活，吉格吉德直到如今一句话也没有说过。

“我……”

---

① 蒙古民间文学中常常会这样称呼作者的主人公，含有一种特殊意味。

他犹豫了。对于今后如何生活，吉格吉德从来没有想过。他只是热爱这个家这个女人，并且想在这样的明来暗往中获得心灵上的满足。除此之外其他事情，他委实没有想过。事已至此他似乎才意识到：对方是拉扯着几个孩子的寡妇，早就盼望快点儿建立一个家庭，永不分离地在一起过日子。他不知道怎么回答对方才好，难道真要成为这家的主人，每天起来和这些事打交道——修房抹屋、盖棚搭圈、起粪扫院、担水抱柴……想到这里，他心里猛地袭来一股寒气。说实在话，这样的生活也正是一个男人的生活。他是盘算像他这样的男子汉，能不能忍受这样的生活！他似乎现在才明白，他的生活是纯粹单一式的牵驼人的生活。度过旅途艰难之后的喜悦是他最大的幸福。漫长而无尽的道路是他生活的牵魂线。驼铃的回响和风暴的呼啸是他最爱听的乐章。夜空中眨眼的繁星和远方黝黑的山影是他最爱看的图画。若是被这个家拴住脚跟，岂不意味着与这一切彻底分离，而这又与抓走灵魂有什么区别呢？

那一年，一位呼和浩特来的诗人，骑在吉格吉德牵的骆驼背上，穿过了一次毛乌素大沙漠。他回想起来觉得挺稀奇：原来作为一个国家，真是什么也缺少不得，还得养活专门写诗的人！对于一路上诗人所说的话，他十句话听不懂八句。临走，那位诗人为了表示感谢，专门买一个日记本，作为礼物赠给他，并在扉页上写道："啊，牵驼人，你的别名就是自由、勇敢；你的脚印，就是写在戈壁之上的浪漫诗行！"吉格吉德对这些语句的意思不甚了了，没过多久，连那个日记本也不知丢到哪儿去了，可是对其中那几句"自由、勇敢"之类的话，他却铭记在心头。现在如果跟这个女人结婚，不就马上与那"自由、勇敢"脱离了吗？这不就意味着牵驼人最起码的生活信条都丧失了吗？人们都称赞骆驼是"沙海之舟"，然而使人吃惊的是：在这举世闻名的毛乌素大沙漠中，驼铃声中断已达二十年之久，这儿的人们放养骆驼早已成为历史。当然也不是说，做了牵驼人就不能娶老婆。

可是牵驼人之中，打光棍的人多也是事实。那位带领吉格吉德、教给他如何牵驼拉脚的老驼倌杰仁泰，就是一个名副其实的光棍老头。那个老头不止一次对吉格吉德说过："我不是没本事娶老婆，也不是没有愿意当我老婆的女人，只是让女人们婆婆妈妈扯着袍襟子，还算什么有出息的驼倌。因此直到现在，我还是独自过日子。"

看着吉格吉德半天不吱声，巴达玛日格背过脸去哭了。

"我明白啦。你是嫌我……孩子多……妨死了男人……我的年龄……比你大四岁……"他那牵驼人男子汉心肠，似乎软了下来。他意识到，不跟她结婚的话，无论如何不能说出口来。于是他长长叹了口气："你不要哭，让我好好想想，成家立户能是那么容易的事吗?"

很显然，他的这句话，并没有消除女人心中的忧虑。只是从那以后，她不再跟吉格吉德提这码事了。

"唰——"的一声，被风扬起的碎沙，仿佛让谁抓在手里照着他的脸面使劲打来，他从沉思中清醒过来，觉察出已经来到麻黄梁了。麻黄梁是鄂尔多斯高原南部的毛乌素沙漠与北部辽阔广大的干旱山梁的分界线。几百年以来，牵驼人硬是用他们的意志和脚力，在这里划开了一条道路。只要麻黄梁上驼铃"叮咚"一响，三村五地的人们就知道拉脚的来了。他登上麻黄梁，稍停片刻。地势高的地方，风力更增长了几倍。天色漆黑一团。他向毛乌素大沙漠的方向，习惯地眺望了一阵儿，知道那里千万条黄龙正在翻腾嬉闹，飞扬的黄沙风暴已经遮盖了天空，整个沙原已被淹没在一片混沌之中，分不清哪里是砂岩嶙峋的山梁，哪里是坚硬低凹的沙谷了。虽然在夜里什么也看不见，他凭着感觉，仿佛看到了那壮阔的景象。

走下麻黄梁，他开始用那副嘹亮的嗓子唱歌了。这是牵驼人的习惯，每逢在漫漫长夜独自行走时，总爱用歌声陪伴孤独和寂寞。因此牵驼人都生就一副嘹亮的歌喉。此刻，吉格吉德又从牵驼人平时爱唱的歌谣里，拣出他最爱唱的那一支，放开嗓子来：

年满三岁的红骆驼，
顺着大腿直淌汗水。
孤独苦闷的牵驼人，
风沙与他相伴随。
竖起驼峰的红骆驼，
顺着脖颈直淌汗水。
孤独忧愁的牵驼汉，
清月与他相伴随。

吉格吉德唱着唱着，竟被自己的歌声弄得伤感起来，由此他又联想起许多事情。

十七岁那年，吉格吉德便已向往成为一名牵驼人了。他是多么努力地要把自己的生活，与驼缰联系在一起啊！每逢老驼倌杰仁泰牵着长长的一列骆驼，驼群摇着叮咚叮咚的铃铛，在苍茫暮色中消失于远山背后的时候，吉格吉德总是站在高高的沙丘上，久久地凝望着他的背影。牵骆人杰仁泰吸引着吉格吉德，常常使他产生出自己仿佛也踏上了那条新奇的道路，走向了那美妙的远方。那青岚缭绕的远山背后是个什么所在呢？那里的石头和草丛也跟这儿的一样吗？少年的幻想迷旋在他的头脑，对那些未曾涉足的地方做着各种各样的猜想。老驼倌回来的时候，总是向人们谈论："走进麻黄梁，天就破晓。""一进大漠腹地就起了风暴。"吉格吉德一听到这些话，就觉得心里奇痒难捺，成为一名驼倌的理想就像火一样燃烧起来。说起来人们不相信，苏木[1]所在地离他家不过二十里路，可是吉格吉德长到十七岁，只去过那里两次。比那里再远的地方，他从无涉足。别说吉格吉德，就是

① 苏木：相当于乡。

他的父母双亲，也是一辈子没有走出过绵羊草场的苦命牧人。他们这一家人，在这个穷山僻梁，本是谁也看不起的。然而奇怪的是，驼倌杰仁泰竟看中了吉格吉德，就在他十七岁的那年，杰仁泰就教他牵驼的本领了。他的父母，做梦也没有想到他们的灰小子能成为一名牵驼人，真不知道这样的意外之喜，是如何降临到家门。从此吉格吉德就开始了新的生活。

不论怎样粗鲁愚笨的人，心目中都有自己神圣的向往。吉格吉德心中所崇拜的就是驼倌。他不仅喜欢当驼倌，还喜欢模仿那些地道的老驼倌的仪态举止，当母亲把笨重厚大的袍子、靴子缝好给他穿起来的时候他是那样洋洋得意。他拿起父亲特意为他准备的烟袋杆，若有所思地望着远方，然后使劲地吸一口烟。有些年轻人给他递来纸烟，他不屑地扔回去，露出一副不大中意的表情说：“烟卷儿没劲！”因为老驼倌从来就是这样的。更令人吃惊的是，到后来吉格吉德连火柴也忌用了。他专门去一家人家，翻箱倒柜弄到一副旧火镰。当他用这副旧火镰击燃了火绒，并用它点着烟叶篝火的时候，他的心里掠过一种从来未有的快乐，起初是有意这样做，可是没过几年，居然成了习惯。火镰燧石两件东西在他的手中，使用起来竟比火柴还得心应手。那东升烟叶子[①]，也真的比纸烟还过瘾了。就在吉格吉德变为地道驼倌的同时，左邻右舍的父老乡亲开始把他看成“头等好后生”，啧啧赞叹起来。老头儿们摸着他那双多茧而粗糙的手说：“噢嗨，这才是能干力气活儿的男人的手哩！”老太婆们则摸他那件油污得放光的老羊皮袍说：“这正经是小子们穿的皮袍，又结实又暖和。”对于现在在乡村牧野男女青年中流行的登山服之类的玩意儿，她们从来看不上眼。就连他那张覆满灰尘、疙里疙瘩、黑不溜秋的脸，这些老太婆也看着比什么都顺眼，总是亲切地望着说：“受过苦难的老把式才有这

① 一种烟叶的名称。

样的脸呢，老命[1]！”

越接近午夜，天气越冷。这会儿打在他脸上的，已经不是粗大的沙粒，而是细碎的“面面沙”了，这是接近毛乌素边界的标志。在伸手不见五指的黑夜走路，能够准确地识别地形与方位，这是驼倌的一项特殊本领，吉格吉德何年何月纯熟地掌握了这套本领，他自己也说不清楚。反正从他单独牵驼以来，在他经历的无数个暗夜中，竟然没有出过一次偏离目标的笑话，更不用说转向迷路了。这会儿他心里想：翻过这座小土丘，就进入草滩了。草滩的那头，就是那个沙柳丛生的地方了！果然一过这个土丘，脚底就觉得平坦起来。夏营地上的枯草，在脚下发出“唰啦唰啦”的响声。听着这响声，一件七八年前的往事，蓦地闪进他的脑海。

那年冬季有一天夜里，吉格吉德和其其格玛相跟着从生产队返回，那枯草也曾经在他脚下发出过这种饶有兴味的声响。或许是由于深更半夜与从小在一起长大的年轻姑娘并肩漫步，他觉得那薄雾笼罩的朦胧月色、枯干的草丛和错落起伏的山包，都有力地牵引着他的心。

“你生气了吗？”姑娘问道。

“为什么？”

“今天晚上他们奚落你有点儿太过分了！”

那天晚上生产队里召开团员大会。讨论如何正确对待青年人修饰打扮和穿戴新式服装的问题。说实在话，有什么可讨论的呢？在这个偏僻的梁外地区的青年人中间，穿登山服的青年人渐渐多了起来，而且把头发卷得像改良羊毛那样，成天往旗里跑的姑娘与日俱增。别人且不论，就说此刻跟他并肩漫步的其其格玛姑娘，那穿戴也较去年大变样。虽然踏在枯草上都是同样的“唰啦唰啦”的声响，可是姑娘穿的并不是像吉格吉德那样，吃过肉就把油抹在笨重的蒙古靴上，而是

① 鄂尔多斯老年人对晚辈的亲切称呼。

舒适小巧的高跟鞋上。

会议开始，讨论的题目一宣布，共青团员们就把进攻的目标，一下子集中到吉格吉德身上。

“这个问题让吉格吉德讲一下倒不错。你看我们这样的服装漂亮呢，还是你那大清帝时代的牵驼服漂亮？”

“咱们的吉格吉德现在就缺一样东西。”

“什么东西？”

“辫子，背后编一条长辫子，那才算是地地道道的驼倌呢！”

“哈哈哈……”

吉格吉德不以为然地坐着，他想：跟你们这些没有家教的毛孩子们争论，不值得！

虽然吉格吉德不理睬他们的嘲讽，可是其其格玛脸上却有点受不住了。她红着脸站起来，为她心爱的人进行辩护道：

“你们的意见不对，要知道吉格吉德是牵驼人……”

可是青年们越发吵得凶了。

“对不起，现在是卡车运输的时代！”

“在各种汽车往来奔驰的今天，还想传授牵驼那套把戏，没用！”

“嗨，你们知道吗，咱们这儿要开辟一个旅游点呢！在那里准备好几峰骆驼，外国人来了好让他们骑着玩玩。咱们的吉格吉德去了那里，正好有碗饭吃！”

“哈哈，别说骆驼，就是看到吉格吉德这么装扮：老羊皮袄，佩着火镰燧石，那些外国人一定大饱眼福，会一把一把地扔钱给他！”

吉格吉德听着胸膛里突然腾起一股火焰，这不是讽刺他本人，这是亵渎他心灵殿堂中那神圣的理想！他愤怒地攥紧了那个能把三岁公驼打个趔趄的大拳头，但是他没有打出去。

从那次会议以后，吉格吉德不再与那些年岁相仿的年轻人交往说笑了。他变得一声不吭，事事都是单独行动。他明白了：他日思夜盼争得的驼倌的职业，同辈人是不屑一顾的。

他跟其其格玛也曾经有过结婚的打算，可是自从那次会议以后，吉格吉德对其其格玛也疏远了。其其格玛在会上袒护过他，这一点儿不假，为着他还羞红了脸，这他不是没有看见，可是他想起来感到伤心透顶的是：我穿什么，怎样生活，与你有什么关系，你平白无故脸红什么？这事过了很久以后，有一天其其格玛突然来找他。

“好久没见了，”姑娘说，“你为啥总是躲着我？”

对于姑娘的责问，吉格吉德心里自然明白，因而心绪很烦乱，可是他在外表上，却一点儿也没有露出来，他不动声色地说：“我躲你干吗？”一边爱理不理地继续修理他的驼缰，他的周围，卧着二三十峰骆驼，看样子就要准备上路了。冬天的夕阳，在草原西边还留有半个脸，用它那微弱的目光凝视着他们。吉格吉德只等它一落就要上路了。

“今天夜里走吗？”

“是的。”

“什么时候回来？”

“说不上来。”

“我送你一样东西！”说着姑娘从提包里，取出一个小纸盒递了过来。吉格吉德接在手里。

“这……这是什么？”

“考姆普斯。”

吉格吉德还是摸不着头脑，什么考姆普斯？打开一看，原来是一个小巧玲珑的指南针。那指南针的两个针尖是夜光的，时刻不停地抖动着，指示着恒定的方向。

“我……我……”吉格吉德踌躇一阵，最后终于下了决心，“这个我不要！”并解释着说：“靠它来辨别方位，还算什么驼倌，人家知道了会笑话我的。我不使用这个，也不会迷路”。

其其格玛的脸涨得通红，眉头一下皱了起来，俗话说冤家不打笑脸人，这样的事情她还是第一次碰到，她把那个指南针从吉格吉德手里夺过来，啪地使劲摔在地上，哒哒哒随着那双时髦的高跟鞋的一阵响声，其其格玛消失在暮色之中。

麻黄梁脚下的小片草滩，是风暴最小的地方。由于枯草把冻泥压在底下，沙尘也不大能扬得起来。一直冻到底的小溪，在黑暗中闪烁着微光，夏天这里多美啊，草甸子像绸缎一样油光碧绿，河水欢快地奔流着，野鸟在空中欢叫，野鸭子在河面上用翅膀拍打起水花，快活地嬉戏。只是到了冬天，才变得这样荒寂。在这个发狂的风暴吹得天塌地陷的寒夜里，这片草滩似乎比以往任何时候都显得空荡、萧索和险恶。吉格吉德忽然想到一路上竟然没有碰到一个有生命的东西，鄂尔多斯高原地区经常出没的狐狸、兔子没有发现，连麻雀、老鼠、黄耗子也没有见到。长空中傲然盘旋的雄鹰如今何在？莽原上荡起黄尘的奔马又去向何方？吉格吉德敞怀大笑了一阵子，独自在心里思忖，这些东西都有因为惧怕这场大风，有窝的钻进了窝里，没窝的蹲在北风旮旯苟且偷生，那些不成器的家伙！在这个飞沙走石的世界上，如今满不在乎地闯荡的是谁？还不是驼倌吉格吉德！他突然想起那些嘲讽他的青年，他对他们产生了种极端鄙视的心理。在这样的黑夜里，让你们穿上像充了气的鼓鼓囊囊的登山服、拿上指南针，走上几十里试试看！混账东西们，不喊着娘哭鼻子才怪呢！不，没等喊娘就冻死个屎了。曾经爱过他的其其格玛姑娘前年跟一个小伙子结了婚。那个小伙子家里有录音机、电视机、摩托车，还有带有指南针的镯式手表。其其格玛上门的时候，又带去了洗衣机、缝纫机、奶油分离器、腈纶地毯和在这寒冷地区纯属累赘的“万宝”牌双门电冰箱！此时此刻，其其格玛怕是跟那小伙钻在热乎乎的软缎被窝里打呼噜哩！哼！那样的生活算是幸福吗？不，那是一碗没有搁盐的奶茶——寡淡无味！

他这样想着走着，不觉过了草滩，进入了沙漠。

到达巴达玛日格寡妇家的时候，午夜刚过。跟去年最后一次来时相比，这户人家的圈棚似乎大了许多，也高了许多，想必是秋天进行了一番修葺。连那只看家的四眼狗，也比以前更凶了，猛扑过来，狂吠不停。不知为什么，巴达玛日格没有像从前那样出来迎接他。吉格吉德有点儿恼火，他根本不在乎狗吠不吠，径直来到棚圈后面，大声喝斥着让骆驼卧倒，将驮子卸了下来。大概是被吉格吉德的威势所慑服，那只四眼狗无精打采地向家门跑去了。这时一束手电光从门里照过来。

“一路上走得好吗?”巴达玛日格声音清脆而洪亮，不带半点儿睡意，这使吉格吉德听起来非常悦耳。

“走得好。”吉格吉德说着，把最后一峰骆驼的别棍解开，把驮子卸了下来，“差点儿让你的狗把我咬了!”

巴达玛日格轻轻一笑：“我睡得什么也没听见!”

吉格吉德跟着女人身边向家里走去，忽然发现房东面有个黑糊糊的庞然大物，走近一看，原来是辆大卡车。

“今……天夜里你……你家有客人?”吉格吉德变得结结巴巴了。

“我们这儿的。”巴达玛日格还是那么轻轻一笑。

“你们这儿的，这是什么意思?是你们旗里的，还是你们家里的?”

吉格吉德心里有些不舒服。新修加高了的棚圈，巴达玛日格沉沉酣睡好久才从屋里出来，以及那变得清脆欢快的音色——这一切都让他想到与那辆大卡车有什么瓜葛。

进院的时候，吉格吉德发现原先的柳笆泥墙也变了样。在旧有土屋的跟前，又新盖了一排砖瓦房。他正迟疑着不知该进哪间屋时，女人掀起了土屋的毡门帘。这间屋子还和从前一样低矮温暖。几个脸都没洗干净的孩子，大约是由于屋里太热，都从被子里挣脱出来，赤条条横躺竖卧在炕上。地上摆的还是那个掉了漆的竖柜，可上面摆着塑料框子圆镜、漂亮的化学梳子、粉盒之类物品，他记得这些东西她这儿从来没有过，一个拉扯着几个孩子的寡妇，早把梳洗打扮这一套忘了。

“你也发财了。”吉格吉德接过女人端来的茶，喝了一口说。本想跟以前一样，坐到炕头正中，像这家的男主人似的松开腰带盘腿大坐，今天忽然觉得这样做不妥当了。

“今年的绒毛价钱高，再加上这一点儿，那一点儿的……”女人一边把奶疙瘩装到盘子里一边说。

吉格吉德当然知道，现在不仅绒毛价钱高，一切东西也都比原来值钱，可是有了钱，房舍院落也不会自己平地崛起。盖一套砖瓦住宅，翻修旧棚老圈，一定要有一个得力的人谋划动手才行，而巴达玛日格绝没有这个本事，保准是有个男人替她出力，帮她把这个家振兴起来。这个男人是谁呢？肯定是那个如今躺在新砖房里、把呼噜打得出响的驾驶大卡车的家伙。不然，他为什么要在这个风沙之夜，沿着我吉格吉德走的路，把车开到这里呢？想到这里，吉格吉德的心里突然产生出一股忧伤与嫉妒。啊，女人的心就是这样反复无常。

吃喝的东西摆得比原来还丰盛，人还像往常一样轻快麻利，吃吧喝吧仍然热情招待着他，可是吉格吉德心里想：今夜这女人如此大喜，怕不是因为他的到来吧！

吉格吉德半晌才说出话来：“早知道这儿有客人，我就不在这奇寒恶冷的黑夜里奔波了，别的地方也能走。”

“没关系，房子有的是……”

“不过……我现在住在这儿不是有点儿那个吗？”

女人的脸红了，停了半晌，才眼瞅着地面说：“我早就打算跟你商量商量。”

女人话里的意思，吉格吉德是明白的，他刚来时所怀疑的猜测的事情，现在都得到了证实。

“你们……已经结婚了？”吉格吉德问。

“没有。我想一定得跟你见一面再说。”

“和我说！到这时我还能说什么呢？”

两个默默地对坐了很久，很久……恍惚中他好像听见她低声说了很多的话，说了些什么？他一句也没听进去，他只觉得耳边狂风大作，天昏地暗，他做牵驼人以来第一次迷了路；路断了，路被沙浪淹没了，路在他面前消失了，驼群在惊恐地呼号，他必须找到那条路，或者以牵驼人的坚韧的毅力与勇气，去另外走出一条路来。哦，该上路了。

不知过多长时间，什么时辰，土屋外面突然响起启动马达的声音。吉格吉德猛然抬起头来。

“他要走了。”正在默默擦着眼泪的巴达玛日格，避开他的目光低声说。

“他走？……”

她点了一下头：“他也在拉脚，拿现在的话说是跑运输。”

“跟我一样？”

“不，不完全一样，你走五天的路，他一天能跑五趟。”他们沉默了一阵之后，她又补充了一句，“他，很能干！”这句话说得很轻，但他明明感觉到她说这句话时，心中滚着火焰。

“哦，看得出，他确实很能干……”

天亮以前，吉格吉德给骆驼重新上好驮子，牵着它们向大漠深处走去。回想昨晚发生的事情，仿佛过去了很长时间。牵驼人的旅途是漫无边际的，途中经过那么多站口，他们一一铭刻在心里。昨夜歇息的地方，那也是一个站口，或许可以称作“巴达玛日格站口”。站口已经留在了他的身后。前头风暴继续呼啸着，可是大漠东南方天边的启明星已经升了起来，闪烁着耀眼的光芒，过不了多久天就要亮了。

他饱吸了一口充满土腥味的空气，突然大声唱了起来：

驼峰耸立的红骆驼，
顺着小腿直淌汗水。
孤苦独行的牵驼人，
柳林是他露宿的营地……

驼铃的叮咚声，伴随着这支古老的大漠歌的节拍，缓缓地、缓缓地播向远方。

此刻，吉格吉德坐在驼背上，眺望着前方无边无际的大漠，一阵战栗袭上身来：这驼群的步子迈得太慢了，沉重得麻木一般——叮咚，叮咚……

郭永明　译

沙漠的那边是“十三世纪”

一

狭长的沙漠的那边和这边是两个世界。

沙漠的这边是钻井队驻地。这里，钻井塔高高耸立，机器隆隆作响，汽车、摩托车穿梭而行，人声嘈杂，全是城镇的样子。钻井队尽管地处腾格里沙漠边缘，可在这里，能听到录音机播放的港澳台流行歌曲，欣赏到录像机播放的电视连续剧，还可以三天五夜不停地摇摆身体，蹬踏地面，跳迪斯科舞。这是一片充满现代化气息的世界。

而沙漠的那边，在钻井队人的眼睛里，活像是一个古老王国。穿过这片狭长的沙漠，在砂砾分布均匀的地面上，有两座破旧的蒙古包，包里住着父女俩。离蒙古包二三十米远的地面上，孤零零地立着一个拴马的铁橛子。拴马橛子前五六十米远处有一个凸起的牛粪堆。

蒙古包周围那么空旷寂寥，那里好像隐藏着一个个动人的故事。蒙古包前长着两棵戈壁沙枣树，它们发芽，长叶，开花，凋谢，记录着年复一年的四季更替，除此之外，这里再看不到岁月留下的痕迹。

钻井队的一群年轻人戏称，沙漠这边是二十世纪，沙漠那边是十三世纪！

二

钻井队到驻地后不久，团组织举办了一次活动，是去探访沙漠那边的父女俩。父女俩见来了客人，十分高兴。老父亲寡言少语，只是端坐在那里，面露友好的微笑，一个劲儿看着这伙调皮、活泼的年轻人。女儿进进出出忙碌着，煮茶，上奶食，盛上满盘的手把肉，招待着这帮后生。来的这伙人中，有个叫斯钦夫的蒙古族青年，在钻井队任助理工程师。他和姑娘用蒙古语说着什么，别的后生也听不懂。姑娘突然发出哈哈的笑声，让人听起来怪舒服悦耳的。……

在返回去的路上，这伙后生兴致勃勃地谈论着这次探访的感受。

“你们看明白了？没有？仔细看看他们住的、用的、吃喝的各种东西，尽是从牲畜身上获取的，起码也都与牧业有着紧密的关系。你们看到了吗？黄油用羊肚子装，炒米放在牛犊皮口袋里，烧的是牛粪、羊粪砖，吃的不是肉食就是奶食。……”

“蒙古包的哈那却是木头的啊？”

“可连接一根根哈那，用的是牛皮绳啊。”

“老汉用的猎枪、望远镜，看起来真不错！”

“姑娘那个小收音机倒也挺精致漂亮。”

后生们的话题，一下子集中到那姑娘身上了。

“我来提个美学问题。是城里那些在细草中行走身子摇摆不稳，在粗草中行走会被绊倒的白净柔弱的姑娘美，还是像刚见到的那个戈壁沙漠上身材健康丰满的姑娘美？”

“扎，今天宣布，我崇信戈壁沙漠的粗犷美！”

“晚啦，你！斯钦夫早就向姑娘暗送秋波了！”

“哈哈哈……”

那个健康、漂亮、纯真无邪的蒙古姑娘，果真给这伙年轻人留下了深刻印象。

夕阳的霞光映红了戈壁高原。夏日干燥的热风从腾格里沙漠深处徐徐吹来。一群年轻后生，放开各种音色的歌喉唱了起来：

在辽阔戈壁沙漠的远方，
有一位可爱的姑娘。
……

三

近几天，斯钦夫总喜欢往“十三世纪”那片土地跑，这伙年轻人都明白他的心思。这样一来，他们议论纷纷。猜测、嫉妒、好奇，各种说法一应俱全。

“斯钦夫和老汉的姑娘有那意思了。”

“成了女婿后，要把老丈人和姑娘弄进城吧？”

……

可也有人认为，斯钦夫大学毕业，又是助理工程师，迟早会去研究单位工作，他和沙漠里的姑娘难结连理，是否只是想和这姑娘先有一腿。……

这天傍晚，斯钦夫又去姑娘那儿了。到了那里时，姑娘正往粪堆上堆牛粪呢。斯钦夫到了她身边聊了几句。

姑娘问：“我们这片沙漠草场怎么样？”

“好地方，就是样子太古老了，能改变一下吗？”

“样子太古老？”姑娘对这话挺感兴趣，就笑笑说，“改变什么？要我看，现在这样子就挺不错啊。”

“哎呀，你去城市里看看，那变化真是快啊。可你们这里，至今还停留在‘十三世纪’呢。这样说吧，你们手里的一块钱，三年后，还是一块钱。但到了大城市，早晨的一块钱，到了下午，就变成了十块、二十块钱了……”

“要那么多钱干什么啊？”

斯钦夫听了，无奈地摇摇头，可心中倒也泛起一丝喜悦。他觉得，这姑娘的心灵真像奶子那么洁白纯真。姑娘走到他身边，用两只澄澈的眼睛看着他。斯钦夫没想到，一个在沙漠中长大的姑娘，会向她尚不太了解的后生投来这么率真无瑕的目光。

这时候，有两种形象出现在斯钦夫的脑海里。第一种，既朦胧又清晰，就是在街边、商店里、火车上的，那群蚂蚁般的商人，他们在梦中也常常为钱而发出叫喊。第二种，非常具体可感。她正是站在斯钦夫面前身材修长窈窕的姑娘。她的嘴唇红红的，蒙古袍带花纹的下摆那么飘逸漂亮。她犹如一株沐浴着戈壁沙漠上的阳光和烈风的红柳。蓦地，另一个姑娘又出现在他的脑海里，她就像在见不到阳光的地上长成的一根戈壁莎草。一次，她曾问斯钦夫：“你的工资、奖金合在一起，每月有多少钱？”斯钦夫一听，便心生反感，钱，钱！难道这世界上除了钱，就没别的了！

几天以后，斯钦夫又去找那个姑娘了。这次，他俩谈论起另一个话题。斯钦夫问姑娘：“牧民们牧养牲畜，究竟是为了什么呢？”

“就是……为了让牲畜越长越大，越变越多呗。扎，就是这样啊，阿爸也常说，这就是我们牧民的光荣和自豪啊！”

“不对，你们牧养牲畜，除了卖就是吃，不是吗？你想想看。”

姑娘想了想，说：“想想也真是这样。”她点头笑笑，“多可怕啊！”

……

斯钦夫每次来都给姑娘讲很多道理。那些大道理，姑娘有很多听不懂，而且有的也不感兴趣，有的还根本不接受。奇怪的是，斯钦夫和姑娘越是这样交往，争论，两人的心仿佛靠得越近了。

四

这天早晨，斯钦夫就像一根被骄阳晒蔫了的小沙竹，疲倦地走着。

刚下了夜班，斯钦夫就坐在钻井塔旁边的草地上，耷拉着脑袋，抽起烟来。

“怎么了？被十三世纪王国的公主甩了？”

“被驱逐出境了？”

……

人们纷纷挖苦取笑着他。斯钦夫的脸也越拉越长。

昨天那件事，斯钦夫越想越是懊恼，真是恨地无缝可钻，心里骂着自己：“你不是个人，简直是个畜生！”

昨晚，他骑着摩托车去造访十三世纪王国。他想向姑娘炫耀一下自己的摩托车。近一段时间，斯钦夫总想与姑娘相见，可究竟是为什么，他自己也说不清。是为了爱情？大概还不是。和腾格里沙漠的姑娘相爱，那往后该怎么办？他为此不时感到困惑纠结。

到了那里，正赶上父女俩忙成了一团。原来，他们的一峰怀羔母驼走失了，父女俩正准备去寻找呢。

父亲的身材壮硕，是个不苟言笑的乡下老头。斯钦夫不觉想起，在风和日丽的日子里，在静谧的腾格里沙漠上，远处老阿爸的身影。此刻，老汉在不停忙碌着，每个动作都显得那么迅速敏捷。

“我去西面的巴音敖包、博格达、查和日玛几个沙梁找找看。”老汉流利地说出几个地名后，又对女儿吩咐道：“你去北面看看。噢，你带上猎枪，说不定会遇到狼！……”

“那我也帮你们去找，我回去叫人！”斯钦夫除了着急，说些不着边际的话，站在旁边手足无措。

“算了，孩子！黑更半夜的，你们要是再迷了路，可是要出大事了！多少人迷了路，恐怕连一个人的骨头也找不回来！腾格里沙漠可不是闹着玩的！”

斯钦夫看到，老人家说“腾格里沙漠”时，脸上出现了伤感、敬畏的神情。他一下子凉了半截儿。

“枪，阿爸带上吧。我俩一起去找。”女儿说着，瞅了一眼斯钦夫。

老人骑马离去，斯钦夫和姑娘也骑上摩托车奔跑起来。

夜幕笼罩了戈壁沙漠。斯钦夫给足了马力，摩托车向前奔驰，发出阵阵呼啸声。朦胧中，眼前出现的一丛丛灌木、一两株沙枣树，有时像人，有时像骆驼。姑娘坐在摩托车后座上，紧紧抱着斯钦夫的腰，胸紧紧贴着他的后背。斯钦夫清晰地感觉到姑娘呼吸、心跳的节奏。姑娘的身体就像一团火炙烤着他。于是，那个犹如戈壁上的莎草的姑娘的形象，突然又闯进斯钦夫的脑海，觉得她就是个冷若冰霜的东西。摩托车剧烈地颠簸起来。一种强烈的冲动，使斯钦夫浑身每个细胞膨胀，颤动，他闻到了兰花的缕缕香味。摩托车的轮子在硬砂砾上嗖嗖地不停转动着。戈壁杭盖如此辽阔宽广，这使斯钦夫感到惊奇。

坐在后面的姑娘猛地笑出了声，喊道：“停，停下！不能这样跑啊！”

“怎么啦？”斯钦夫问着，摩托车慢了下来。

“咱俩不能这样去寻找骆驼。你这是骑着摩托玩啊。这样的话，咱什么也看不见，摩托车的声音这么大，别的什么声音咱听不到啊！”

哦，确实是这样。速度这么快，哪是去寻找骆驼！想到这里，斯钦夫停住了摩托车。

姑娘说：“咱俩坐一会儿，听听四处的动静。”

“什么动静？”

“母驼、驼羔的叫声，骆驼吃草的声音。”

他俩坐了下来。

对于在城市长大的斯钦夫来说，戈壁沙漠所有的景物都使他感到新奇。现在他沉醉在戈壁沙漠的夜景中。周围一片寂静，即使来自遥远地方的声音也能听得清楚。月亮升起来了。啊，戈壁沙漠的月亮这么圆，这么亮，这么大！他俩坐了半天，却没有听到骆驼发出的声音。

斯钦夫问道："现在，我们该怎么办?"

"等一会儿，咱俩到东边的沙柳丛那里看看，那儿没有，再往远处找找。"姑娘说着具体的打算。

突然，斯钦夫喊出了声，他不停地揉着眼睛。是一只小虫飞进了他的眼里，感到眼睛热乎乎的。

姑娘笑得前仰后合，说："过来，我看看。哎，你别揉了。"她说着，用两手托着斯钦夫的脸颊，盯着他的眼睛看了一会儿，问："现在怎么样？……过一会儿，它自己会出来。"姑娘呼出的气流，一股股地拂在斯钦夫的脸上。斯钦夫像是闻到了牧草的香味。在朦胧中，姑娘圆圆的脸，一对大眼睛，在斯钦夫的眼里变得愈加清晰了。斯钦夫浑身每个细胞在膨胀，他仿佛失去知觉，好像心脏不再跳动，血液不再流淌，时间在此刻也变得凝固了。他几乎要控制不住自己了……

远处突然传来的枪声，划破了寂静的夜空！

姑娘兴奋地喊道："阿爸给我们发来了信号，母驼找到了！"

他俩急着向家里返回。姑娘回转身的瞬间，斯钦夫猛地冲上去紧紧地抱住了她。

姑娘只轻轻地叫了一声，身体没有动。斯钦夫已完全失控了，可姑娘好像并没在意，隔了好一会儿才说："这么久了……还不行啊?"听到这和缓平静的声音，斯钦夫像从梦中惊醒过来，深呼吸几下，逐渐缓过神来。心想，你这是怎么啦？这姑娘是你的妻子吗？未婚妻？恋人？都不是啊。你刚才做了什么？他迅速松开了姑娘，慌忙地离开她的身体。他又怕又羞，真觉得没脸再活了……

昨天晚上，他做了这件让自己丢人现眼的事。

五

第二天早上，去抽水的司机回来以后，从车驾驶室探出头，对斯钦夫喊道："那姑娘叫你去一趟呢！"

"哪个姑娘？"

"哟，还装洋相干吗?!"

她为什么叫我去呀？要骂我一顿？和我大吵一架？或者是……斯钦夫想到这些，真是慌了神。

到了那里后，只见姑娘在一翻扣在地上的背篓上坐着。她旁边站着那峰母驼，母驼旁卧着一头小驼羔。出生不长时间的小驼羔浑身还湿漉漉的，它想站起来，可又一次次地摔倒了。

见斯钦夫来了，姑娘没站起来，一副懒洋洋的样子，只是问了句："你好！"姑娘的眼里布满了血丝，头发乱蓬蓬的，两眼一个劲盯着斯钦夫。看样子，她一宿没睡。

斯钦夫的心怦怦直跳，尴尬地扭动着脑袋。

"你看，这是前天找回来的母驼。这家伙，每次产羔都离群出走。再说，现在是产羔的季节吗？它就爱惹这没用的麻烦！"姑娘深呼吸了几下，接着说，"阿爸把它找回来了，可羔子却生不下来。阿爸和我忙乎了两宿一天，现在母子俩总算平安无事了。天快亮时才生下来的。你瞧，多可爱的小家伙啊！……我让你昨天来，你却没来。"

"我……我向你认错来了！……"斯钦夫喃喃着。

"怎么了？"

"前天夜里，我……太……"斯钦夫哽咽着，流下了眼泪。

姑娘用吃惊的目光看着他，说："那件事，你现在还在想啊？……

你……是控制不住自己了。没关系，都过去了。”说完，她笑了笑，脸上泛起了红晕。

“不。我……唉……”斯钦夫好像有一肚子话，可就是倒不出来。

姑娘轻轻地“唉”了一声，站起身，来到斯钦夫身边，说：“你真这么难过吗？可我……根本没生你的气，那天夜里，我怕丢了你的面子，才依你那样做了。”她像个姐姐似的，拍了拍斯钦夫，说，“算了，别这么拉着脸，想不开了。你是好人，我能看出来。在夜里，在没人的野外，就是你我俩，你又是个有血气的年轻后生，我怎么能恨你，怨你呢！”

斯钦夫突然转过头来，惊奇地看着姑娘，愣住了。这一瞬间，像沙漠莎草的那个姑娘，又在他的眼前闪现。一次，斯钦夫邀请这姑娘去看场电影。姑娘说：“俩人一起去看电影？那倒也无所谓。可姑娘的真心，你究竟什么时候才能懂得？”斯钦夫一连几天绞尽脑汁，苦苦思索那姑娘和自己看电影的“情债”，究竟该怎么补偿？现在想起来真觉得可笑。人与人之间的差别这么大啊，他想着想着，突然觉得憋闷的胸口变得敞亮了些。

六

这母驼真是个麻烦的家伙。它遗弃了小驼羔，时时抬腿侧踢，不让驼羔靠近它。

姑娘忙里忙外，在面糊糊里兑进奶子，喂养着这头被遗弃的可怜驼羔。她夜里总要起来几次，侍弄这小家伙，她不像在照料驼羔，倒像是母亲爱抚着自己的宝宝。

这个消息传到了“二十世纪”现代化人们的耳朵里了。这事情怎能被他们接受！钻井队的一伙年轻人都开动脑筋，想将那个忙累不堪的姑娘从痛苦中解救出来，却找不到好办法。恰在此刻，兰州动物园的一个工作人员，搭乘钻井队的汽车来到这里，要收买那头小驼羔。

钻井队这伙年轻人一下子围住这个人，问道："这头小驼羔，你们肯出多少钱？"

"不超过三百块吧。"

"你想白拿走吧？那就请按原路返回吧！"

"那么，你们的驼羔能值多少钱啊？"

"你想，现在是下驼羔的季节吗？当然它很值钱了。这不是只山羊，是头骆驼啊！两千块！"

来人一听，吃了一惊，眼珠子几乎翻到脑门上去了。经过好一阵儿激烈的讨价还价，以八百块的价格成交了。于是，这帮后生高兴坏了。那姑娘从此再不用那么受忙累了，那头瘦成皮包骨的小家伙还能换八百块钱！

斯钦夫骑上摩托车，飞似的向着沙漠那边驰去。他要把这一喜讯快告诉姑娘。

"那怎么行？让这么小的驼羔离开母亲，多可怜啊！"姑娘一口回绝了斯钦夫。

斯钦夫像是生气了，可还是耐心地解释："你可怜它，可它说不定会死在你手上！"

"我要喂养它，就是死了，也绝不给人！"

斯钦夫有点儿发火了："你听清了没有，八百块啊！"

姑娘一听却笑了，说："就是八百万我也不卖！"她摩挲着卧在膝盖下的小驼羔，对它说："别怕，小家伙，我不会把你送到哪里去的！"

斯钦夫一连几天没再去找姑娘。他心里责骂着："真是十三世纪的糊涂蛋！对那已过了时的牲畜，竟像对待自己的孩子一样！"

可又过了几天，斯钦夫又去找姑娘了。原来，那个动物园的工作人员一直没走，为买小驼羔，他出的价格已涨到一千三百块了。斯钦夫想，现在要是再不卖，她可真是十足的大傻瓜了。于是，天刚露出鱼肚白，他便骑上摩托车驰向沙漠。不知走了多远，他忽然听到了一阵乐曲声，是柔情动人的马头琴曲。斯钦夫下了摩托车，向着马头琴声走去。朦胧空阔的沙漠上，离着十步远就什么也看不清了。他走着走着，终于见到了姑娘的父亲。只见老人家坐在一具马鞍上，宁神静气地拉着马头琴。他闭着双眼，粗糙的一只手指拉着琴弓，另一只手在马头琴弦上娴熟地滑动，身体随着乐曲的旋律摇动着。他完全沉醉在自己演奏的乐曲声中了。

斯钦夫凝神看着老人。这位学习水文地质的大学生，虽不甚理解这首乐曲的艺术内涵，可听到这首乐曲时，他仿佛看到了荡溢着的洁白乳汁、清澈的山泉、高耸的山崖、若隐若现的戈壁沙漠。他感受到，乐曲中有一股超越各种利益，摒弃嫉妒、争斗的力量，乐曲中融入了人间万物的美好。啊，乐曲也倾吐着对孤儿哭泣的同情，呼唤着母亲心中的爱。斯钦夫被乐曲深情凄婉的旋律感动了。

离老人七八步远，站立着那峰母驼和小驼羔。姑娘就站在母驼的旁边，牵着它的驼缰，轻轻抚摸着它的鬃毛。姑娘原来的倔强、调皮的神态不见了，她用深沉的目光盯着母驼，好像在向它讲述着事理，她伴随着马头琴声唱起了歌。歌声是那么柔情，充满了爱。斯钦夫听不懂歌词，这首歌本没有什么歌词，歌中蕴含的情感也不是具体歌词能表达的。但斯钦夫的心与姑娘内心深处发出的情感产生了强烈的共鸣。这种共鸣是对爱的呼唤，是对世间的珍贵与美好的不懈寻觅与追求。

奇迹终于发生了！只见母驼眼中滚出了水晶般的泪珠，它看着小驼羔发出了声声嗥叫。在叫声中，小驼羔带着半信半疑的神情，一步步走到母亲的身下，伸出小嘴贪婪地吸吮着妈妈的乳汁。

驼妈妈慈爱地喂着驼宝宝。斯钦夫看到了世界上圣洁的母爱的场面！

斯钦夫没有说什么便返回了驻地。

七

几个月后，钻井队搬到别处去了。每当夕阳的霞光出现在西边的天空时，钻井队的年轻人就会想起那辽阔的腾格里沙漠，想起被他们戏称为“十三世纪”的那片土地，想起那峰遗弃过驼羔的母驼，想起那首深情凄婉的歌和马头琴曲，想起沙漠那边的父女俩。一种不可名状的憧憬与寻觅的遗憾和伤感，时时折磨着他们的心灵。于是他们又情不自禁地唱起那首歌：

在辽阔戈壁沙漠的远方，
有一位可爱的姑娘。
……

赵文工　译

大漠孤烟

一

太阳快落下去时，三个人带着十二峰骆驼向着哈日黑乐沙漠深处走去。

望着雾霭弥漫、连绵无际的哈日黑乐沙海，凝视着一轮西沉到沙梁顶的红日，浩日劳姑娘骑着驼队第二峰骆驼向前行进着，她心中充满了愁苦。漫漫三百里路啊，要走多久才能到达？五天？十天？此刻对她来说，每前行一秒钟都像是经历一次艰难跋涉。

“你父母都是贫苦牧民，你的家庭出身可以算是贫牧。可是你从十来岁起就生活在你叔叔家，你的叔叔是牧主，也就是说你从十来岁起，就吸食着劳动大众的血汗，这样说来，定你为牧主子女也不为过……”

话中“可是”后面的内容有多厉害，浩日劳在一年多的时间里可算是理解透了。就因为“可是”立起的这两个坎，要是越不过去，她就成了剥削阶级的崽子，那就像人畜死尸上孳生出的蛆虫，叫众人恶心！“牧主崽子！”浩日劳一想起这个讨厌的称谓，就伤心沮丧，脸上仿佛落下颓弱害羞的深深烙印。

“喂，浩日劳，冷吗？”身边传来尖细又沙哑的问话声。

浩日劳像是在被从睡梦中唤醒，吃了一惊。眼下正是三九寒天，天冷得快要把人的骨髓都冻凝固了，可浩日劳却丝毫不敢说冷，只用微微的声音回答："不冷。"至于这样问她的原因，三个人带着十二峰骆驼，远赴几百里之外去送"精神食粮"的意义，这位公社"革命委员会"主任特木尔的人品如何，浩日劳嘴上不说，可也心知肚明。

"行，浩日劳，这次出行，是贫下中牧对你的考验，就看你怎么禁受这次考验了。表现，可是非常重要哦……"特木尔骑着一峰骆驼凑到浩日劳身边，边与她并辔而行边和她亲切攀谈。

"好吧。"浩日劳知道，对自己这样的人来说，"表现"是他们唯一的出路。这样一想，她那颗冷冰冰的心微微颤抖了一下。为摆脱压在头上的恶名，浩日劳宁可忍受刀子割肉般的痛苦，也绝不在"表现"的路上回头。但一年多了，她却没有遇到一次"表现"的机会。记得那次生产队的草垛失了火，家庭出身不好的人无权参加灭火行动，她被远远地撵在了一边。

这次，浩日劳接受了远行送"精神食粮"的任务。从全公社人中怎么就选中了自己呢？这，连她自己也没搞明白。开始时她高兴得几乎跳了起来。不管怎么说，这是一种信任，是"改造"自己的一次绝好机会。这样一想，前面等待着她的，仿佛不再是三百里的风雪路，而是一条鲜花盛开的康庄大道。可这一喜悦转瞬即逝。原来，公社"革委会"主任要亲自带领驼队出行。看到特木尔主任频频眨动着两眼，把不可遏制的贪婪邪恶目光投向自己时，浩日劳的心在颤抖。她明白，为什么特木尔要带领这次出行，他需要自己怎样的"表现"。

可是，浩日劳没勇气拒绝接受这次出行任务，再说她也没权利拒绝。要摆脱"牧主崽子"这一恶名的强烈欲望，充斥在她的心中。

"浩日劳啊，你的情况我非常了解。你在牧主叔叔家长大，可你不也是贫苦牧民的骨肉吗？"特木尔主任骑着骆驼向浩日劳靠了过来。

他们在黑暗中摸索着向前行走着，浩日劳觉得前方远处仿佛突然闪出了一道亮光。确实如此，跨越这道坎，不也就是那么一回事吗？

很容易啊。她不由自主地“嗯”了一声。

“所以啊，浩日劳，关键就看你的表现了。这唯一的表现，要是能达到好，你的家庭出身就可以改过来了。这对于我来说，就是一句话的事。啊，浩日劳啊……”特木尔说着，突然歪过身子，一把抱住了浩日劳。浩日劳几次挣扎，可还是没能挣脱开，最终她也没有勇气继续挣扎了。“出身不好，就该是这样吗?”她默默想着，心底泛起阵阵悲伤，眼泪止不住地流了下来。

二

此刻，浩日劳最大的指望，就是同行三人中走在前面的驮夫哈日胡了。他如果回头看一眼，或者说句话，就算是咳嗽一声，特木尔主任也肯定会把毒蛇般死死缠住她脖子和腰的双臂松开。

然而，浩日劳绝望了！虽说三人同行，可事情却只发生在他们俩的身上。身体粗壮笨重的哈日胡，像头熊似的，稳稳地骑在驼背上，不吭一声，不动一下，身子直挺挺的就像一尊泥佛，不停地向前行走着。现在，喧嚣的世界，风雪中的沙漠，驼队驮载的“精神食粮”，后面揪扯厮打着的一对男女，这一切对哈日胡来说仿佛都不存在。

浩日劳发出尖叫声，想引起哈日胡的注意，可仍是无济于事。哈日胡不聋不哑，说他不知道后面发生了什么事情，那是撒谎。他是故意不管，或者是根本就不想管，成心看我的笑话。啊，人啊，遇到难处，大概就是这样的吧。哈日胡之所以这样做，或许也是出于无奈。再说，他这样对我也无可厚非，我的确得罪过他。想到这里，浩日劳的心彻底凉了。

“文化大革命”之前，浩日劳这个性格活泼开朗、相貌漂亮出众的姑娘，怎能不吸引周围人的眼球，她本人怎能没有点儿高傲脾气?

身边不少小伙都想主动靠近她。可浩日劳姑娘对她的追求者，都没放在眼里，那时她已暗暗地喜欢上队里最聪明的后生阿拉腾沙了。阿拉腾沙那双聪慧、明亮的眼睛时时进入她的脑海，常常闯入她的梦境。这时候，浩日劳也觉察出后面还有一双眼睛在盯着她。这双眼睛可一点儿不像阿拉腾沙的那样聪慧。那眼神中带着一股冷漠和倦怠。这个后生就是哈日胡。那一天，浩日劳去放骆驼，哈日胡来到了她的身边。后生身材粗壮笨重，看上去整个人圆滚滚的。浩日劳看到，哈日胡仿佛心跳剧烈，呼吸也有些急促。“癞蛤蟆想吃天鹅肉！”这句骂人的脏话，突然出现在浩日劳的脑海里，她不禁哈哈笑了起来。这下，哈日胡慌了，脸涨得像血肠似的，变成了紫红色。

“啊，哈日胡，看样子，你有要紧事找我，说吧。”

“我……我……我想和你一块儿去放骆驼！”哈日胡向她投去了带有一丝哀求的目光。

浩日劳抑制不住大笑起来，眼泪几乎都要流出来，对他说：“不用，放骆驼一个人就足够了。”说完她转身离去了。哈日胡像头熊似的，站在那里呆愣了好半天。打那儿以后，浩日劳就不再觉得背后总有一双贼眼时刻盯着自己了。

可没过多久，浩日劳心里也有了几分自责，不时怪怨自己，不喜欢就不喜欢呗，干吗那样嘲笑挖苦人家？又怎么能用“癞蛤蟆想吃天鹅肉”来揣度人家？怎么能那样糟蹋人？可想归想，事情也就这么过去了。

世间万物，变化真可谓反复无常。没过两年，浩日劳就从一只“白天鹅”跌落成了一只“癞蛤蟆”！阿拉腾沙前年参了军。开始，他保持每个月给浩日劳来一封信，可后来因为浩日劳的家庭出身问题，他和浩日劳之间的通信往来也中断了。再说哈日胡，别看他长得粗壮笨重，可不管怎么说，毕竟是贫苦牧民的后代，是公社里有权把握驼缰方向的脚夫，比浩日劳“干净”多了。如今，哈日胡要是看不起浩日劳，鄙视浩日劳，那是天经地义的事，谁又能说什么？

周围一片漆黑，天气越来越冷了。没完没了地纠缠着浩日劳的特木尔主任突然向前面喊道：“哈日胡，去水站过夜吧！”浩日劳乘机快速挣脱了特木尔的双臂。

所谓的“水站”，就是当年“学大寨”时建起的一处院落。院里有几间房子，房子里除了看管院子的一个聋老头，再没有其他人。浩日劳明白，这位特木尔主任为什么要急着住下来。

“水站早就过了！”哈日胡说完仍是一动不动地骑在骆驼上先前走着。

“没过呢吧？我们才出来不大工夫啊。”

“咱们是抄近道走的，再到不了水站了。”

浩日劳一听，顿时心里变得敞亮了许多。

三

前半晌时分，驼队来到了一座沙梁脚下，三个人要在长满灌木丛的一个背风处打尖儿。

干牛粪和沙柳枝燃起后，背风处变得挺暖和的。特木尔主任用驼鞍屉横七竖八地搭了张供休息的“床”，哈日胡准备去放骆驼。浩日劳面如土灰，走到哈日胡身边，央求他说：“哈日胡，让我和你一起去放骆驼吧？”

这个土里土气、身材粗壮的脚夫，从他冰冷冷的目光中，看不出他此刻正在想什么。“不用，放骆驼一个人就够了。”他说完，走到被卸下的驼鞍旁边，拿起那支双筒猎枪，像头熊似的，迈着笨重的脚步，头也不回地走了。浩日劳有些绝望，哈日胡三年前的报复，她现在终于得到了。

哈日胡离开后，沙梁背风处一下子静了下来。浩瀚无边的沙海阒无人迹。这里仿佛遭了罪孽，是个可以任意胡为的地方。浩日劳休想逃离这里，四周没座山崖，没口深井，即便想自杀也没有指望。

“浩日劳，这里背风，来，过来!”特木尔主任把“床”搭好后，就招呼着浩日劳。

“不了，这儿……就挺好的。”浩日劳急忙说完，仍是无动于衷。

“不，你过来，我有事要和你说。”

浩日劳无奈地走过去，尽量远离着他，坐了下来。

“嗯，这个……阿拉腾沙这个人……他和你是什么关系啊?”

浩日劳没想到他会问这样的问题。阿拉腾沙！一听到这名字，浩日劳心中激荡着满满的怨恨和深深的思念之情。到现在她仍坚信，阿拉腾沙没有真正抛弃她。

“他……和我没什么关系……”浩日劳回答时，觉得嗓子苦涩涩的。

“不是没关系吧？你就别掖着藏着了。我知道，你日夜思念着他。我明说了吧，阿拉腾沙给我们‘革委会’来了几封信，询问你的家庭出身问题。”

“啊?”浩日劳吃了一惊，两眼注视着特木尔。

“‘革委会’的人一致要写信回复他，写明你的出身是牧主，可我硬是没同意。”

浩日劳感到一阵眩晕，仿佛失去了知觉。昏昏沉沉中，她仿佛看到，遥远的天际出现了一道亮光，自己匍匐着向那道光爬去，转瞬间，她被那道光射中了。光，离着她那么遥远，而且瞬间又消失了。浩日劳陷入了深深的痛苦中。她又抬起头望去，确有一束光在闪现，似乎在等待着浩日劳的到来，只是它离得太遥远了……

浩日劳闭上了眼睛。

“那个阿拉腾沙参军之前，你俩没有交往吗？啊……没关系的，我回去就把你的家庭出身改成贫牧，然后再给阿拉腾沙所在的部队发函，也就万事大吉了。”特木尔把嘴非常近地靠在浩日劳耳边说着。

浩日劳像是从梦中惊醒过来，随口应道：“嗯。”

特木尔突然伸出双手解开浩日劳胸前的衣扣，解开她的腰带，抱住了她。浩日劳猛地清醒过来，她看到特木尔的脸离她已经非常近了！她像一头见到老虎的牛犊，心里充满了恐惧、厌恶、愤恨，吓得无所措手足，用力推开特木尔的双手，哭喊着说：“我……求你放过我吧！”

“没关系，没关系的。我一回去就把你的出身改过来，这样你就能和阿拉腾沙恋爱成婚啦！……你和阿拉腾沙成婚之前，总得向我谢恩嘛……没有对我的回报可不行啊……”特木尔的双手就像一把铁钳，死死抓着她，怎么也推不开。

“如果你不依我，想摆脱牧主家庭出身没门儿。阿拉腾沙也不会要你！……”

浩日劳听了，突然蒙了。她恍恍惚惚地感觉到，自己被特木尔抱了起来，放到那边临时搭起的“床”上躺了下来。她的腰带像是被解了下来。

砰！近处突然响起了枪声，子弹从特木尔和浩日劳头顶上呼啸飞过。被子弹击折的沙柳的枝条纷纷落在了他俩的身上。特木尔呆愣了几秒钟，屁股像是挨了几锥子扎，嗖地跳起来，逃到驼鞍屉那边藏起了身子。

不知道哈日胡什么时候从哪里走了过来，站在离他俩几步远的地方，他手中双筒猎枪的枪口冒出的烟雾还隐约可见。

“刚才像是打中了一只野鸡，落在这儿了，不知它又钻到哪儿去了！”哈日胡说着向驼鞍屉走去。

特木尔从驼鞍屉那边探出了头，用恐惧的两眼盯着哈日胡手中的猎枪。浩日劳慌忙地系着前胸的衣扣。哈日胡仿佛没看到他俩似的，走开了。

四

驼队继续前行。天冷极了，可一点儿风都没有。一峰峰骆驼喷出的白色气体，使骆驼鼻子和眼睛上挂满了冰霜。浩日劳他们三个人戴的帽子都像是用洁白的羊羔皮镶上了边儿。

前半晌，驼队打尖儿了。特木尔主任派浩日劳去放骆驼，把哈日胡留了下来。

“哈日胡，你觉得‘文化大革命’的形势怎么样？”特木尔语气温和地问道。

“形势大好！”哈日胡像背书似的答道。他沾满灰尘的脸上，从那肉眼皮中的眼睛中，很难看出他究竟在想什么。

“对，形势大好。不说别的，像你这样的贫牧出身的孩子，‘文革’前深受牧主、富牧的压迫剥削。自‘文化大革命’开展以后，牧主富牧才受到专政，哈日胡你说，你能不恨牧主吗？”

“我恨，我恨那帮家伙！”

“对，对呀，你我都是无产阶级的后代，咱们是阶级兄弟呀！”

哈日胡再没吱声。

特木尔接着说：“你家只有一个双目失明的额吉，这次出行回来后，我要专门拨出一部分钱，派人送你额吉去呼和浩特治疗眼睛，眼睛失明不是不治之症，那里有我认识的一个好医生。”他边说边观察着哈日胡，发现一听到“额吉”这个称呼，哈日胡就突然眨动眼睛。特木尔向哈日胡靠得更近了，说：“你也不小了，邻队有个挺不错的姑娘，我早想介绍你俩认识一下了。等回去，我带你去她那儿一趟？啊，你我就像亲兄弟一样啊！”

哈日胡粗黑的手不停地修整着一条沙绳，坐在那里还是没吭声。

特木尔突然发出一阵狂笑，说道："好了，老弟！我要说的就是这些。你最好别管闲事，比如……浩日劳，你别同情她，她毕竟是牧主的女儿。"

哈日胡猛地站了起来，拉下了帽耳。

"你怎么了？"

"去看看骆驼到哪儿去了。"

特木尔神情怪异地笑了笑，说："你要去找浩日劳？走吧，走吧，老哥我不管你了。"他说完发现哈日胡已经离开了他。

哈日胡没有去找浩日劳。他登上了一座高高的沙梁，向四周瞭望了几眼，就回来呼呼大睡了。

五

驼队又走了两天。广袤无垠的哈日黑乐沙漠静悄悄的，这里离沙漠的边缘很近了。

出行的第五天，他们在呼布亥盆地歇息下来。这里有几间破房子，房子的门窗大敞四开，阳光、月光也能穿过屋顶射进屋里，可见这栋房子至少有几年没人住，明显是被人抛弃的房屋废墟了。

他们在屋子里生火，化冰，煮茶。喝过了茶，见哈日胡没有去放骆驼的意思，还一直呆呆地坐着，特木尔就亲切地提醒："哈日胡，该去放骆驼了吧？"

"看样子，下午有暴风雪，今天没两个人放不成骆驼。"哈日胡说。

特木尔眨了几下眼，说："要不这样吧，这两天你也挺累了，留下来休息，我和浩日劳去放骆驼吧。下午要是真来了暴风雪，你去接接我俩。"说完，又对着浩日劳说："走，咱俩去放骆驼。"

哈日胡脸上呈现出吃惊、无奈的表情，特木尔见了仿佛心满意足，露出了笑容。没等哈日胡再说什么，特木尔说："等着，我今天请你喝野兔或野鸡汤！"说完，抄起挂在门旁边那支双筒猎枪走了出去。

六

"你这家伙，滚得远点儿，看老子一枪崩了你！那天你为了威胁我，放了一枪，今天我可不是吓唬你，跟你动真格的！"

特木尔就像一峰嘴里喷着沫子的公驼，抓着双筒猎枪向前逼了两步，将枪口对准了哈日胡的胸膛。哈日胡向后退了两步。

刚才，特木尔和浩日劳纠缠在一起时，那支猎枪就在他身边，可特木尔真厉害，转瞬间就把枪抄了起来。

哈日胡说："你要敢向我开枪，那可是要偿命的！"

"什么？哼，你没见过我杀人吧？狗东西，你和牧主的女儿浩日劳搞恋爱，破坏这次送精神食粮，你还要杀害公社'革委会'主任，可你的目的没能达到，嗯……这样，你开枪打死了浩日劳，后悔自己犯下了罪行，又自杀身亡！有谁不相信我的话？你要是想活命，就快点儿滚蛋！"

特木尔向前逼了两步，哈日胡继续向后退着。

浩日劳突然抱住特木尔的双腿，说："我……求你啦，别开枪！哈日胡你快走，别管我，我也求你啦！"

哈日胡没有再挪动一步。特木尔朝着哈日胡开了一枪，子弹从哈日胡头上方呼啸着飞了过去。浩日劳抓着猎枪筒，和特木尔撕扯起来。

就在这一瞬间，一双粗壮的大手突然伸过来，将特木尔的两只手腕揪住拢在一起，死死地抓着不放。特木尔的手腕变得弯曲，他感到手腕像用沙子堆成的一样，被捏碎了，猎枪也掉在了地上。

特木尔疼得嘴和鼻子都变得歪斜了，哈日胡抓住他，像扔一堆破衣服似的将他甩了出去。

沾了满嘴沙土的特木尔想用手撑着站起来，可双手已疼得动弹不了，只好抬起头，用恐惧又无奈的目光看着哈日胡。

“起来！去抓回骆驼，鞴鞍上驮！”哈日胡毫不留情地向特木尔命令道。

七

傍晚，天色朦胧，十二峰骆驼，高昂着头，迎着凛冽的寒风站在破房子的旁边。

哈日胡将文静端庄的浩日劳扶上自己骑乘的那峰黑驼上，让浩日劳稳稳抓住驼缰，对她说：“不要惧怕黑暗，不要惧怕暴风雪，放松驼缰，向前行进，这峰骆驼一定能载着你走出沙漠。”

“那你……你该怎么办？”浩日劳的声音有些颤抖。

“你走出沙漠后，就说我俩都死了。……以后……如果有机会，拜托你去看望一下我双目失明的额吉吧。额吉常提起你……说你是个好姑娘。”哈日胡说着变得哽咽了。

“不，不！……咱俩私奔吧！”浩日劳抓住哈日胡的手，贴在自己的脸颊上。

哈日胡苦苦地笑了笑，说：“不，不能！”说完他抽回了手，拍了拍黑驼的后臀。

驼队向前走了没多远，浩日劳回过头，只见哈日胡坐在耸立着的三块大石头旁，燃起一堆火，离着他几步远的地方，横卧着一团东西，那正是特木尔主任啊。此刻，“就说我俩都死了”这句话又在她耳边响起。她的眼泪扑簌簌地滴落下来。

驼队继续前行，浩日劳又回头望去，刚才看到的一切仿佛都隐匿到沙梁那边，已消失不见了。然而，在夜晚渐渐变暗淡的雾霭中，那一缕孤烟直向着沙漠的上空缓缓升腾，清晰可见。

赵文工　译

桑丕勒的心事

傍晚的余晖和家家户户的烟火，覆盖我们生活的这座小城的时候，桑丕勒推着嘎吱、嘎吱响的自行车，回到了院子里。他观察到，西户的那木达格家今晚有些不同于往日。他们家早早就点了灯，而且格外明亮，这是一；他家门口丢了一团麻绳和几片纸壳子，这是二；另外，好像家里有客人，传出来都是说笑的声音。

桑丕勒虽然察觉到了，但没当回事。只是定眼瞧了一瞧，停下自行车，擤了个鼻涕，清了下嗓子，就回家了。

他媳妇儿今晚好像又吃了枪药了。站在灶前，叮咣地砸着锅碗瓢盆。那些玩意儿倒不怕砸，只要不碎一地，就让它叮咣几下吧。桑丕勒这样想着，坐到了旧椅上。这情景不时上演，所以他也习惯了。

“哼！”

这是媳妇儿用鼻子“憋”出来的声儿。桑丕勒以一副不知何意的表情瞅了瞅媳妇儿的脸色。

“不就是做了几个木头玩意儿吗？这一家吵吵的。要是做了几个金银件儿，还不疯掉了？”

他听出来了，媳妇儿是在说那木达格一家。哦，原来邻居是搬来几个家具，所以人多声大呢。

“你去看了吗？”

“自己没有的东西，看它干吗？不过，现在人可真贱啊。那木达格推进来那点儿柜子、架子，这些人就坐不住了。有的上前献殷勤，有的凑过去说好话，都想巴结一下有钱人！”

桑丕勒不说话了。他扫视屋子里，除了一个旧竖柜和破旧的碗架，看不到别的像样的东西，心里不免有些惆怅。

媳妇儿还在唠叨：“打那么多东西干啥？还不是给自己添麻烦吗？要擦拭，要维修……万一有个小偷啥的进家里都给砸烂了咋办？着火了又咋办？要是突然打仗了，要命还是要那玩意儿？更麻烦。”

前几年，家家户户开始置办一些木制家具和软包沙发的时候，桑丕勒的媳妇儿也嚷嚷着跟他闹腾过不少次。但是，患重病、做手术时借的钱没还清不说，还需定期给牧区的桑丕勒父母寄钱，支出项太多了。而且，自家的孩子多，又没成人，所以，别人家置办得起的立柜呀、圆桌呀，还没有轮到给他们的寒舍增光添彩呢。这两年，桑丕勒的媳妇儿不仅不提家具了，反而看到或听到别人置办家具了，都能挑出七个不好八个毛病。乍一听她说的，是她不愿意打家具，而并非打不起家具一样。桑丕勒又能怎样呢？看着空无一物的房子，把罪过都揽到自己头上，屁也不敢放。这几年，买电视机的人也多了。这时，他媳妇儿又开始唠叨了：“听说那玩意儿对眼睛不好。”就听听她今晚说的话吧，不是进小偷了，就是失火了，这是担心别人呢，还是诅咒人家呢？唉！

不过，桑丕勒还是应和着媳妇儿：“现在的人都没法说了。解放初期，我们旗里的书记都除了一个皮包别的啥也没有。那时候的人，真没有那么多欲望。”嘴上这么说着，心里的惆怅却并没有丝毫缓解，而是愈发严重了。“我家没有，那木达格家却有？”这个想头着实让他噎着了，晚饭都没吃几口。

饭后，他坐在炕上发愣。家里，好像更“空旷”了。突然，他犯愁了，别人都去那木达格那儿道贺了，唯独自己不去也不合适吧。于是，他从炕上出溜下来去了邻居家。

那家确实大变样了。填满了沿墙空间的立柜、书架、书桌和矮柜，简直让他眩目。而且，那木达格两口子的脸蛋上透着不逊于新家具的亮光。好家伙！这一屋子，俨然是娶新媳妇一样，充满了喜庆。桌上，除了有盒装的糖块，还有好茶好烟，两口子热情地招待了桑丕勒。桑丕勒眨着眼睛，嘴上虽然说着“真漂亮”，心里的一股气却让他焦虑不安。何况，东墙根传来他妻子叮咣砸锅的动静越发刺耳了。

桑丕勒盯着人家的新家具足足愣了十五分钟。看着看着，他“总算找到”立柜门上一处碗口大的暗斑。这是怎么了呀？是木料残次得过了吧。“等等，到底咋回事？”他愈加兴致饱满地端详起来。哦，别的家具上也都有这样情况，暗斑有大有小：有鸡蛋大的，也有拳头大的，而且有好几处。

桑丕勒噌地站了起来。

“坐着，再坐一会儿！”那木达格媳妇儿说着客套话。

“回了，回了。你们也早点儿休息吧！”桑丕勒笑着答道。这次可不是装笑，是笑得很敞亮。

桑丕勒两口子钻进了被窝。他“若有遗憾”地对媳妇儿说：“哎，我看过他们家具了。不行！”

“咋啦？”

“都是些残次的木料，还有好些暗斑呢！”

“是吗？”他媳妇儿立即翻过身来，托着下巴，说：“那多难看啊？还不如不做了呢。”媳妇儿的心情也舒畅了不少，犹如从烟熏火燎的灶房跑到外面吹了一阵凉风似的。

无论如何，两口子的心情舒服了不少。他们聊着家具的暗斑，又聊起了那木达格两口子：“看他们傻乎乎的，花了那么多钱，打了一堆次品，真是的！还不如不做呢。”两口子无比“心疼着”那木达格一家。不觉中，进入了梦乡……

额尔德木图　译

思念草原

斯琴格日乐坐在马扎上，好奇地看着家属楼西边柳树荫下几只找东西吃的麻雀。由于环境污染，这几只麻雀已蒙上了一层灰尘，却不肯离开这个小区，有时聚集在树下找东西吃；有时聚集在树枝上，从这个树枝蹦到那个树枝；有时它们也会离开这里，但很快都会飞回来。自她来呼和浩特的两个月里，这一群麻雀天天如此。

小区外，不停地有汽车呼啸而过，卖冰棍的女人在拉长声音吆喝。在她看来，小区外的一切都灰蒙蒙的。在阳光下尘土飞扬的马路，和路旁同样满是灰尘的建筑，以及在建筑中来回穿梭的人，他们的衣着和脸，都是灰蒙蒙的。再看天空，也是灰蒙蒙的。

此时的草原是什么样子呢？一定天空湛蓝，在天空宽大的怀抱里，飘着朵朵白云。云的影子，飘过绿油油的原野和土坡。土坡上悠闲吃草的羊群就像撒下的大米；羊群旁边，有一个与羊群一样高的身影，时而俯下身子捡东西，时而来回蹦跶，那不就是我儿子吗？两个月了，儿子不知道有多想我，不过他肯定把思念藏在心里，不会表现出来。我那臭儿子虽然小，但总是说到做到。长大以后，一定够倔强。不过他终究是个孩子，就是再能忍，心里也肯定想得不行。要不我明后天就回去吧。但呼格吉勒图这个家伙怎么也不让我回去，几乎是在央求我了。想想他，我就心软了。虽然我们结婚已十年，但他和单身汉没什么区别。每年大年二十九三十儿才能回去，刚过完初几，又忙着往呼和浩特赶。那时候我都忙着准备过年用的东西，忙着招待客人和接羔，腾不出时间来跟他好好聊聊。这次既然来了，就应该多待几天。这家伙呀，说他什么好，他还说不能让我“来去空空”，真不害臊。有一个可爱的儿子，行了呗。如果怀了孕回去，今年冬天和明年开春放牧时准得遭殃。

呼格吉勒图接二连三地写信，说在呼和浩特分到了一套房，催我赶紧来住几天，婆婆也说她今年夏天身体好，羊羔已不用喂，让她赶紧过去住些日子回来，斯琴格日乐才过来。婆婆年纪大了，但她也替孩子们考虑。一来呼和浩特，她就开始收拾屋子，洗衣做饭……做了一个家庭主妇能做的所有事。可这些事做完了，还空出许多时间，让她有些寂寞。她就拿着马扎下楼，坐在单元门口，看麻雀。

城里好是好，街上有专门供人观赏的花草，还有供人坐着休息的长椅。夏日炎炎时，有冰棍吃。城里人可真会享受，草原的人们每天跟着牛羊忙活，就没想过在草场上支一把椅子。城里人啊，早就摸清了享受的门道。下了班，男男女女都穿着背心裤衩，在楼道里若无其事地来回穿梭。夏日炎炎，他们肯定很舒服。透过那薄薄的衣服，身上凹凸有致，看着有些羞人。要是我呀，热死也不会穿成那样。城里的妇女，好多事都不觉得丢人。那天下午，我图个近，直接穿过街心公园时看见了什么？在挨着长的三棵树后面，一对男女两条蛇似的缠在一起……天啊，一看到他们我就心跳加快，不知如何是好。可人家只看了我一眼，该干啥就继续干啥。看着那女的已经三十出头，她那是干啥呢，就没有家吗？他们不是合法夫妻吧。其实，如果不是合法夫妻，更应该害羞才对。那年，呼格吉勒图在河边第一次吻我，差点儿没羞死我！当时没有别人，我在我的灰白马面前感到害臊，因为它正在看着我们。此后的几天，我看到那匹马，就会脸红。

都说城里人爱胡来，估计是指那些穿着暴露的女人在勾引男人。我来呼和浩特之后，呼格吉勒图的好多同事来我家里玩，其中两个女人，一看就不正经。有一个直接躺在我和呼格吉勒图的床上，另一个跟呼格吉勒图握手时，打情骂俏地说弄疼了她。说不定那两个女人会时不时地勾引我们家呼格吉勒图。呼格吉勒图有没有跟她们胡来？

想到这里，她觉得好笑。算了吧，我在草原，他在城里，两个人相隔千里，想那些干啥！不过呼格吉勒图不会撇下我，不会变心，这就够了。想到这里，斯琴格日乐轻轻地叹了口气。

她的眼前再次出现了蓝天白云和碧绿的草原。过了中午，她让羊群调头往回赶。每每此时，她就能看到家里冒出的蓝色炊烟，对于又饥又渴的她而言，那是一种温暖。她知道，那是婆婆在趁她回来之前忙着做饭熬茶。羊圈那边的两个黑点，是她的儿子和跟他一起玩耍的狗狗。几头牛，从水井那里懒洋洋地走向草原。安静，辽阔，这就是草原的美妙。每每此时，有一个人骑着枣骝马，慢慢地靠近她。这个人，是斯仁。十年前，他爱斯琴格日乐爱得死去活来。当时斯琴格日乐爱着呼格吉勒图，便拒绝了他。这位比斯琴格日乐大七八岁的牧民被拒绝后，宽容地笑着说："原来你和呼格吉勒图好上了呀，我倒是不知道。怎么说呢？呼格吉勒图读过书，比起我能识文断字，你喜欢他也应该。"没过两年，斯仁就找了个女人结婚了。他的女人三年里给他生了三个孩子，因此落下病根不能干重活，生活的重担就落到了斯仁一个人的肩上。斯琴格日乐有时去给斯仁家帮忙。这时候斯仁会说："说什么好，你哥哥我就是这个受苦的命。看到你和呼格吉勒图过得好，我打心眼儿里高兴。"斯琴格日乐觉得，他的心无比善良。每每看到斯仁不到四十就佝偻的背，因长期不换洗而掉了色的衣服和在草原上孤苦伶仃地走远的背影，斯琴格日乐就觉得有点儿对不起他。这次听说她要进城，他还专门带着黄油和奶皮子过来，说呼格吉勒图平时就爱吃这些，作为发小，能给的也只有这些，叫她带给他。斯琴格日乐想，这次回去时，无论如何也得给斯仁的三个孩子挑几件衣服。她又觉得，下次来呼和浩特应该带着斯仁的老婆来看病。可是，什么时候才能回去？什么时候再来呼和浩特？

她来呼和浩特的第二天，是个星期天。床跟炕不一样，稍微动弹一下就发出吱嘎吱嘎声，真瘆人。早上五点，呼格吉勒图一动她就醒了。看到窗外的天已渐渐亮，她一下子坐了起来。“干什么呀？”呼格吉勒图眼也不睁地问道。“起床吧，天亮了。”“嗐，今天是周日，甭着急。”说毕，呼格吉勒图翻个身，继续呼呼大睡。斯琴格日乐只得再躺下。躺在床上，她想家了。此时的草原，清爽的空气沁人心脾，天边的朝霞像着了火似的美丽壮观。这时也是斯琴格日乐拎着奶桶回屋的时候。她喜欢卷起裤管走在带着露珠的草丛间。草叶擦过她的小腿，草叶上的露珠凉凉的，舒服极了。婆婆看到她这样总会说：“喂，女人可不能着凉，都三十岁了，还跟个孩子似的。你就不能挑没有草的地方走吗？”想起这些，她越躺越尴尬，越躺越觉得这是一种煎熬。也是那个星期天，呼格吉勒图带着她逛街。高高耸起的楼宇，令人眼花缭乱的商店橱窗，人民公园，电子游戏……走向现代化的城市景观和设施让她充满好奇，也让她晕头转向。城里原来是这样的。这里的人，甚至空气都与牧区的草原大相径庭。

那几只麻雀不见了。小区外面，依然车水马龙。这里的汽车怎么那么多？城里的楼房多，汽车多，人更多。人多了也蛮可怕。那天她跟着呼格吉勒图走进两边都是摊位的巷子里，真的有点儿怕了。人头多得就像火柴头，那里简直是人山人海。不知不觉中，两边落满灰尘的建筑变成了河的两岸，河谷里缓缓流动着由人头组成的黑压压的河水。她真怕走进这人流，觉得有些头晕。现在看着小区外的车水马龙，她不禁想起那天的人流，轻轻地叹了口气。

“哦，你在这里坐着呀？”

一个四十来岁的胖女人拿着碗从单元门里出来，从她身边走过。

“嗯……”

女人走了十几步，走到一排凉房那里，开了其中的一扇门，走进去。那里传来咕咕的鸡叫声。这个女人也住三楼，住呼格吉勒图对门。也就是说，是她最近的邻居。有明文规定小区里不允许养鸡，但这个女人在自家凉房里养着两只母鸡。现在她下来喂鸡。

斯琴格日乐有点儿怵这个女人。来呼和浩特的当天晚上，斯琴格日乐就认识了她。晚饭后，有人敲门，进来这么一个胖女人，脸上还带着笑。见有客人进来，斯琴格日乐连忙起来让座。女人不坐，站在地上继续聊。斯琴格日乐瞥了一眼这个女人。天啊，怎么能穿这么贴身的衣服？在脏兮兮的白色吊带里，鼓着丰满的双乳，有一半都露在外面。她满是油渍的黑裤子也很贴身。她没扣右边裤腰的扣子，能看到她红色的内裤。斯琴格日乐觉得很尴尬，人家自己反倒觉得没什么。她操着破锣嗓子大声说笑着坐到斯琴格日乐身边。女人许久没有洗过头，塑料拖鞋刚好容得下她的大脚板，脏兮兮的十个脚趾向四处伸展着。

斯琴格日乐给她盛一碗奶茶，她连忙摆手说不喝，从茶几上抽出一根香烟，独自吞云吐雾。斯琴格日乐拿着碗尴尬地站了半天，最后把奶茶放到了一边。

“累了吧？”女人问道。

“还行。”斯琴格日乐微笑着答道。

女人笑着盯斯琴格日乐的脸许久后，说：“你们牧区来的人真壮实，脸黑，牙白，这都是奶食管够的好处。”

斯琴格日乐不知道她这句话是褒是贬，只能尴尬地低下头。

女人又说：“呼格吉勒图，你们家孩子少就是享福。不过别着急，有你们为生活劳累的时候。”斯琴格日乐听不出这句是提醒还是诅咒。女人坐了几分钟，说一声“上我们家玩”就走了。

如果没有亲眼见到那次吵架现场，斯琴格日乐本想去邻居家玩玩的。那天，斯琴格日乐跟着呼格吉勒图逛了一天街，日落时分才回到家。这时楼道里发生了一次大争吵。争吵的双方是一个病恹恹的黄脸瘦女人，和那位矮胖的女人。不知道架是怎么吵起来的，只见胖女人叉着腰，身体一次次地向前倾，一口口地啐在黄脸女人的脸上。

“你上辈子没做好事，不然你二十多岁的儿子怎么会暴病死去？绝后了吧，活该！”

黄脸女人的儿子好像真的死了，听到这句话像挨了一刀似的，脸色变得煞白。过了许久，她用颤抖的声音说：“你上辈子做了好事！所以年前你老公才盲肠堵塞，挨了大夫一刀。”

“哈哈！”胖女人笑道。她的短胖腿稳稳地站在楼道里，叉腰抬头雄赳赳的样子，莫说是那个病恹恹的黄脸女人，就是千军万马都不在话下。“你看见我们家老公做手术了？哈哈！”

“呸，呸！”

有一个半谢顶的瘦男人出来劝架。看样子，他真做过手术。他不停地小声说着：“唉，算了，算了。”劝架时，他的额头上冒出了汗珠。

胖女人手一挥，把老公甩出了两步远。“你总瞅我们家干啥？是想求我们家老公让你生个孩子，好传宗接代是不是？”

她的老公已忍无可忍，狠狠地说了一句：“你咋就不讲理？”

“啊？你想帮着那个姑奶奶欺负我？那你就跟那个讲道理的姑奶奶去睡。估计你就爱看黄脸婆。”胖女人说着，跑过去拽住了黄脸女人的头发。

楼道里出来劝架的人越聚越多，只听见胖女人声嘶力竭地喊着：“你个臭婊子，想勾搭我们家男人。”呼格吉勒图和斯琴格日乐穿过拥挤的人群，进了屋。吵架伴着谩骂声和哭声持续了近半个小时，胖女人总算进屋了。但事情并没有这样结束，胖女人的家里再起战火，男人的哀求声、女人的哭号声、锅碗瓢盆被砸烂的声音混在一起。不一会儿，从他们家里飞出一个碗，重重地砸在呼格吉勒图家的门上，不一会儿又有一个脸盆乒乓作响滚下了楼梯。斯琴格日乐吓得脸都白了。以后每次出门时看到对面的邻居，斯琴格日乐心里都紧一下。

女人喂完鸡，拿着一个鸡蛋回来了。她从斯琴格日乐身边走过时，突然想起了什么，翻着衣兜找出几分钱，说：“那天我寄信跟你借的八分钱，现在还你。”

斯琴格日乐想起有这么一档子事。她连忙说：“不了，不了，就那么点儿钱。”

“拿着，拿着。”女人把手里的钱硬塞给斯琴格日乐，说，“你数数，一个五分的，一个二分的，一个一分的。我可还你了啊。”说完，她就钻进单元门不见了。

斯琴格日乐像受到了侮辱，心里非常不舒服。看看表，已到了做饭时间，她无精打采地站起来，拎着马扎爬楼。做完饭，她才发现做早了。呼格吉勒图的单位离家远，拼命骑车子，也得走将近一个小时。她站在窗边等他回来。

太阳落山，夜幕降临了，呼格吉勒图还没回来。大概是单位有啥事吧。那几只麻雀，都回来落到了树枝上，偶尔还叫两声。在夜幕中，呼和浩特的千家万户开始亮起灯，不一会儿整个城市就成了无边无际的灯的海洋。

照日格图　译

鹰

一

一只受伤的鹰，像一位被俘的将军。它的一只翅膀被打断了，汩汩地淌着血。它用锐利无比也冷峻无比的眼睛望着周围的一切。眼神充满着藐视，还有对命运的嘲讽。它是那么刚毅，威风凛凛。

落日，为它镀了一圈金边。戈壁的风中，它脖颈上的几撮毛在微微拂动。

狐狸下了崽，离我们家不太远的地方。母狐几乎每夜都骚扰羊群，还叼走了一只羊羔。于是叔叔在他认为的狐狸的必经之路上埋设了夹子，为了引诱狐狸快上圈套，在埋设的夹子周围扔了好几块生肉。结果狐狸没上当，鹰却落了难。叔叔看到它的时候，它正扇起巨大的翅膀奋力挣扎。如果没有铁链子将夹子联在一根柠条上，它早就把夹子带上高空了。叔叔很高兴，逮住活鹰的人可不多呀。他兴致勃勃地走去。老鹰很快看见了他，大概认准他就是暗设机关陷害它的敌人，突然呼啸着向着他猛冲过来。鹰的凶猛使叔叔害怕了，掉头便跑。如果没有那根铁链子，它可能会把叔叔撕成碎片。叔叔跑出了几十步，回头看了看鹰，便怒火中烧了。举起火枪搂了火儿。结果把它的翅膀打断了。它昏死过去。他把它背了回来。

二

我认识这只鹰。

它老是在我们那一片戈壁上空高高地盘旋。

茫茫的硬砂戈壁静极了。我站在羊群旁边目不转睛地看着鹰。它在高空转呀，转呀，翅膀一动不动，那么悠闲自在。它一转就几十圈，几百圈。它一点儿都不气馁，还是那么一直转下去。有了它，戈壁的天空多了几分苍劲的气势。那时我想，从那么高的地方看地面，究竟是个什么样子呢？戈壁上的人呀，马呀，羊呀，大概显得十分渺小，十分可怜吧。人再聪明，也飞不到天上去；马儿跑得再快，比起鹰的速度等于原地踏步。它们只能在地面上称王称霸，互相炫耀那一点点儿可怜的本事。而鹰才是真正的戈壁骄子，它俯瞰一切。

有一天，鹰照旧在天空中不紧不慢地盘旋着。我一直看到眼睛发涩，便不看了，朝羊群走去。正在这时，天空出现了十分怕人的声音。滚雷般沉闷的声音伴随着尖厉的呼啸。我吓得愣在那里。那声音很快从我的头顶上空飞过去了，这时我才看到，发出如此可怕声音的原来是那只鹰。它像一支黑色的巨大的箭，射向地面，射到几棵沙蒿中间后，转眼间又直刺蓝天。我已清清楚楚地看到，它又回到天空的时候，双爪已经抓着一只野兔。猎获了野兔以后它不再盘旋了，一下子就飞得无影无踪。我在原地站了很长很长时间，惊魂未定，刚才一幕，久久地萦绕在脑海中。这是我第一次目睹鹰的凶悍，它在一瞬间制造了一个血淋淋的悲剧。

我觉得，鹰是可怕的，使人敬畏，但说实话，我并不讨厌它。鹰就是鹰，它毫无隐瞒，理直气壮地袭击大自然中本应由它去猎获的那些小动物。它没有狐狸的狡猾，没有“狗拿耗子”的无聊。狐狸则不然，它只是在夜幕掩盖一切的时候偷偷摸摸地来，还假眉善眼地用前爪抚摸小羊羔，最后才咬住小羔的喉咙没命地逃窜。狐狸是地地道道的小偷，而鹰却是强盗。强盗比小偷高尚得多。

三

如今这个高傲的强盗被叔叔抓住了。用牛毛绳拴在我们家蒙古包前的空地上。它也许疲倦至极，也许正在回忆它生命中那些光辉的经历，一动不动地立在那里，像披着黑色斗篷的将军。此时此刻，它绝不可能在筹划着怎样逃命。那不是鹰的性格，鹰是敢于正视死亡的。

“这个混蛋！给它喂一点儿什么吧……它受了伤，不应该让它饿着。”叔叔得意地笑着，他拿着几块生肉，怯怯地向鹰走去，离它十来步远就把肉扔了过去。

对那几块肉，鹰看都没看一眼。

叔叔尴尬地笑了笑，又咬牙切齿地说：“饿它三天，看它吃不吃。”可是还没到三天，叔叔先着急起来：“它会饿死的呀，不吃东西怎么行呢?”

我也跟着叔叔着了急，我说：“要不把它放了吧。”

叔叔笑着摇了摇头：“逮住活鹰的人可不多呀。咱们好不容易逮住了一只，怎么能放了呢?”

我们又给它肉，它还是看都不看。

那一天穆罗姆阿爸骑着马来了，他问我们是否看见过一头三岁牛。他们家的牛走失了。他是个饱经风霜的老人。他说给鹰喂肉是徒劳的。鹰只吃自己猎获的东西，而不接受别人的施舍。“它明明知道你是它的敌人，怎么会吃你的东西?”

过了七天七夜。鹰还在骄傲地沉默。不吃一点儿东西，一动不动，久久地挺立着。

叔叔更沉不住气了，搓着手：“这可怎么办是好？这可怎么办是好?”看他的脸色，分明是有点儿害怕了，但，他怕什么呢?

那天夜里，我梦见鹰在哈哈大笑。它的笑声那么洪亮。它说：“我藐视你们，虚伪的家伙！我在静静地等待我的死亡，你们却显得身心不宁。胆小鬼，伪君子。哈哈……”

过了几天又出了一件事。我们家的牧羊狗那时候已经变得又老又傻，所以我们又跟邻居要了一只小狗崽。小家伙很可爱也很淘气，每天都蹦蹦跳跳。有一天它看到了被拴着的鹰。它大概看出那鹰是个俘虏，而且还受了伤，因此它想逗那个自以为“可怜”的动物玩一玩，它真的没有一点儿恶意。于是它摇摆着四只短腿跑过去，又虚张声势地叫了几声，但到了老鹰跟前又很友好地摇起了尾巴，表示友好，就像法国大文豪雨果说的，它是在“用尾巴微笑”。

但鹰对它的友好却不屑一顾，用它那只巨大的黑色翅膀轻轻地一扇，我们家的小狗就滚出十几米远，还不停地惨叫。从那一刻起，那条狗就废了，只要它看到天空中飞过一只鹰，它就浑身颤抖，而且还大小便失禁。

四

十五天过去了。那鹰已经明显地消瘦下去。像黑缎子一样闪光发亮的羽毛已经失去了光泽。它被牛毛绳拴着，有时候在蒙古包前的空地上庄严地踱几步。现在当它踱步时，步子已经有些蹒跚。可那两只黑宝石一样的眼中射出的凶狠的光芒，一点儿都没有减弱。

叔叔的努力已经彻底失败了。他焦躁不安。逮住活鹰的人不多，他却逮住了。但他却因而增加了烦恼。他只有眼睁睁地看着那鹰慢慢地死去，却得不到任何其他乐趣。

“还是把它放了吧。”我说。

叔叔犹豫了一下，最后还是摇了摇头：“放开它，它将来会报复的。”他最后叹着气说。

鹰进行报复的事我听说过。据说有一个人，无意中把鹰的窝给捣毁了。自那以后好多天，有一只鹰老是在他的头顶上空盘旋。有一天，突然有个凉飕飕的东西掉进了他的领口。原来是一条蛇，是那只鹰抓住后故意往下丢的。那个人被毒蛇咬了几口，差点儿送了命，被吓疯了。这就是鹰的报复。它对仇人是毫不手软的。我知道叔叔的打算。他原来想把它的伤治好，每天喂它，慢慢地驯化它，好让邻居们观赏，好向别人炫耀。但现在这已经不可能了。现在只剩下两条路可走，一是看着它慢慢地饿死，一是马上把它杀死。我们选择了第二条路。因为看着它饿死我们不忍心，放它走又怕它报复。

鹰的末日是太阳刚刚升起时到来的。金灿灿的阳光照耀着戈壁，周围非常安静。叔叔把火枪准备好。为了来得干脆，在枪管里多装了一些火药和铁砂。不知怎的，我的心在怦怦地跳。叔叔喜欢打猎，我也常常背着叔叔的猎枪出去。但从来没有像今天这样的感觉。我们猎捕兔子、狐狸、獾、黄羊，从来都欢天喜地。我突然悟到：在过去，被我们猎捕的那些动物都是弱者，我们是强者；而今天我们却成了弱者，而将要被我们杀害的才是真正的强者。

叔叔举起了枪。枪口抖得厉害。二十步以外，鹰正好对着枪口立着。它认识这支枪和举着枪的人。它知道即将要发生什么事情。它用一双小而黑的眼睛凶狠地盯着枪口。它的眼睛分明在说：“愚蠢！可怜！你们将永远是这样！”

叔叔的额上沁出了汗珠。他突然说：“拿板凳来。”因为手抖得厉害，只有把枪依托在板凳上才有可能打中目标。

“轰！”硝烟弥漫，什么都看不见了。

等硝烟散去，我们看到鹰已经倒下了。打得很准，一把铁砂几乎全都打进了它的胸膛，血流满地。我们去看时，它的双眼还是那么瞪着，射出不屈的光。

从那以后，我好几次梦见那鹰。在我的梦中它总是不断地说：“可怜！愚蠢！”我仍旧每天赶着羊群到戈壁放牧，常常望着天空发愣。天空仍是那样深广，但因为没有了那只鹰，总是感到缺少了一点儿什么。

那天我和叔叔抬着那鹰埋在我们家东边的一个沙包前。开头几天还能看到那一堆新土，那是鹰坟。后来有一天夜里狂风大作，那堆土便毫无痕迹地消失了。

戴兰　译

朋友之间

吊眼桑丕勒

前几年，凡是来过我们嘎查（当时叫生产队）的人一定都见过吊眼的桑丕勒。

没有做面儿的老羊皮袄上，一条油渍麻花的柞丝绸腰带缠上几圈，再把羊皮裤子的裤脚随意地塞进褪色的靴筒里。靴子的后跟儿呢，因为踩得高低不平，已经出现负角度了。脑袋上斜扣着一顶鸭舌帽，上面厚厚的油渍和汗渍，看着好像解放以后还没洗过。这就是吊眼的桑丕勒——动作轻快，但五短身材的老头。在生产队的食堂门口，经常能看到这样的场景：老头总是逃生一样从屋里奔出来，然后，猛地咳几声，擤鼻涕，用帽子擦下脸，嘴里还骂骂咧咧：“呸！点这个该死的灶，快赶上熏獾了。呸，呸！是不是哪个放荡的婆娘撒了一泡尿走了？”呵呵，他是个老鳏夫，自从生产队有了食堂，就干上伙夫了。

桑丕勒如今已经六十出头了，也算得上是见过世面的人。只是，没有人拿他当回事儿，连一向敬老尊老的小伙子们都从不愿叫他“桑丕勒阿爸”[①]，甚至不高兴了就直接咒他，“老家伙快闭上那吊眼

① 桑丕勒阿爸：阿爸，这里是对年长男性的敬称。

了。”说句公道话，这不能完全怨那些年轻人不懂礼貌，其实“祸根”都在桑丕勒自己身上。因为，桑丕勒天生的老不正经，跟谁都开玩笑，从七老八十的老头老太太到年纪轻轻的姑娘媳妇儿，谁都不放过，而且嘴上没有把门的。有时，连行动不便的老太婆都要逗一逗，一屁股坐在人家旁边就开玩笑：“你的桑丕勒快想死你了，你如果愿意我们俩搭伙过日子吧。”老太婆火冒三丈、浑身颤抖的时候，他却得意地咯咯地笑。而看见年轻姑娘了，指着人家的胸口说些不着四六的话挑逗人家：“你那儿怎么了？里面是扣了两个碗吗？圆咕隆咚的。”你说，这样的人谁还尊重他？小伙子们见了他，更是不论长幼地来一番唇枪舌剑，当作消遣。怪就怪在，桑丕勒一点儿都不在乎，被年轻人骂了，还觉得很舒坦，好像比尊称他一声“阿爸”还高兴。

随着时代的流转，世事的变迁，生产队也变成了嘎查。从此，很多事情都与往日不同了。不过，吊眼桑丕勒依然守着那几栋旧房子。他一辈子没有妻儿，光棍儿一个，是标准的“五保户”。生产队长变成嘎查达了，有一天他对桑丕勒说：“老头儿啊，你也老了。你要是想住这儿呢，那就占着你原来的那屋，守着这儿排老房子吧。如果想搬到哪儿呢，就早点儿告诉我，我想办法找些石头木料，给你盖一个窝棚也行。”桑丕勒眯一只眼、睁一只眼，吭哧半天也没说出啥话。一时半会儿的，估计也没想清楚咋样才好。嘎查达不耐烦了，生气地说：“你这个土埋半身的老头，还想那么多干吗？在哪儿住，还不就是几年的光景啊？我看啊，你就蜷在这儿吧。吃的米面、过冬的羊肉，我来给你解决。”就这样，桑丕勒继续在那间老房子里住下去了。

吊眼的桑丕勒之所以能号称厨师，还让人就觉得是个精于蒸煮烹炸的好手，完全是因为在牧区找一个伙夫太难了。有家业妻儿的人哪一个愿意整天蹲在伙房里？所以，伙夫的职责就摊在他头上了。再说了，其实在牧区当个伙夫，也不需要多精湛的厨艺。给生产队的领导，或是来开会的社员，熬一锅浓茶就能打发了。偶尔，上面来了干部，也不过是煮点儿肉、下点儿面条，再弄点儿炒米的事儿。桑丕勒自从干上了厨师，这些年还真没有被人挑过理。

吊着眼睛的桑丕勒，就是这样一个人。

发小

小晌午的时分，一辆小车越过东边的土岗子鼻梁，疾驰而近。

在外面堆柴火的桑丕勒，看见那辆车后想，今天该杀羊煮肉了。生产队上每回来小车都这样。这是他的经验。

眨眼的工夫，小车就开到他跟前，“嘎——”地停下了。车门打开，下来了一位穿着呢子大氅的高个子老头。老人虽然两鬓斑白，但是腰背挺拔，精神矍铄。

看了人家的高大身材，桑丕勒觉得自己又矮了一分似的，紧张得不得了。心想，这到底是先熬茶呢，还是先去叫嘎查达呢？因为，他认出车上下来的是旗委的萨木丹书记。

“喂，桑丕勒。你好啊！”话音未落，萨书记就迈着大步走过来，伸出了右手。那只手，又大又白，指甲修得也匀称，只是食指和中指被烟嘴熏得淡淡发黄。桑丕勒没敢迎上去跟人握手。他不知道把自己干裂的手掌往哪儿放合适，无奈之下，在屁股上搓了搓，磕磕巴巴地说：“啊，啊，萨书记，您……您里边请。”

书记并没有按他的“指示”进屋，而是微笑着走过来，拍了拍他的肩膀，说：“你就别再书记、书记的叫了。我已经不是书记了，现在啊，跟你一样，都是老百姓。以后坚决不能叫了啊。”

“啊……知道了。”桑丕勒低声应了一下，尽可能地保持着笑脸。他平日里张嘴就能来一段俏皮话的脑子不知道怎么了，此时，连一句囫囵话都吐不出来了。

“哎！桑丕勒呀……”萨书记叹了一声气，接着说，“我现在退休了，所以呢，想着来家乡转一转，主要也想看看你，跟你好好唠一唠。我们还是发小不是！”萨书记看着发呆的桑丕勒，又说：“嘿，你这家伙是不是真忘了我们是发小了？”

桑丕勒好像真的忘了。不，准确地说，不是忘了，是没往这儿想有好多年了。所以，刚刚萨书记提及后，他好像才想起来四五十年前的一些往事了。是的，那时的萨木丹和桑丕勒是一对好伙伴，光着脚丫子，穿着破衣裳，每天像个野人一样在外面捡奶瓜、捉蜥蜴。有时候，把活捉的蜥蜴穿成一个“驼队”牵着走玩儿。偶尔，两个人也会吵架，甚至动过手，不过，他俩始终没有打散交情……

萨书记虽然口口声声地强调着“我现在跟你一样了，都是老百姓”“我是来看发小的”，桑丕勒也回忆起几十年以前的童年时光了，但是，桑丕勒仍然不能胆敢以发小的态度面对眼前的萨书记，依然像个站在老虎面前的羔羊一样，驼着背，弓着腰，磕磕绊绊地蹦出来一句：“嗯……啊，萨、萨书记……您里边请！”

萨书记长叹一口气，进了屋子里。

江山易改本性难移

书记萨木丹上炕坐下，而伙夫桑丕勒杵在了地上。桑丕勒煮好茶，恭敬地递给书记。“坐，坐。你也坐下吧！”萨书记说。桑丕勒赔着笑，说：“嗯，好……没关系。”

萨书记在嘴里念叨着“发小、发小”，却不由得感伤起来。发小，就是如此的吗？他想明白了，自己虽然退休了，已经是平头百姓了，而且满怀热情地专程来看发小了，但是，桑丕勒他俩之间，只存在旗委书记和嘎查伙夫的关系了，而“发小”的踪影已经丝毫看不见了。

“萨、萨书记……”

萨木丹从沉浸的思绪中缓过神来，发现桑丕勒高举着大茶壶，准备给他斟茶。

萨木丹决定打破这种书记与伙夫的关系。他哈哈笑着，抬高了嗓门说：“喂，桑丕勒，你怎么了，这是。我不是书记了，是百姓，老百姓了！知道了吗？”

“呵呵……您，您怎么可能是老百姓呢？呵呵……”

萨木丹愣住了。难道我不是老百姓吗？他着急地说：“就是真的。我已经不是书记了。”

“您别说笑了。即便不是书记了……那也不能是老百姓啊！”

呵，看这老糊涂倔的。是不是真忘了“老百姓”是怎么写的了？萨木丹想指正他，又犹豫了一下，隐约感到桑丕勒的话似乎隐含着什么不容置疑的道理。但是，刚才的感伤和迟疑，拱成一团无名的火，让他的脸色沉了下来。他厉声地说：“我叫你别喊书记了，你还一口一个萨书记、萨书记的，怎么回事？”

这一喊倒好，桑丕勒彻底慌了，舌头也不利索了：“不是……您，您别生气。这不是叫习惯了吗，江山易改……本性难移。”

萨书记没辙了，只好低头喝茶。

萨木丹心里想着，这糟老头子还是说了一句有道理的话呢。所谓江山易改本性难移，也许是真的。你说，这家伙每天围着锅碗瓢盆，只知道伺候人的事儿，而我自己，何尝不是放不下多年的书记养成的排场呢？所以，还谈什么“发小”呢？

酒后吐真言

傍晚。

萨书记拿出两瓶好酒。一开始，桑丕勒吊着眼睛，除了紧张，只知道站在一旁给书记倒酒了。自己呢，想都没敢想尝一口。可是，架不住萨书记一个劲地劝酒啊。几杯酒下肚后，桑丕勒同志整个变成一匹“血红毛的骒马”了。然后，然后就变成另外一个人了。

踢飞一双歪歪扭扭的靴子后，直接上了炕，跟书记面对面坐上了，眯缝眼也炯炯有神了。他直直盯着看萨木丹的脸。

“来，再干一个。”萨木丹举起酒杯说。

只听到“嗞”一声，桑丕勒又一饮而尽。

“好，这才找着一起玩儿大的感觉了。”萨木丹会心地笑着。他看出桑丕勒喝得差不多了。

“那又怎样?”桑丕勒瞪着眼说。

“不是吗?”萨木丹也大声地反问了一句。不过，他看着桑丕勒瞪自己的眼神，舒坦得不得了。

“是，当然是。你奶奶的，萨木丹!”

“哈哈……”萨木丹彻底兴奋起来了。桑丕勒骂他了，但是，自己听着却比喊他“书记”还亲切。

桑丕勒的眼前好像浮现出了当年的模样：穿着破破烂烂的两个小花脸，自由自在地嬉闹着，追打着……腰背直挺、目光闪烁的是萨木丹；身材矮小、稍显愚笨的光头是桑丕勒。平日里，他们形影不离，简直是拴在一起了。偶尔发生点儿矛盾冲突，或是玩笑开大了，胜利一方永远是萨木丹，而失败者一直是桑丕勒。还好，萨木丹胜了不会高高在上，桑丕勒败了也不会怨恨。

后来，都长到二十出头的时候，他们的家乡解放了。彼时，萨木丹已经长成男子汉了。他敢想别人不敢想的，能做别人不能做的。而桑丕勒呢，依旧是个胆小怕事、唯唯诺诺的样子。只有跟别人没大没小地开玩笑时，他才会显得信心满满。那时，萨木丹常跟桑丕勒说："我们娶媳妇吧！"不过，桑丕勒虽然能做到口无遮拦，但是真遇到女人了，却不敢靠近半步去。不久，萨木丹又鼓动他："据说在招干部，我们一起去吧！"但是，桑丕勒见到那些一身短打、腰上别着手枪的干部就发怵，更别说接近他们了。就这样，萨木丹走上了工作岗位，桑丕勒留在了家乡……

桑丕勒眯着眼，看了半天萨木丹，好像这才确定了眼前这位身高马大的白头翁，就是跟自己一起玩儿大的萨木丹一样。之前，见了萨书记那么多回，从来没有往这儿想。真是怪了。

"来，我的好朋友，我们再干一个！"萨木丹又举起了酒杯。

"朋友？去你的吧！"

"咋啦？"

"萨木丹，我问你，远的不说，就说你当了书记以后，来过我们大队几回？"

倒是来过很多次，可是，桑丕勒问这个干吗？

"你奶奶的，你来过那么多次，有一次想起过我这个发小吗？"

"好，好，你说。我都听着。"

"你来了，坐上上座，然后跟公社和大队的书记啊什么领导们唠着，笑着，吃着，喝着……那时候我在干吗？给你们熬茶，煮肉，做饭。你奶奶的！第二天还早早起来给你们烧洗脸水。那时候，你正眼瞧过我吗？"

还真是，来过那么多次，我怎么没想到过跟自己儿时的玩伴哪怕说上两句呢？萨木丹也很懊恼。事务忙？没得空？都不是理由。

桑丕勒彻底醉了，眼睛里布满了红血丝。他用吊眼端详着萨木丹，继续说道："现在，你不是书记了。然后，在旗里待得闷了。完了，为了解闷儿想出个新招，'过来看发小'了。来就来了吧，还训我，说喊你'书记'了。你这，到底想我、来看我了，还是解闷儿来了？"

"这……这……"

两个人继续抿着酒，但是谁也不吱声了。萨木丹不时地叹着气，桑丕勒却像一头肥牛，吁吁地喘着粗气。

"喝，喝！再干一个。"萨木丹催着桑丕勒。也许今天喝得太多了，萨木丹也不能把控自己了。过了那么多年，参加了无数次的大小宴会和酒席，从来都是控制得相当的停当，量也不多不少。今天不知怎么了，失控了！

两个人又连着干了几下。

"你，你说……不当书记了，可是照样把你老儿子安排好了吧？现在，你来这儿跟我说，一样都是老百姓了？你跟我一样吗？你说，你是老百姓吗？"

"哼！"萨木丹脸上挂不住了，"比我晚参加革命二十年的，也不是都安排子女了吗？到我就不行了，是吗？你别光盯着我一个人的问题！"

桑丕勒说："我，谁的问题也看不到，只是听别人说的。"

不一会儿，两个人烂醉如泥了。他们并排躺在炕上，盖了一条破被子，呼呼大睡了。

梦

第二天，萨书记醒来时，屋里已经飘着浓浓的早茶香味了。抬起身子朝地下看，椅子上有一盆洗脸水，而桑丕勒笑眯眯地站在后面。为了煮茶，桑丕勒起得很早，脸还没顾上洗。因为，糊满眼屎的吊眼，布满了道道血丝。

“洗脸水倒好了。萨、萨书记。”

这时，萨木丹想明白了。昨晚跟他面对面坐着，还骂自己，那都是酒壮屃人胆的事儿。其实，他还是书记，桑丕勒还是一个伙夫。这么一想，昨晚的事情就像一场梦一样。

喝了早茶后，萨书记准备出发了。原本，他还想在家乡好好转几日的。正要上车的时候，吊眼桑丕勒拎着一袋酸羊奶和一瓶黄油，跑了过来。他说：“萨、萨书记，带上这个吧。我也没有别的什么好东西……”萨木丹双手接了过来，心里不是个滋味。

清晨的草原，像铺开的绿色毯子。一辆小车，在草原上奔驰而去。从后视镜里，萨木丹看到了站在原地的吊眼桑丕勒的矮小身影。他就杵在门口，站了许久、许久……

额尔德木图　译

尖犄角和米黄毛

小时候我天天放羊。那时人少，地广，牲畜多。也就几年工夫，我们家的山羊、绵羊就七百多头了，放出去漫山遍野。如今，即二十多年后，我早已记不起那些挤满圈棚畜生的“大号”了，唯独没忘“尖犄角”和它的妈妈——“米黄毛”。

先说一说“尖犄角”吧。顾名思义，那畜生长了一副支棱着的长尖角。一身的灰毛，厚厚地耷拉着，神色不比“奉作神物”的大羊逊色。它个头也大，尤其一对犄角上磨损严重的角儿和棱儿，不无彰显着争强好斗的习性。这只羯羊，心眼鬼不说，还脾气暴躁。见天昂着头，又长又厚的毛发呼扇、呼扇的，在羊群中间简直是横冲直撞。这情景跟电影里的满脸横肉的家伙在闹市上迈着四方步唬人一样。当然，它有这个资格，它早已把那些不入自己法眼的大小羊征服了。

山羊和绵羊不同，它好斗。不知为什么，只要有两只山羊，就能顶起来，甚至顾不得吃草，留在羊群后面，非要一争高下不可。这时，它们的架势可谓“不惜一切代价”，杀红了眼，用头盖骨咚咚撞个不停。怒目相向的羯羊，坐在后腿上，高高地立起来。这时，侧面看，它们的尖犄角与扬起的镐头一样。梗着头，在空中悬上几秒，一举砸向对方，“咚！”接着，撅着屁股，头顶着头，恨不得将对方碰死。抵上一阵子后，双方退几步，重新立起身子砸。再来一下——“咚！”看它们顶架，感觉在尽全力履行着作为羊的不二使命。草场宽广无比，羊们本可以吃自己的草，走自己的路，而避免争斗。但这畜生，真不知为何要打个你死我活。我倒是清楚“尖犄角”的那点儿小九九。它这个家伙，根本瞧不上不禁打的，但是只要出现身材肥壮、犄角粗长的一个，非追着打一架不可。如果对方很“本分”，它非要拱起火来，打一架才行。“尖犄角”不仅力气很大，还有狠招。顶架前，它先支着犄角，扭过头去，然后，猛地纵身而起，空中转身来个泰山压顶。它那毫不留情面的狠劲儿，简直就是将对方一击致命才肯罢休。当然，对方也不是吃素的，怎么能轻易就缴械投降呀。遇到反抗后，它更加怒气冲天，就差喷出骂声了，“哼！你的脑袋还没有开瓢吗？别急，给你再来一下！”它瞪着“牛眼”，不紧不慢地转过身子，开启下一轮的攻击。

我看着“尖犄角”不可一世的傲慢做派，恨得牙根痒痒。

一天，我坐在岗子上看着吃草的羊群。那时，正是山羊的发情期。我们家的一只公羊——“大白”，围着一只母羊巴巴调情呢。突然，我看到“尖犄角”从远处奔来，这家伙气势汹汹地冲着大白过去了。呵，你个畜生，这是又要挑起争端了。“狗拿耗子多管闲事！”公羊是羊羔它爹，母羊发情巴巴叫，是为了传宗接代，这是职责所在。那些被阉割了的羯子是管不了这个的。此刻，一只公羊，它要履行职责，碍着你什么事啊？用得着你那么远跑过来插一杠子吗？真是闲得没事干！不过，我倒暗自期盼着“尖犄角”能出个洋相。要说在羊群里，种羊好比是“君王”，而羯子充其量就是个“太监”。种羊不仅雄性荷尔蒙旺盛，又经过豢养，个个都体格壮硕，孔武有力，尤其头上的犄角像鼠李枝一样，支棱棱的。特别是，赶上它的发情期，脾气越发地暴躁。谁若是胆敢坏了它的好事，那就注定没有好果子吃了。

眼瞅着，“尖犄角”就横亘在大白和母羊中间了。一开始，大白可能没想搭理它，摆出一副“嫌麻烦”的样子，抖了抖犄角，从一侧走过去了。我正期待着会发生什么状况的时候，“尖犄角”突然立起身子，照着“君王”的头就来了一下。

大白好像气炸了，转过来就回了个猝然一击。然而，“尖犄角”的攻击比过去的任何一次都来得凶狠、坚决。此时，吃草的羊群慢慢移动着，过了南面的小土丘。我回头看它俩，胜负仍未决出，只看见一个白、一个灰混成一团了。过了好一会儿，头羊都带着羊群，调转方向，向北返回了。这时，我看见大白“吱哇”叫着，从土丘东面的梁上逃了下来，头上还流着血。看到大白的熊样，我气不打一处来，真想把它一把撂倒阉了。

自从击退“羊君王”后，“尖犄角”更是目中无“羊”了。只要看到巴巴的大白，就去驱逐它。可怜的大白，也是只要看到“尖犄角”的影子，就会灰溜溜地退避三舍。

也就是因为畜生才能这样吧？如果换作是一个人，可能会觉得与其这样受尽凌辱，还不如上吊算了。

我总算明白“尖犄角”打架的目的了。这畜生，原来是为了在羊的王国里获得至高至尊的统治权。真不愧是个“野心家”！

打那儿以后，我更加讨厌“尖犄角”了。心里常常诅咒着，看吧，等你不再扮演羊王的角色了，终归逃脱不了“挨一刀”的命运。

羊群里，我厌恶的另一只山羊是“尖犄角”的妈妈——“米黄毛”。那家伙更怪异，无论吃草，还是喂料，死活都不长肉。

它天生瘦骨嶙峋，浑身的毛好像被燎过一样，干干瘪瘪贴在身上。犄角倒是很尖，不过还没有一拃长。体型呢，比两岁的羔子也大不了多少。这个畜生，看着不起眼，却是彻头彻尾的坏皮囊一个。

一天傍晚，我赶着羊群回来时，“米黄毛”突然离开群体，只身跑向了家里。山羊会小走，像马一样，但更轻快。倒起四个蹄子来，还真有些风驰电掣的意思。开始，我没明白“米黄毛”为啥匆匆忙忙地跑掉了。说它在逃跑，也不像，因为没看到谁在追赶。不对了，眼瞅着这畜生的步频越来越快，甚至跑起来了。看它动静小、不惹人注意的样子，但确实快得很。这畜生，什么时候练就这本事了？一时我也摸不着头脑。不止如此，后来我发现它还有更多的能耐哩。它走一会儿、跑一会儿，径直走到放在棚架下面接乳清的盆子那儿了。我们家每天晚上要捣酸奶。做酸奶时，将酸奶煮熟了，装在一个布袋子里，吊在架子上让乳清全部滴下来。这时，需要在下面放一个盆儿接着。好家伙！“米黄毛”这时去舔舐盆儿里的乳清了。奇怪的是，这畜生是怎么知道盆儿里有好东西的？凭嗅觉吗？无论如何，别的羊也是长了鼻子的呀，唯独它能闻出来了？答案可能是，这畜生不是凭借嗅觉，而是以它的头脑（类思维）掌握了这个现象。还好，当初我只是一个初中生，还不太明白牲畜有没有思维这件事。如果明白了，要看到“米黄毛”的举动，还不得后背发凉嘛。

“尖犄角”的妈妈——“米黄毛”，没有它的儿子那般暴戾，但是能以自己的智慧和敏捷的行为，比别的山羊能将更多的好东西塞进肚子里。

多少次回家时，我都看到“米黄毛”嘴上沾了米粒或碎饼子，有时滴着茶渣或奶汁，从门缝里逃出来。你看吧，这时候家里往往都被它弄得处处狼藉。不是炒米的口袋破了，就是盛粿子的盘子碎了，或者锅里的奶油被和成稀泥了。我也暴跳如雷，抄着烧火棍追出去……但是，该死的东西早已逃之夭夭。

“米黄毛”或许真的具备“思考能力”。虽然每年都产羔，但是成活的只有“尖犄角”一个，其余的都被它遗弃了。一般情况下，山羊若是在野外产羔，哪怕从群体掉队了，也不会扔下新生儿。它会把羔子身上的黏液舔干净了，守在新生儿身边。遇到狐狸或老鹰等来捕食，多数母羊会拼命地保护。但是，“米黄毛”不那样，傍晚时分瞅着还若无其事地躺着呢，可夜深后悄悄颠到岗子后面，产下羔子就能只身返回羊圈里。可怜的新生命，往往会在野外冻成一块石头。仔畜夭折的母畜，我们叫“海达格”。因为它还能出乳，所以会让它喂养吃不饱母乳的其他羔子。“米黄毛”几乎每年都是“海达格”，但是它的乳头里挤出来的只有稀乳清。为什么会这样呢？说起来还颇为神奇。我也是因此才思谋起“米黄毛”是不是真的有思维能力的。您看，那家伙到底干出什么事儿了？它侧身躺下，叉开后腿，然后蜷着脖子把脑袋伸进胯下，咬着自己的乳头，吸个干净。之前，我也想过，既然都是畜生，哪还有好赖之别呢。不过，看到“米黄毛”如此“智慧超群”，让我不得不相信，这畜生显然不是一般的瘪犊子。

“米黄毛”总是让我恨得牙痒痒，所以我从来不心疼这个畜生。只要挨得近了，我就给它多赏几下棍子。有时，故意扔下它，给别的羊儿投饲料。最可气的是，这家伙会时不时报复我。有一次，我蹲在院子里干活时，它突然从背后偷袭我。结果是，我来了一个前滚翻，吃了一口泥巴。这样的情形发生过不止一次。家人告诉我，“米黄毛”从不到二三十步的地方蹑手蹑脚地慢慢靠近你（就像狐狸盯着兔子一步一步靠近似的），然后，趁你没有丝毫察觉的时候，从两三步远的地方猛地蹿起来，给你来一下。你被顶翻起身时，它早已头也不回地逃之夭夭了。

那时，我们的羊群里有这两只令人厌恶的“怪胎”。

接着说一说那两个畜生的结局吧。

一天午后，我们正要把准备“晒盘”的羊群放出去时，有一只羊趴在地上咩咩叫着，起不来了。我走过去看，发现它肚子胀得吓人。大人们说，一定是被山羊顶破瘤胃了。这件事让我明白了另一种羊祸。那只受伤的羊，只看其体外，找不出任何伤疤。不过，让它“彻底解脱”后，收拾它的下水时，才发现瘤胃上的确有一道口子。真不知道怎么顶成这样的。之后的一个月内，我们家还有三只羊因同样的缘故，接连“英年早逝”了。如果照此下去，羊群可就遭到灭顶之灾了，这还了得。大人们说，要尽快查出那个造孽的畜生。因为整日跟着羊群跑，所以大人们还是比较信任我说的话。我说，一定是“尖犄角”干的。你看它的犄角，像矛头不说，还最爱打架。最后，大人们做出了趁早处理掉“尖犄角”的决定。

“尖犄角”当然不会察觉到会有什么事情发生。它照旧迈着四方步，蛮横地顶来顶去。我看着它招恨的样子，心想：臭家伙，你的大限快到了，我看你还能蹦跶几天。

一天中午，我赶着羊群回来时，家门口停着一辆毛驴车。原来，是旗里一个机关的伙食科负责人拿着生产队长的介绍信来我们家收羊来了。“尖犄角”的末日，就这样降临了。

我带着那个人去羊圈里挑选。“尖犄角”站在边上，冷眼看着惊慌逃窜的山羊和绵羊们。我们俩慢慢靠近“尖犄角”，并将它赶进羊圈里，趁它毫无防备时堵到一个角落里。我看准机会，一个箭步上去，抓住它的一条腿，摁倒在地上。来的人也比较满意，摸了摸羊脊背，咧着嘴说：“挺肥的家伙嘛！”他解开腰间的麻绳，把“尖犄角”的四条腿捆得紧紧的，扔上毛驴车。就这样，“尖犄角”走上了“断头台”。

在这过程中，我突然有些感伤。因为，这是最后一眼看到“尖犄角”了。被五花大绑的“尖犄角”，侧身躺在车板上，瞪着圆圆的眼睛，不安地左顾右盼哩。到底是畜生，所以，它一定不明白这个下场是怎么来的。更不会想明白，为什么满圈的羊群里唯独自己摊上了让人开膛破肚的命运。我这样想着，不免怜悯起“尖犄角”来。

“尖犄角”的母亲倒是没有落在人手里。那年冬天，临近春节，我们家包好很多包子冻在仓房里了。一天早上，一进仓房发现冻包子的一大半儿不见了。仓房门还锁得好好的，所以家里们都以为是老鼠偷吃了，就在那里放了些耗子药，还布置了几个板夹。

第二天凌晨，家里有人出去解手，顺便瞥了一眼仓房的门。不经意间看到从仓房门框底下一尺高的缝里，有一个白毛的东西若隐若现的。他不禁打了一个寒颤，悄悄躲在墙的后面，盯着看门缝里能出来什么东西。没一会儿，门框下面伸出两条羊腿，接着是一个羊的嘴巴，再接着，长了一副短角的“米黄毛”脑袋出来了。呵，原来是那家伙匍匐在地上，将腹部贴在地面上，从门框底下挤出来的。好啊，它倒是早于我们享用起新年的宵夜了。听了这个消息后，家里简直炸锅了。大家一致决定，只要有人来收羊，第一个就处理它。何况，又老又瘦的母羊肉根本不好吃。

那天傍晚，真有买家来了，但是大家都没有找见“米黄毛”。我们也没有太在意，以为它又不知道钻到哪儿干什么坏事去了。第二天一整天还是没见它的踪影。然后，我们全家出动找羊。可是，寻遍附近的牧户，以及大小沟壑、山岗，一根汗毛都没有看到。按道理来说，以它的能耐不至于暴尸野外的呀。你说是被野狗或者猛禽叼走了吧，也没见到一星半点儿的残骸。“米黄毛”就这样悄无声息地失踪了。也怪它是一个畜生听不懂人话。换成是一个人，偷吃包子被抓获的当天，要是听到了我们的议论，或许早就溜到天涯海角了。

让我最为仇恨的“母子俩”就这样消失了。没过多长时间，我不再记仇了，反而，常念叨起它们俩时都觉得挺好笑。

话说回来，那两个畜生没了之后羊群里好像缺了点儿什么一样，总是闷闷的。我不禁念叨起那两个家伙，如果它俩还在，我可能还会时而被激怒，时而被逗乐。也许，它们还可能给我惹了什么意想不到的麻烦，然后一溜烟跑个无影无踪。哎！想想也是怪可怜的，不过是两个不懂人话的畜生而已，当初何必那么厌恶它们呢？

额尔德木图　译

哦，蒙古马

大地仍旧被沉重的夜色笼罩着。寂静的夜空中，无数颗星星在闪烁。无尽的黑夜似乎还要长久地持续下去。

赛罕·萨日勒站在河边。它已经看到了东方天际出现的似有似无的曙色。曙色确实很微弱，就像一座漆黑的蒙古包的东南角上，毡片在天长日久中变薄了，能透进来微弱的白光一样。曙色虽弱，却具有激动人心的巨大力量，它预示着光明即将来临，呼唤着万物张开睡眼。

河边的空气湿漉漉的，弥漫着水草的气息。离它很近的地方，小河打了个弯。河水在那里不停地发出欢快的声音。赛罕·萨日勒凝望着天边的曙色，有些激动地掀腾着四蹄。它是一匹漂亮的蒙古马。一身银白色。高昂着的脑袋非常好看。胸部肌肉异常强壮而宽阔，腹部却像少女的腰肢一样窈窕多姿。四腿颀长而灵活，蹄口小而圆。它不仅有着漂亮的外姿，而且有着光荣的经历。自从它第一次参加比赛以来，在多少次大大小小的赛马中一直保持了第一名，从未败下阵来。可如今，它却老了，今年已经九岁了。当然，作为一匹坐骑，它仍然算得上是同类中的佼佼者。但要参加比赛就把握不大了。它的主人不能不为它担忧了。

但是，作为一匹马，它当然不了解主人的担忧。它仍旧渴望着参加比赛。而且最近以来因为主人迟迟不来找它而感到焦躁不安。河边草甸子上的小花已经开过三遍了。它知道传统的敖包祭典已近。主人为什么还不来?

它似乎听到有人向它走来的声音。皮靴底踩在河边的水草中，发出吧唧吧唧的声音。还有那人提着的笼头上的铁环，发出轻微的撞击声。它想象着那个人熟悉的身影结实的中等身材，因为长久的骑马而双腿有些弯曲，用沙哑的低音嘟哝着什么，身上散发着酒气……但它失望了，因为它很快发现这是幻觉。它的附近连一个活物都没有，也没有任何声音。它突然感到悲哀。

现在，大半个天空像擦拭过的金属一样，呈现出银白色。黛黑色的大地的边缘，线条分明地出现在天幕上。天边的云彩翻滚着彤红的波涛，好像在那里熊熊燃烧，轰然作响。夜色正在悄没声地、迅速地退去。赛罕·萨日勒长啸了一声，好像在诉说着心中的渴望。太阳出来了，一切又恢复了平静。露水打湿了的草地上飘浮着淡淡的晨雾，一个晴朗而平静的早晨展现在眼前，又一个平凡的一天开始了。

它有些沮丧地回过头去吃草。

七年前，它没有现在漂亮，当然也不叫赛罕·萨日勒——美丽的银白马。那时候它还是个刚刚被骟过的、没头没脑横冲直撞的生格子马。有一天它被套索套住，人们把它拴在拴马桩上。它愤怒，又有些害怕，不知道会发生什么事情。几个男人在拴马桩旁边席地而坐，拿出一瓶酒来喝。

“朝鲁，你这小子。真的看中这匹马了?”

“看中了。决不反悔。这肯定是一匹好马。过两年你看吧，它会名扬天下的。”

“朝鲁，我听说诺尔吉玛把你甩了?”

“是啊。她已钻入别人的被窝里去啦。”

那个被叫作朝鲁的小伙子满不在乎地叹息着。

几个人发出粗犷的笑声。它感到朝鲁的目光，那目光是温和的，像一只慈爱的手不停地抚摸着它。它感到不习惯。后来朝鲁来解开了缰绳，牵着它走。走出好远，他转过身来，伸出手轻轻地梳理着它的鬃毛：“唉，朋友。今后咱俩就在一起吧。有了你，我就不会孤独了。看，你是个多好的家伙……”它第一次闻到了主人身上陌生的气味，酒气中混杂着男人的汗味儿。它牢牢地记住了这个特有的气息，而且把它终生印在脑子里。

男子汉和生格子马的较量开始了。当它警觉起来时已经迟了，他已经骑在了它身上。它感到受到了欺骗和侮辱，便愤怒地尥起蹶子来。它想一下子把这可恶的家伙掀下去。在它暴风骤雨般的腾挪蹦跳下，野草被踏得稀烂，偌大一块地方就像用拖拉机耕过了一般。但那长着两条腿的怪物就像焊在它背上似的，纹丝不动。它开始暗暗惊奇起来，心中的怒火也减弱了一些。这么一来，它又有了新的发现：那家伙对它好像并无恶意，而且对它暴烈的动作一点儿都不生气，还好像有点儿赞赏地“嗨，嗨”地喊着。后来它又一次发怒了，野性的本能在它体内火速运行着，变成了持续无尽的爆发力，它想拼个鱼死网破。可是奇怪得很，它每时每刻都能感觉出骑在它身上那个人的友好善良的意图。他不是在欺侮它，而是在欣赏它；不是在毁灭它，而是在造就它。它的这种感觉越来越明晰，以致后来它的野性和怒气烟消云散。

人和马都气喘吁吁，大汗淋漓。他跳下来，友好地拍了拍它的脑袋：“伙计，我一直数着，你总共跳了二百七十三下，真了不起！”它突然意识到生命的转折来到了，新的生活征途开始了；它从现在开始变成一匹真正的骏马了。它激动了起来，又依恋着过去，感到几滴滚烫的液体在胸腔内滴落。接着它友好地用嘴唇吻了吻他发着酸热的汗气的肩膀，又十分响亮地嘶鸣了一声。

它和他形影不离。

他大部分时间并不骑它，而是牵着它在草地上走。后来它形成了一种习惯，只要看到他从那低矮的蒙古包里走出来，它就跑去跟在他后边。有一次，他不知去了什么地方，好几天没有回来。它像丢了魂似的躁动不安。

他有时候骑它，完全是为了训练。在它开始奔跑时，它总是想放开四蹄跑个痛快。但他不让，稳稳地压住缰绳，恰到好处地掌握在看起来不怎么快，但却能长久地保持耐力的那么一种速度上。它再明白不过地感觉到他无声的语言："急什么？伙计。忍耐着点儿。现在还不到时候。"他骑在它身上，不断地变换着姿势。不久它就学会了通过他俩身体相接触的那些部位的最微不足道的感觉，就能准确地判断出他的想法。有时候它感觉到他把缰绳放松了，身子往前倾，身体的重量好像一下子减少了许多。它马上懂了，他是在说："看你的啦，朋友！"它就像箭一样射出去。后来他收住马缰跳了下来，高兴地笑着，叫着："天！你的爆发力是惊人的，这我还是第一次见到！"一下子抱住它的脖子，把流着热汗的脸贴在它的额头上。

有一天黄昏时分，他把它牵到河边上饮水。往回走时从怀里掏出一瓶酒，边走边喝。不久他喝醉了。他歪着身子半躺在被夕阳照得像披了一层红纱的毛茸茸的草地上对着它说话："我倒霉透了，伙计。姑娘们瞧不起我，说我只懂得马而不懂得人。干部们也骂我，说我为了一匹马发了神经病。我不在乎，去他妈的蛋，有了你，我全有了……"它听不懂他的话，看出了他的悲凉。它感到他一下子变得孤独而可怜。不知怎地，它情不自禁地嘶叫了一声。

"哈，你在跟我讲话？你听懂了我的话！"他的双眼闪烁着兴奋，用低低的声音哼起了一支歌：

一个孤独的牧马人……

后来，他又语无伦次地讲了好多话，讲了草原上那些数也数不清的关于蒙古人和骏马的故事。那天夜里他没有回到那座低矮的蒙古包，而是陪着它在草地上过夜。他在迷迷糊糊中重复着那两句歌词：

一个孤独的牧马人，
有一匹相依为命的心爱的马……

它懂得了骏马的光荣是什么。

有一段时间，他把它放到了马群里。一放就是好几个月。它的野性突然恢复了，成天在原野上奔跑，变得膘肥体壮。到了寒冬腊月他又把它抓了回去，每夜把它拴在桩子上，让它整夜整夜地待在彻骨的寒冷之中。奇迹出现了，它感到身上的膘在寒冷中凝固了，被压缩了，压缩成细密而结实的肌腱。同时有万钧之力被储存在了那些肌腱的每一条纹络中。它比任何时候都精神起来，总是生机勃勃地打着响鼻，剪动着耳朵。这叫“吊马”，他一直把它“吊”了七七四十九天。

第二年敖包祭典前，他又把它“空”了三七二十一天。很少给它吃草，让它总是处于半饥饿状态。它感到浑身轻爽，而且有了一种成熟感。好像一切都准备就绪了，迫不及待地等待着什么。

它所等待的那件事终于来了！

参赛的马离开敖包走出四十华里，才掉转头来排成一行不太规则的横队。这时不知谁喊了一声“开始！”比赛就算开始了。它跟众多的骏马一起向前跑去。有个陌生的十来岁的男孩骑着它，刚才在路上它已猜出是怎么回事了，兴奋和激动把它搞得六神无主。现在比赛开始了，它就跟着大伙儿跑。无数只铁蹄敲打着大地，整个世界似乎在震荡，扬起的黄尘遮天蔽日。它在慌乱中完全乱了套，只顾没命地向前跑去。跑着跑着，马与马之间拉开了距离。一开始的热闹已经过去，从现在开始得完全凭技巧和耐力了。也就在这时，它才清醒了过来，意识到这是在比赛，这几十匹马中只能有一个第一。但这已经太迟了，它的前面至少有十来匹马，从第一匹马到它这儿少说也有两华里，而赛程却在迅速缩短，它已经看到了那座高高的敖包和挤在坡上挥动手臂欢叫不停的人群。就在这时，它看到了他。他骑着一匹马，出现在它左前方的土岗上。他挥动马鞭，向它喊了一句什么。它根本没有听清，却听懂了："拼呀，咱们等的就是这一天！"它突然变得一点儿都不慌了，坚定的信念迅速形成，有一股无形的力量开始凝聚。它用几秒钟的时间调整了步伐，还冷静地观察了一下距离，接着它像射出去的炮弹一样飞了出去。

站在坡上的男女老少突然停止了喊叫。他们都第一次见到这种闪电般的冲刺。一切都在无声中静止了，包括其他那些马。只有它，一支银灰色的箭，在呼啸着飞。它第一个跑到了终点。

哦，蒙古马！

他塑造了它，他把它推上了荣誉的顶峰，它又反过来给他带来了骄傲和满足。一个蒙古人和一匹蒙古马，就这样写下了他们光辉的历史。人们称它为"赛罕·萨日勒"。这个名字从家乡的敖包出发，走向了很远的地方。没过两年，全旗、全盟都知道这个名字了。几年来，它参加了各种规格的那达慕大会、庆祝大会的赛马比赛，每次都跑第一，而且一次比一次更出色。它早已明白了：争得第一，是它的责任，也是它生命的全部意义。

今年的敖包祭典越来越迫近了，主人还是没有来。它更加焦躁不安。终于有一天下午，它远远地看见了他走来，这次可不是什么幻觉，它真真实实地看到了他。他没骑马，也没提笼头，有点儿忧心忡忡地向它走来。

它有点儿恼怒地把头扭向了一边。

"伙计，你生气了？唉。让我怎么说呢。你知道吗？你的青春已经过去啦。"他来到它身边唠唠叨叨地说，"你已经九岁了。九岁，意味着什么？你不懂，但我懂。正因为我懂，我才不能做出叫我们俩都伤心的事来。你是以跑第一来开始你骏马生涯的，我决不能让你以跑第二或第三来结束它。明白吗？伙计……今年的敖包祭典上，从外地来了一些马参赛，谁知道来一些什么家伙。但既然敢来参加赛罕·萨日勒家乡的比赛，可以肯定来者不善了，是吧？你会感到伤心，这我知道。我心里也不好受。不是为了我自己，而是为了你。我看咱们就出一趟远门吧。他妈的，让咱们躲开那场比赛算了。"

他像一个可怜的举目无亲的家伙，站在它面前，一直对着它说话。虽然听不懂，但已经明白遇到了不可逾越的障碍。它心里感到一阵酸楚，掉过头来低鸣了一声。

这是一个晴朗的夏日，阳光明媚，深绿色的草地上地气在升腾，远远近近的一切，在懒洋洋的阳光照射下不住地颤动着。它身边的河水闪着耀眼的白光，刺鼻的泥腥味儿在散发，有一只蚊蝇在看不见的地方嗡嗡叫着。

有几个骑马的人来到了他们跟前。

"朝鲁，听说你不想参加今年的赛马了，是真的吗？你怎么了？害怕了吗？"其中一个人问。

"朝鲁，你怎么一下子糊涂了？今年的敖包祭典上，不仅有其他旗来的马，还有盟外来的呢。他们为什么要来参加咱们这座小小的敖包祭典？还不是因为要跟赛罕·萨日勒一比高低。你却想临阵退却，人家会怎么想？你可真是……"

第三个人冷笑着："你不应当这么自私。不错，马是你的。但它是否参加比赛，却关系到我们大家的声誉。你总不能让那些远道而来的人们扫兴而归吧。要是真的那样，人家就会指着我们的脊梁骨骂咱们，骂咱们是胆小鬼。那咱们这个家乡可就臭名远扬了。"

朝鲁痛苦地低着头，大声说："你们别来逼我。它已经九岁了，你们知道吗？他妈的！"

"这我们知道。可是……"

他们议论了一中午加一个下午。最后朝鲁同意让赛罕·萨日勒参加比赛。他痛苦地低着头唉声叹气。

短短的一个小时，便决定了赛罕·萨日勒的命运。比赛一开始，还不到一分钟，它就看出来了：那几匹陌生的马绝非等闲之辈，不仅仅是它们的身态说明着它们是天生的良骥，就是它们开赛以后的那几步，都再明白不过地证明了它们匹匹都是久经沙场的老手。它们是那样从容不迫、信心百倍。赛罕·萨日勒并不感到紧张。这种阵势它看得多了。它只是注意保持一定的速度，以免被它们拉下太远。跑着跑着，它估计了一下，大概还有一半赛程。现在需要加速了，必须把前边跑着的那些马一匹一匹地超过，为最后的冲刺创造条件。它一下伸开了四蹄，步子拉得又大又快，在很短的时间内超过了好几匹马。那几匹陌生的马很显然也加快了速度，在它前面仍旧保持着一定的距离。它想有意地逼它们一下。便放开速度突然追了上去，距离开始迅速缩短。它的这一招确实起了作用，前边的那几匹马一听到有蹄声逼了上来，就像受了惊似的拼命向前蹿去。它们的步子已经开始乱了。它缓缓劲儿，又逼一下，再缓缓劲儿，再逼一下。这样重复了几次，最后便轻而易举地超过了它们。它相信那几匹马再也不会追上来了，它松了一口气。它突然觉得有些疲劳。因为它过去从未感到过疲劳，所以当这一感觉开始向它袭来时，它着实吓了一跳，不知道这是怎么了，四条腿感到麻木，而且越来越沉重。它拼命地呼吸着，恨不得把世界上的空气全吸进去。

正在这时，真正的对手出现了。它听到不慌不忙的蹄声从身后传来，保持着一定的距离，不紧不慢地跟上了它。它明白了，到一定的时候，这个家伙就会拼出全力来超越它，它好几次想加快速度，把后边的这匹马甩远，但每次都失败了，而它的疲劳却在一分一分地增加。

它身后的那个家伙，逼着它过早地开始了最后的冲刺。把它弄得被动地拼命往前跑，以致它根本没有机会缓缓劲来消除疲劳。正当它上气不接下气的当儿，后边的那匹马一下子超过了它。它看清了，那是匹枣红色的马，红得像一团火。要是放在过去，它根本不在乎对手的超越，可是现在却不能等闲视之了。疲劳，可怕的疲劳！正在消耗着它的体力。但它没有绝望，它只有一个念头：必须超过它！这个念头神圣而且有力。它想到了主人，想到了它生长的草地和河流，想到了站在敖包旁边欢声雷动的人群。它已忘记了疲劳，忘记了一切。四蹄又变得轻快起来，以惊人的速度追上了前边的那匹枣红马。接着，惊心动魄的场面出现了，两匹马互不相让地齐头并进，就像有一根看不见的绳子把它俩的头连在了一起。

远远地出现了一个骑马的人，迅速向它们跑来。那是枣红马的主人。在民间赛马中，有时候主人前来接应一下自己的马，这也是符合常规的事。那个人跑了过来，却插入两匹马的中间，而且稍微调了调马头，把赛罕·萨日勒挡了一下。骑在赛罕·萨日勒背上的孩子气得大叫起来。就在这工夫，枣红马已经领先了十多步远。

赛罕·萨日勒败下阵来。

两个月后的又一个黎明时分。

秋天凉爽的高空中，飘着几朵金黄色的云。雁阵从它的下边经过，发出一串串凄凉的叫声。

赛罕·萨日勒还是站在小河边。河边的草已枯黄了，像铺了一层发黄的旧毡。两个月来，它已很少吃草和喝水。最近十来天它干脆就停止了进食。它可怕地消瘦了下去，像缎子一样发亮的毛色也完全失去了光泽。巨大的屈辱日夜煎熬着它。

主人来了，他每天早晨来看它。他喝酒更厉害了，好远就能闻到刺鼻的酒气。他来了之后，或者默默地陪着它，或者捶胸顿足地说个不停。他老是说：“唉，全怪我，是我害了你呀！”

今天他来了，默默地用手摩挲着它，流出了眼泪。“过去了，一切都过去了。”他说。

真的，他和它最荣耀的时代已经一去不复返了。赛罕·萨日勒在河边上不分昼夜地站了好些天，后来有一天终于倒下了，它死了。

不久，在这个地方开始流行一支关于赛罕·萨日勒的民歌。据说歌是他编的。歌中的那匹美丽的银白色的马，是匹永远不会老、举世无敌手的神驹。

当然，这首歌会世世代代流传下去。

戈壁上的小男孩

一

豆粒大小的砂砾铺满了大地，在夏日下午的阳光照射下泛着白光。在这一片平展展的砂砾地上，长着一棵歪歪扭扭的沙枣树。树下有一个小男孩。

小男孩把这棵树叫作“老爷爷”。在他的心目中，这棵沙枣树真的就是一位瘦骨嶙峋的、善良而喜欢跟小孩开玩笑的老头儿。他从五岁开始放羊，今年八岁。整整三年中，他几乎每天到这棵树底下来。戈壁上人烟稀少，这方圆几十里，就他们一户人家。家里除了他之外只有脾气暴躁的父亲和早已长成大人的姐姐。根本没有其他孩子跟他玩。于是，他与这棵老树成了好朋友。他甚至每天早上出牧时，都盼望早一些把羊群赶到这里，早一些看到这位“老爷爷”。

“老爷爷”每天早晨都在原地一动不动地、忠实地等待着他的到来。

一个没有伙伴的可怜的小男孩！我是在二十年以前认识他的。第一次见到他的时候，他就在那棵老树下玩耍。他有一张被太阳晒黑了的圆圆的脸，老是带着三分调皮七分天真的笑。身上穿着说不清是什么颜色的背心和短裤。见了我，露出细碎而雪白的牙齿笑着。他的笑容里充满了善良。从那一刻起，他便深深地印在了我的记忆里，如今过了二十年，想起来仍旧是那么清晰。

他一到那棵树下，就跟树说话，没完没了地说。

春天，老树长出新芽，他就说："老爷爷，你又长出新的胡柴啦。好看多了。你自己也很高兴是吧？哈！"

或者说："我爸又骂我和姐姐了。姐姐哭了。他还拿棍子打了我屁股，现在都疼呢。大概是打红了。他是个脾气很坏的人。那样不好是吧？你倒是从来不会发脾气的好老头儿。所以我喜欢你。"

这个歪歪扭扭的沙枣树，枝稀叶疏，已经几十岁了，确实像个干瘦的小老头儿。春天它开出一些小花儿。花儿落了，结出青绿色的果实。这时已经夏天了。

小男孩又跟"老爷爷"对话："你又结出果实啦。让我尝尝。我就要一点点儿。什么？不给。该死的，你真是个小气鬼。"他接着不停地骂它是"小气鬼"。但却并不动手摘那果子吃。他知道，不应该采食未成熟的果子。

又过两个月，干燥的戈壁秋风从天边吹来。一连吹半个月，沙枣熟透了。小男孩也高兴地笑了："哈。现在可让我吃了。你真是我的好爷爷。今天我吃一把，又带走一些。"他真的带回去一些沙枣，装在衣袋里。夜里睡觉他从来不脱衣服。他闻着沙枣特有的清香进入梦乡，老是梦见那位善良的"老爷爷"就在他身边。梦里的"老爷爷"真的变成了人，变成了一个活生生的老人，整夜整夜地给他做伴。

到了冬天，沙枣树的叶子全部掉光，只剩下铁锈色的无比坚硬的枝干。冬天的戈壁，好像比夏天空旷得多了。青灰色的云带凝固在天边，一动不动。可怕的寒冷在昼夜肆虐着。小男孩早就穿上了皮袍和毡靴。天越冷，他越精神。"今天冷得够劲儿。但我不怕。你也不怕，是吧老爷爷？"他说，兴高采烈地笑着。

我第一次见他的时候是夏天。在我的感觉里，那天下午戈壁上的一切都是静止的，包括时间。西斜的阳光照射着戈壁，好像一直就这么照射了一万年似的。铺满砂砾的平展展的原野上，伫立着那棵孤零零的老树。离树千米以外，长着一大片猫头刺。羊群在那里吃草。

这就是小男孩真正的摇篮。

二

我第二次见到小男孩时，他有了一只烟盒大小的袖珍式收音机。那收音机已经很旧了。塑料壳不但变质变色，而且有了裂缝。但因为那是真正属于这小男孩的东西，所以在我的眼里变得十分可爱。

那收音机确实属于小男孩。因为那不是他的父亲或者姐姐给他买的，也不是他个人的劳动所得——他的劳动所得并不属于他自己。那是另一个人送给他的，送收音机的人就是他姐姐的情人。

“这是巴布大哥给我的。”他炫耀地对我讲。

他的心目中，巴布大哥是这个世界上最好也是最了不起的人。他是个驼倌，住在很远很远的地方。每年冬天，他拉着骆驼路过这里，夏天又经常到这一带来放牧骆驼。这样已经好几年了。就像戈壁上的猫头刺在不知不觉中开出粉红色的小花一样，年轻的驼倌和小男孩的姐姐之间，也在不知不觉中产生了爱。姐姐找到了情人，而弟弟也同时找到了知心朋友。

据小男孩讲，巴布跟他在一起的时间远远超过了跟他姐姐在一起的时间。一个放羊，一个放骆驼，他俩整个白天都在那老沙枣树底下。巴布走过那么多地方，懂得那么多的东西。黄河古渡、宁夏、青海，船夫、城市人、回族、裕固族，贺兰山的风、阿拉善戈壁的牧歌和巴丹吉林大漠的驼铃声——他每天讲给小男孩听。他每次来这一带，总是给小男孩带来一些新奇的东西：几块巧克力、几听罐头、一兜苹果。但小男孩却喜欢他的小收音机。那可真是个神奇的玩意儿。就那么小的一只盒子，能听到那么远的那么多种美妙的声音。到了秋天，巴布要回去了，就把收音机赠送给了小男孩。还给他留下几节新电池。他说到冬天拉脚的时候，再给他送来几节电池。

于是，除了睡觉以外的绝大部分时间里，小男孩总是在不停地摆弄他的收音机。他并不专心地听某一个电台的节目，而是把寻找节目的小旋钮从这一头一直拧到那一头，再从那一头拧到这一头，之后把中波换成短波，再拧。拧着拧着，收音机望发出“嘀嘀——嘀”的声音。“听，这是在发电报。”他兴奋地对我讲。再拧下去，出现了沙沙的干扰声，他用心地听着这种毫无实际意义的声音，一脸的迷醉，“这是什么……”他自言自语。猜想好几分钟，最后还是猜不透那是什么声音，再拧下去。拧着拧着，他又听到了一个男人用响亮有力的声音说着谁也听不懂的话，并伴有刺耳的音乐。“哈，这是外国台！”他高兴地喊着，而且问我：“这是在很远的地方说话，是吧？离咱们这儿有多远？大概有一万……不，有几十万里远。哈！”

我发现，有了小收音机以后他确实有了不少的长进。听内蒙古电台的蒙古语广播，一听播音员的声音他就能说出播音员的名字，“过一会儿有天气预报。天气预报完了唱歌。”他很有把握地说。可惜，那收音机实在太陈旧了，而且电池很快用完了。收音机的声音越来越微弱，杂音也越来越大，到最后只有沙沙声，很难听到音乐和说话声。但他仍旧不停地摆弄它，仍旧是那样一脸的迷醉。

三

他的父亲、姐姐，还有牵驼人巴布，我都没有见到过。但我能想象得到他们是一些什么样的人。对于戈壁上的人，我确实太熟悉了。

据他讲，他父亲是个脾气暴躁的人。但我估计，他父亲实际上是个非常自信的人。暴躁是自信的一种表现。戈壁上的生活是单调的。一个人，也许在很长一段时间内，根本就见不到其他人。在这空旷无比的世界上，只有他一个人存在。他的意识中。很少能感觉到其他人在干什么和想什么。久而久之，他就会形成一种以自我为中心的性格。对于自我以外的丰富多彩的世界，产生一种不屑一顾的冷漠态度。我想，他父亲大概就是这样一种人。对他的孩子们的感情、愿望、情绪等，他认为没有当作一回事的必要。

我认识戈壁上一位中年汉子，他是个牧马人。据说，有一次自治区的一位领导人驱车路过戈壁，正好碰到了他。那位领导看到那个骑着马的地地道道的牧民，突然想停车跟他说说话。下了车，工作人员抢先跑到了他跟前，急急忙忙对他说：车内坐着的是自治区的领导，想找他说话。工作人员原以为会看到他脸上的惊喜和恐慌。但他们失算了。只听到他冷冷地说："那让他过来。"感到有些惊愕的工作人员们还企图说服他："人家是省一级领导……"戈壁汉子却不耐烦地反问："他不是要见我吗？这究竟是怎么回事儿？是他要见我，要跟我说话，而不是我要见他。我的事还多着呢。"

这，就是戈壁人。他们对自身之外的一切都毫不在乎。正因为有了这种性格，他们才能够在戈壁上世世代代生存下来。有人把生活比喻成慈祥的母亲或者美丽多情的姑娘。而戈壁上的生活绝对不是那样。这里的生活是严峻的，有可怕的风暴和干旱，它容不得多愁善感和繁文缛节。这里的一切必须是简单、明了，目的清楚。从这个意义上讲，那个小男孩当时还远远没有成为一个真正的戈壁人。他满脑子新奇的念头。他那些念头，在戈壁人看来毫无实际意义。

四

那一年秋天，我第三次见到了小男孩。秋天的风，不像春风那样使人兴奋。它具有一种成熟的意味，在空旷的原野上不慌不忙地吹拂着。比起夏天来，天空变得更高更深。每日早晨或傍晚，雁阵从那里高高地经过。戈壁像是更加空荡荡的了。从这个地方到那个地方，距离也好像在无形中变远了似的。

那时候，小男孩已经失去了他的心爱的小收音机。

事情的经过很简单。一切的根源在于他父亲坚决不同意那个驼倌巴布与他姐姐之间的婚事，原来老头儿十分厌恶巴布。“他算什么东西，是个流浪汉，叫花子。”这就是老头儿对巴布的评语。巴布开口闭口就是银川、石嘴山，这个城市，那个街道，还经常弄来一些奶油巧克力啦，钢笔式手电啦什么的。看他那样子就不像个正经的牵驼人。再看他的穿戴和言谈举止，老头儿总觉得土洋掺半，不伦不类，无论如何也不顺眼。有一次巴布和老头子一起喝酒，他们喝的是烈性白酒。巴布却说起城市地方有一种酒叫啤酒。说着，从提包里拿出了两瓶。老头儿发火了。“马尿!”他吼着，把那两瓶已经有不少沉积物的液体扔了出去，接着毫不客气地赶走了巴布。“我绝不允许他再走进我的家门。更不允许他当我的女婿!”老头子宣布。为此，他还把女儿骂了个狗血淋头，又把小男孩的宝贝收音机一把夺了过去，狠狠地一摔，而且用笨重的皮靴踩了个稀烂。

我去看小男孩的时候，他并不在那棵老沙枣树下边，而是坐在沙枣树和猫头刺之间的一块石头上。他一声不响地坐着，有些忧郁。我想安慰他。

“下次我给你拿来一台收音机吧。肯定比你原来那个漂亮。”我说。

“啊，不用了。”他的口气像个大人。但他叹了口气。

“听说……”我不知道怎么说。我刚才的口气是那样的淡漠，我不知道如何安慰他。“听说，你父亲把你的收音机摔烂了？”我最后说。

“嗯。”他平静地应道。他把头转过来，直视着我：“里面原来尽是一些小玩意儿，好多线头线脑。一踏成了碎糊了。”说完笑了。那是一种成人的笑，是一个成年人无意中回忆起儿时的一件什么有趣的事时常有的那种笑。我却感到悲哀。收音机摔烂了，他却长大了。

我骑着马，在戈壁美丽的晚霞中告别了他。整个西边的天空变成了透明的橘红色。戈壁上笼罩着一层似有似无的浅红，使得大地沉重而宁静。我突然听到了一支古老的歌曲。这是戈壁深处某一个牧驼人唱的。歌词我听不清，但意思我却懂了。那是一颗平静、宽容而自信的心在歌唱。

我再也没有见到那个男孩。二十年过去了，他如今该是正当壮年。我一想到他，也就联想到那些我所熟悉的戈壁男子汉，他们原本也都是一些天真烂漫的少年，后来又长成了大人。从孩子变成大人，在这过程中我们或许被迫地丢掉了好多美好的东西，但他们也得到了更多值得自豪的东西。为了获取而付出代价，是值得的。

我相信，他现在已经长成了一个真正的男子汉。就像他父亲，或者像那个自治区领导路遇的牧人，或者像巴布……

我为他而庆幸，虽然这种庆幸有些沉重。

天边，那蔚蓝色的高地

一

“喂！喂——喂！”阿迪雅牵着一匹瘦马，赶着三十几头牛，吃力地走着。眼前的戈壁上一点儿绿色都看不到，白晃晃得刺眼，仿佛整个戈壁在烈日的暴晒下熔化了。脸上的汗珠大滴大滴地往下滚落，嘴里干得要命。但他知道，只要有汗流，就说明人还没有到极限，就不会有太大的危险。只要能坚持，马鞍上挂着的那只军用水壶里的水是不能轻易动用的。

他抬起头来，又望了望远处的那个高地。好像是在前天，那高地就出现在地平线上。远远望去，就像一条蔚蓝色的云带，在这白茫茫的戈壁上显得那样生机勃勃，令人向往。可是戈壁真是太辽阔了，走了三天，那蔚蓝色的高地依旧在遥远的天边若隐若现。只要越过那个高地就有救了，那里有一条河，草长得也很好。但他也知道，走到那高地，至少要用十天。而且还必须经过那一片使人谈虎色变的无水区。

今年戈壁上大旱。春天长出来的耐旱的小草后来一片片地消失了。牧民们只好赶着畜群“倒场”——去寻找新的草场，阿迪雅赶着牛群在倒场路上已经走了五天。说实话，这五天他很不愉快。

日头在无声无息中在不断地增温。走着走着他眼前一阵发黑，几乎什么都看不见，那三十几头牛一下子变成了刚出窑的热砖头，嗞嗞地冒着热气，他又闻到了自己的衣服烧焦了的气味……“妈的!”他用沙哑的声音骂了一句，使劲挥了挥手中的牛鞭。幻觉消失了，热砖头又还原成了牛。该歇一歇了，他想。

他找个地方坐了下来。他一停，牛群也就停下来。那些可怜的牛，用鼻子嗅着地皮，希望能找到一些草吃。但它们失望了，只好用无神的眼光望着远处，偶尔发出一两声低沉的哞叫。

阿迪雅出来五天了，路上已经死了三头牛。他心里沉重得就像压了一块石头，可他也知道，后边等着他的，还有十天的路程，还有无水区。天知道这些牛还会倒下去几头？但他只能不停地往前走，走。不往前走，那结果更可怕。妈的，他又骂了一句，咬了咬牙，我就不信老天爷真的会把我逼到绝路上去。

这几天，他一直想着小时候见过的那个老头儿。据说，那老头儿原来是戈壁上的首富。有一年，他的畜群传染了瘟疫，只四十天的工夫，畜群死得一只羊羔都没有留下。他一下子变成了穷光蛋。戈壁牧人是富有恻隐之心的，但对那老头谁都看不起，几乎没有一个人同情他。因为在他们看来，保不住畜群的人是不值得同情的。至今他还记得，那个胡子头发连在一起的老头，那双伸出的枯树丫般的脏手一把一把地抓着别人给他的食物往嘴里塞的模样，简直像个饿鬼。

他又望见了远处那层蔚蓝色的高地。路还远着哪，该上路了。正在这时东日布喇嘛骑着马跑了过来。

“喂，我的马群快走不动了，怎么办?”东日布喇嘛两只小眼睛恶狠狠地转动着，好像他的马群走不动了全是阿迪雅的罪过。

“我能知道怎么办吗？我的牛群也走不动了。”阿迪雅懒洋洋地说。

“什么？他妈的，你小子今天好像很不高兴。我得罪你了吗?”东日布喇嘛的嗓音又尖细又沙哑。他下了马，拿下水壶说，“好了，咱们喝点儿水吧。”东日布喇嘛脾气暴躁，但心地十分善良。今年六十多岁了，长得又黑又瘦，像风干了的牛肉条儿。

“唉，咱们这个组，困难大着呢。”东日布喇嘛又说。

一听这话，阿迪雅便想起了几天来的不愉快。

这次倒场，把牧民分了好多组。他们这是大畜组。从被编进这个“组”的那一刻起，阿迪雅就感到有说不出的别扭。因为组里好多人都看不起他，他又与大家格格不入。说实话，看不起他的主要是些年轻人。走到一个宿营地，那些年轻人就聚在一起说笑。看得出来，他们从心眼里不愿意叫他也来参加。他们之所以看不起他，一是因为他穷，他是独生子，与年老多病的母亲相依为命，生活困难。第二条原因是他没有上过学，懂得的东西不多，显得土气。还有个原因，他性格孤僻，不愿意与别人接近，所以人们觉得他是个脾气古怪的怪物。他知道人们看不起他，表面上好像很平静，但他却有较强的自尊心。他觉得自己受了侮辱，就越发跟大伙格格不入。这次出来后有天夜里，全组开过一次会，组长叫大家摆困难，想办法。组长有个要求：每个人必须发言。说到后来组长问：是不是大家都发言了？有几个人说：都发了。其实阿迪雅没有发言。他一直坐在大家的后边篝火照不到的阴影里。他当时想：妈的，我难道不是人吗？可是那些人就是想不到组内还有个他。当时他真想一个人赶上牛群离开大家一走了之。但到了第二天他依旧没走。

东日布喇嘛跨上马走了。他也站起身，无精打采地赶着牛向前走去。

二

黄昏。

倒场的人们进入一个很大的盆地。而且看到盆地中央有一口水井，有几个人正在那里饮羊群。遇上水井，人们比什么都高兴。那些渴到了极点的牛群和马群像突然注入了无穷的力量似的，争先恐后地向水井冲去。

“把马群挡住。等人家饮完羊再去！”阿迪雅听到组长尼玛在声嘶力竭地喊。他扫了一眼，尼玛的马群在他的右后方。尼玛骑着一匹马一个劲地东奔西跑，总算稳住了自己的马群。但这时东日布喇嘛的马群却没有被挡住。马群像一支支箭一样向水井射去，只眨眼的工夫就冲到了井边上，把人家的羊群冲得四处逃散。东日布喇嘛大声叫骂着，拼命地追他的马群，但已经无济于事了。看到有一群马冲破了防线，其他畜群也重新开始骚动，最后竟完全失控了，水井旁边已经混乱不堪。

“你们是哪路土匪？啊！”原先饮羊的那几个人高声叫骂着跳下了井台。有的还抄起了木棍。

“土匪？我怎么挡也挡不住嘛，你们也看见了。你们难道是瞎子吗？”东日布喇嘛也是满肚子火无处撒。

“挡不住？是你管马还是马管你？这么大年纪了连你那几匹长毛的爸爸都管不好。”对方一个年轻人冲着东日布喇嘛喊。

“你说什么？”东日布喇嘛这回算是彻底爆炸了，气得连舌头也不利索了，“你……你……刚才饮的就是你四条腿的爷爷奶奶吗？王……王八蛋！”

尼玛一个劲地向人家赔不是，一个劲地劝东日布喇嘛不要跟人家吵，但这全没用，谁也不听他的，对方那个年轻人已经揪住了东日布喇嘛的衣领，另一个举着木棍寻找着袭击的对象。这边几个年轻人也捡起了石块。

最后总算没有打起来。对方有个中年人喝住了大伙儿，之后对着尼玛说：“你们太不像话了。”

“是啊，简直像一群无赖。”

“哪里来的这么一群叫花子，看他们那德性。”

那边的年轻人们一个劲地骂。

“对不起，实在是……”尼玛一直赔着笑脸。

阿迪雅感到无聊透顶。他扫了一眼尼玛。尼玛是个复员兵，跟他同岁。当兵五年，每年都是模范战士，但他把胃搞坏了，黑中透绿的脸永远布满了细密的汗珠。尼玛对他一直很好。看到尼玛疲惫不堪的样子，他有点儿心疼。他走过去，拉着尼玛离开了。

过了好大一阵，不管怎么说畜群都喝足了水，双方的争执也不了了之，人们赶着各自的畜群四处逃散，准备宿营，一切又恢复了宁静。天已黑了。

阿迪雅把牛群赶到一块满是沙石的地方，又找到一块几米见方的大石头摊开了被褥。他躺在上边，望着满天的星星出神。一旦天旱，天空看上去变得无比深邃。在那无比高远的天空中，苍白的星星一颗接一颗地亮了起来。唉，如果天不旱该多好。雨水好的年头，天空是深蓝色的，每到晚上露水无声地降落，星星一颗颗地像冲洗过了一样亮晶晶的。那时候风也带着愉快的气息，带着凉意和草香吹来。不像现在这样，连吹来的风也是干巴巴的。他叹了一口气，感到浑身像灌了铅一样沉重，却一点儿睡意都没有。

一阵轻快的脚步声响了过来。这是一种无忧无虑的充满着愉快的脚步声。阿迪雅听出来了，这是乌仁吉德。她来干什么？想起她，阿迪雅就感到悲哀。说实话，他不得不承认在内心深处深深地爱着这个姑娘。但他从来没有表露过，一点儿都没有。她是高中毕业生，这不仅仅指的是她的学历，而是她身上一种看不见摸不着又每时每刻能使人感觉得到的东西。似乎这姑娘的一举一动都说明着她与阿迪雅之间的巨大的差距。一想到这一点儿他就变得毫无信心。而平时瞧不起阿迪雅的那些小伙子每天都围着乌仁吉德大献殷勤。看得出来，乌仁吉德对此是很满意的。

脚步声到了离他很近的地方停住了。阿迪雅坐了起来。

“啊，原来是阿迪雅大哥呀。我还以为你……我还以为……”乌仁吉德大笑了起来。

“有什么事需要我办吗?”

“没有，没有。我找他们去。”乌仁吉德说完，迈着轻快的步子很快消失在夜色中。

阿迪雅复又躺下。过了一会儿，远处响起年轻人七高八低的唱歌声，其中夹杂着乌仁吉德富有挑逗意味的笑声。

没想到，组长尼玛这时候来找他。

“你的牛群怎么样，伙计?”尼玛坐了下来，递给他一支烟。

“不行了。已经死了三头。”阿迪雅瓮声瓮气地说。

两人默默地吸着烟，再没有说话。

青年们的歌声随风飘来：

跨上了骏马告别了家乡，
那路途多遥远。
为了寻找心中的你，
我走遍了茫茫草原……

“听，他们在喝酒。”尼玛低声笑了。

“乌仁吉德去了。”阿迪雅说。

尼玛又笑了。“乌仁吉德是个迷人的姑娘。但她不会喜欢你我这样的人。”尼玛说。

阿迪雅什么话也没说。尼玛是否也喜欢乌仁吉德?不得而知。但他觉得尼玛今天晚上显得很可怜。

“哎，阿迪雅，斯琴高娃可是个不错的女人，又漂亮又能干，心地也善良。你跟她结婚吧。”尼玛又说。

那个年轻的寡妇影子在阿迪雅脑海里闪了一下：“可是人们说，

她肚子里已经有东西了。”阿迪雅说。

“我听说了，不知是真是假。但如果那是真的，那只能说明她更值得同情。”

阿迪雅开始感觉到尼玛今晚有点儿古怪。“哎，你怎么到现在也不找个老婆呢？”他问。

尼玛苦笑了：“我这个病，谁愿意找我呢？说实话我的胃越来越不行了。我想是不是已经得了那个病呢？也许现在还没有，可是将来恐怕逃不脱了。不说这个，阿迪雅。回答我，你觉得斯琴高娃怎么样？”

“我没有想过。”

“那么今天晚上就想。告诉你，她是爱你的。”

“什么？你怎么知道？”

“这你别管，但这是真的。”

阿迪雅沉默了。斯琴高娃的男人是大前年死去的，是在戈壁深井上饮马的时候，马拉的井绳突然崩断，把那个年轻人卷进了几十米深的井里。那时他们结婚才一年。尼玛说得对，斯琴高娃是个漂亮、能干、心地善良的女人。可是他做梦都没有想到她会爱上自己，真的吗？

年轻人的歌声又传来了：

日头落入西山顶的时候，
我给枣红马鞴上了鞍，
等到众人进入了梦乡，
咱们再来相会吧……

“妈的，咱们也喝吧。有酒吗？”尼玛说。

阿迪雅从包袱里摸出了一瓶酒，尼玛醉倒了，大口大口地呕吐起来，阿迪雅用电棒一照吓坏了，那全是血，他拿起军用水壶就给尼玛灌水。折腾了好一阵尼玛才安静了下来，打起了鼾声。我真该死，为什么给他拿酒呢，他有胃病啊，阿迪雅想。他把尼玛拽到自己的褥子上，用被子盖好，自己坐到一边想心事。

那些人还在唱。乌仁吉德的笑声特别响亮。

三

东方开始发白，一个苍白的黎明来到了干旱的戈壁上。疲劳到了极点的人们从睡梦中醒来。该出发了。干燥的风从天边吹来，带着一股热气，预示着又一个炎热难耐的一天的到来。

阿迪雅费了好大的劲，把那些卧着不想动弹的牛一头头地赶了起来。宿营地上有几处炊烟缭绕，人们在熬茶。年轻人们聚集在井台上洗脸，井台上摆着漂亮的香皂和各色的毛巾，可能还有一些雪花膏香水什么的，十分显眼。乌仁吉德大声笑着，叫着，几个小伙子有的给她舀水，有的给她递毛巾，正在大献殷勤。

阿迪雅远远地绕过了他们。他突然看见前边的石堆旁边扔着一只大铜壶。这是戈壁上的人用来驮水或装酒的那一种小口大肚铜壶。他看到那只铜壶已破了个小洞。应该修理一下，这东西有用，他想着弯下腰把铜壶捡了起来。

“阿迪雅，那是乌仁吉德的水壶。”井台上有个年轻人喊道。

他迟疑了一下，说：“这壶破了。应该修理一下。”

“他们已经答应给我修了。你就放那儿吧，不劳驾你了。谢谢你，阿迪雅。”乌仁吉德又喊。

阿迪雅把水壶放回了原处，他很后悔刚才拿起了那个水壶。乌仁吉德，还有井台上围着她的那些家伙，大概会以为他是在找机会讨好乌仁吉德吧？

各畜群陆续地上路了。

三个人赶着一群马从他身旁驰过。走在中间的那一个是乌仁吉德。看来有人替她赶着牛群，好使她有机会骑着马兜风了。东日布喇嘛也赶着他的十几匹马过去了，照样骂骂咧咧的。阿迪雅眯起了眼睛，看到前面有一个人赶着十几头牛走着。他认出来了，那是斯琴高娃。他想起了尼玛昨晚给他讲过的话，不禁很认真地打量起前边那个人的背影。斯琴高娃其实很年轻，比乌仁吉德至多大两岁，只是命太苦了。因为结过婚，因为她是个寡妇，又因为最近的风言风语，好多人都看不起她。但她却是个很有耐力的女人。你看吧，一个人赶着牛群走得相当快，她的步伐艰难而又轻快。是个不错的女人，他想。但他却没有勇气赶上去跟她一起走，他怕别人说这道那。

不知怎的，东日布喇嘛又骑着马返回来了。

“我的一匹二岁子马倒下起不来了。”他对阿迪雅说。

“给它灌水呀。”阿迪雅说。这是干旱戈壁上倒场的人们都懂得的一条办法，一旦牲畜因干渴而倒下去的时候，只要给它灌进一点儿水，哪怕是一茶缸子水，它又会奇迹般地站起来，还可以坚持走二三十里。

“妈的，这用你来教吗？我的水壶已经空了。”东日布喇嘛吼道。

“我只有一壶水，你拿去吧。”阿迪雅说。

“算啦，你这几头祖宗也不行啦。”东日布喇嘛说完又要走。阿迪雅突然想了起来。“你去找尼玛吧，他带着四只铜壶呢。”他说。

东日布喇嘛走了。一个劲地怨天怨地，骂这天气太热，骂他的坐骑走得太慢，也骂该死的组长尼玛不知躲到了什么地方。

阿迪雅笑着叹了口气。东日布喇嘛解放前在庙里待了两年，而且这两年是给庙里的伙房当苦力，解放时他才十五岁。但就因为这两年，人们都叫他东日布喇嘛。“文革”时还被当作牛鬼蛇神揪了出来，吃了不少苦头。东日布喇嘛从小爱马，因他家穷，解放前他自然不会有自己的马，解放后他经过好几年的努力，好不容易有了一匹带驹的骒马。但正好那一年搞“集体化”，马又归了公。可是他秉性难改，每年春天每天都到河边巡视一遍，怕有马匹掉进泥滩里，到了夏天，只要看到有马群在草滩上吃醉马草，他就徒步跑去赶走。不管是否属于他，只要是马，他就爱惜如命。实行责任制以后，他已经有近二十匹马了。如果这次倒场损失过大，老家伙说不准要精神错乱。

这次倒场的最终结果会怎么样？一想到这个问题阿迪雅心里就像压了一块石头一样沉重。他又望了望远处的那个高地，那高地仍旧远在天边。他咬了咬牙。

到下午时，一直在前边走着的斯琴高娃突然停了下来。看来她的一头牛也倒下了。阿迪雅赶了上去。

那是一头老牛。斯琴高娃拿着一个军用水壶想给它灌水，却怎么也掰不开它的嘴。“我来。”阿迪雅说。两人费了好大的劲才把水灌了进去。斯琴高娃好像松了一口气，又好像累得要命，一屁股坐在地上。

“给，喝一点儿。”阿迪雅把自己的水壶递了过去，他又想起了尼玛的话，心里有股甜甜的东西在流动。

她看了看他，接过水壶喝了两口，说：“天，累死了。”说完看着他笑了起来。

“你一个人……太难了。”阿迪雅说。

“你是说让我找个男人，是吧？”她又笑，眼睛盯着他的脸。

“不，不……”

斯琴高娃好像很不情愿似的站了起来：“咱俩把牛群合在一起赶吧。没有一个人帮忙，我真的不行了。”

那以后，他俩一起赶着牛走。为了让她多休息一会儿，他把马让给她骑。可是快到宿营地时他胆怯了，把自己的牛分了出来，并与斯琴高娃慢慢地拉开了距离。

四

全组在无水区的边缘停了下来。经过无水区，至少需要三天。必须休整好，做好充分的准备才能进去。另外，他们还幻想着能否等来一场雨。如果遇到下雨，无水区就一点儿都不可怕了。他们找到了一口水井，周围有些草，他们就依傍着这口井驻了下来。

阿迪雅又死了三头牛。不，准确地说，是死了两头，那最后一头是被活活地遗弃在戈壁上的。那是前天下午，走着走着，一头三岁子小牛扑通一声倒了下去，再也起不来了。阿迪雅把一壶水全给它灌了下去，它似乎精神了一些，努力几次仍然没有能够站起来。这叫倒乏，不仅仅是因为渴，而且还因为饿，它体内的最后一点儿精力已耗尽。阿迪雅向周围看了看，戈壁空荡荡的，他感到了自己的孤立无援。他又守着那头牛站了好长时间，最后还是赶着牛群走了。他听到背后传来那头牛可怜的哞叫声。

现在，他们面临着最可怕的考验。再往前走，就是无水区。这时，旗里来了几辆车，又来了一些干部。

下午阿迪雅正在野外放牛，东日布喇嘛来通知他开会。

“开会？叫我也去？”他问。

“去不去你自己看。反正我把话捎到了。”东日布喇嘛说。

他无精打采地跟着东日布喇嘛来到了尼玛的帐篷跟前。会议已经开始了。原来，旗里来的干部动员牧民把牲畜卖给国家。一个干部正在讲话：“……你们困难，国家也困难。但国家要克服困难，帮助你们渡过眼前的难关。嗯……这次旗里领导咬了咬牙，挤出了一部分钱，又贷了一部分款，专门用来收购一部分牲畜，减轻你们的困难，与其眼看着牲畜死掉，还不如卖给国家，用卖牲畜的钱来换草换料，救活剩下的那一部分牲畜。嗯……这就叫以畜保畜……”

烈日在无声地晒着。尼玛给那个干部倒了一碗茶，那干部喝了两口继续讲。阿迪雅坐在那里，对干部的话似懂非懂，但后来他还是明白了，干部是让牧民们卖牲畜。已经死了几头，再卖几头就更少啦，他想。

“大家……报一下数。”尼玛的脸又黑又黄，满脸都是细密的汗珠，声音有气无力。他继续说，“这几天，我们这个组每天平均有八到十头牲畜死亡，而后面的路更艰难……而且，政府完全是为了我们着想……”他好像实在没有力气说下去了，最后说：“报数吧。”

没有一个人说话。干部觉得有些奇怪，问：“你们怎么啦？这不是求之不得的好事吗？难道你们愿意让牲畜白白地死掉？”

突然有人喊：“牲畜死了好说，天旱嘛，哪有不死牲畜的？但天一旱就卖牲畜，那还叫牧人吗？我不干那种丢人的事。”

“我也不卖。”东日布喇嘛站了起来，气得两撇胡须不停地抖动着，“我六十多岁啦。他妈的，我宁肯和我的马群死在一起。”

“什么？什么？你们别把我们的好心当作驴肝肺。我们全是为你们好。要不这么热的天跑来这里干什么？你们的牲畜死光了我照样挣工资，一分钱也不少拿。”干部火了。

“报数吧，一家一家挨着来。”尼玛说。这个身体虚弱到了极点的年轻人口气变得强硬起来，“从我这儿开始，我卖三匹马。”

大家又沉默了一会儿，一个人低声说：“我卖一头牛，国家确实是为了我们。咱得讲良心，两头吧。”又有人说：“我卖一匹马。”

人们很不情愿似的报着数，干部苦笑着摇了摇头，拿出小本子记着。

东日布喇嘛铁青着脸一句话也不说。看来这家伙倔劲上来了，打死他也不卖了。阿迪雅沉默着，那二十几头牛一头一头地从他眼前过去，他一头也舍不得卖。只要能够坚持着走过无水区，就什么都不怕了。现在多留一头，就多留下一分希望。

“阿迪雅……”尼玛用眼光询问着。

“我不卖了。该怎么就怎么样吧。”他瓮声瓮气地说。他想到，实行生产责任制那一年，他和母亲才分到三头牛。含辛茹苦十年，好不容易才繁殖到现在这个数，不容易呀。他听到有几个人低声议论：“这家伙没有商品经济意识。”“咳，管他呢。”他知道，这是乌仁吉德他们。去你妈的吧，他想。

干部们把买到的牲畜装上汽车拉走了。戈壁上又恢复了宁静。不知怎的，阿迪雅觉得松了一口气。他向牛群走去。

“阿迪雅，我卖了两头牛。”斯琴高娃走了过来，愉快地笑着。

“我没卖。”他说。

“如果我是个男人，我也不卖。”斯琴高娃又笑。

“反正就这样啦。”阿迪雅大声说。他也感到愉快。

戈壁西天有一抹美丽的晚霞，真的好像一切都过去了。

五

尼玛有个小收音机，专门用来听天气预报。

来到无水区边缘，每日三次天气预报他听得格外认真。他盼望着来一场雨。谁都知道，走进无水区，就好比走进鬼门关。但等雨的时间又不能太长，因为在这里多待一天，同样也多增加一分困难。

阿迪雅的牛又死了两头，他现在总共剩下二十六头牛了。他坐在牛群旁边，望着眼前一望无际的无水区和无水区那边的蔚蓝色高地发愣。还剩下二十六头，就算到达目的地前再死十六头，还可以剩十头。有十头牛怕什么？过几年照样可以繁殖到好几十头，他想。

乌仁吉德骑着马走了过来。前几天，这姑娘已经从众星捧月般围着的几个年轻人中挑中了一个。这样，好像她的情绪大大地稳定了，也好像一下子成熟了，这几天已听不到她大声说笑了，她奇迹般地变成了稳重的姑娘。

“阿迪雅大哥，怎么样?”她下了马问。

“就这样。”他说，望着乌仁吉德娇美的脸庞，突然觉得他原本就不应该爱这个姑娘，他和她本来就不可能走到一起。他奇怪自己当初为什么就对她产生过爱慕之心。他释然了。

“我有些怕。”她说，“我的牛已经死了一多半了。”

“我知道。”

“怎么办呢?”乌仁吉德满面愁云，“我出来以前听爷爷说，他年轻时有一年大旱，戈壁上的牲畜几乎死光了。他还说，今年的旱情不比那一年差。”阿迪雅突然想起了小时候见过的那个老头儿。那个从首富一下子变成穷光蛋的老头儿。忧愁像一块石头一样压了下来。弄不好，这一回也要出现不少穷光蛋吧。

乌仁吉德走了。他站了起来，看见东日布喇嘛拿着望远镜，站在离他不远的一个岗子上瞭望着马群。他走了过去。

“喂，阿迪雅。咱们到底哪年哪月才出发呀。滞留在这里可不是个办法是吧？我的马群已经不行了。”他看着阿迪雅过来便说。

“你问组长吧，我又不是组长。”阿迪雅说。

“组长怎么说?”

“不是在等下雨吗?”

“他妈的，一年不下雨，我们就在这地方等一年吗？真的下了雨，咱们还用得着倒场吗?”东日布喇嘛吼着，“尼玛到哪里去啦？听说去旗里了，是真的吗?”

尼玛到旗里去了？阿迪雅感到奇怪。这时他也突然意识到，在这里就这么等下去也真不是个办法。多等一天，牲畜的体力就多耗去一分，再等几天不下雨，那时也许谁也甭想走出无水区啦。真的能等来雨吗？

“我今天晚上饮完马群就去闯无水区。”东日布喇嘛说。

“什么？”阿迪雅吓了一跳。

“我才不在这里等死呢。笨蛋，你知道吗？还有几个人也想今晚就动身呢。”

阿迪雅愣住了。人们确实忍耐不住了。那么他怎么办呢？走，还是等几天？

下午到井上饮牛时，他见到了斯琴高娃。她说：“乌仁吉德他们今晚就想走，我怎么办？”

“我想听听你的意见。你是个男人嘛。”斯琴高娃有些悲哀地望着他。

“你的意思呢？”

他的心里突然产生了一种冲动。他想一下子抱住这个善良的女人。什么他妈的干旱不干旱，去他妈的吧。他只想要这个女人。但他还是忍住了，粗声大气地说：“别急，等尼玛回来再说。”

尼玛是黄昏时分回来的。东日布喇嘛激动得满脸通红地骑着马满滩狂奔，通知所有的人在九时半以前到井台上集中，一分钟也不能迟到。

“干什么呀？出了什么事？”人们问。

东日布喇嘛更加激动，细声尖气地喊：“听天气预报。听说，要下雨啦。哈。这个老天爷呀……”

一听说要下雨，人们全都往井台上跑，他们都想亲耳听听那个天气预报。

一张张疲劳而激动的脸，对着那台破旧的小收音机。经过很长时间的沙沙声以后，有一种勉强能听到的声音似乎从另一个世界传来。但每个人都听清了：“……明天晚上到后天，鄂尔多斯高原西部和北部有小到中雨。”

短短的预报，已经滋润了人们久旱的心田。他们没有欢呼，反而静得出奇。东日布喇嘛泪光闪闪地对着他的坐骑喃喃自语：“有救了，好啊……”乌仁吉德突然抱着未婚夫的脖子，在脸上亲了一口。人们开始笑。阿迪雅看到斯琴高娃在朝着他笑，那笑似乎另有一种含意。她笑起来真美。他想。

尼玛说：“大家回去睡个好觉。明天一早出发，走一天，晚上就有雨了。后天的路就好走了。”他的病好像一下子减轻了许多，甚至脸上还出现了若有似无的红晕。

“这个……可是……”人们突然听到了一种声音。这个声音怯生生的，而且人们注意到它时已经戛然而止了。人们愤怒地向那个人望去，心里开始发凉。那个人的意思大家都明白了。

尼玛笑了一下：“不错，有些人担心天气预报会不会搞错。不要紧，我今天到旗抗旱办联系了一下，他们答应明天派一辆汽车拉着水跟着我们行动。所以，万一不下雨，咱们也可以对付。”

那天晚上，谁也没有心思去“睡个好觉”。好像睡足了刚起来一样，人人精力充沛。阿迪雅整理了一下行装，盘腿坐在牛群旁抽烟。二十六头，现在还有二十六头牛。看来再不会减少啦。

尼玛过来了。“坐着干什么?”尼玛问。

“我不想睡。”

“我不是要让你睡。我是说，你不应该这么坐着，你应该去找一个人。”尼玛说。

远处传来乌仁吉德他们的歌声。

“找人，你让我找谁?”阿迪雅问。

“去找斯琴高娃。她在等你，在你的左前方。去吧，去吧。别叫人家女的等得太久了。”尼玛说着，不由分说地推着阿迪雅。

笨重的皮靴和石头撞击出很响的声音。阿迪雅的心在狂跳，绕过一个石头堆，他听到有人故意装模作样地咳嗽了一声。前面就是斯琴高娃。在夜幕中她迎着他走了过来。

乌仁吉德仍旧在唱着。

阿迪雅静静地躺着，他看到了满天星星和白茫茫的银河。狂跳的心已经平静下来了。斯琴高娃躺在他旁边，用手摩挲着他结实的胸膛。

“阿迪雅，你不向我提个问题吗?”许久她问。

“问什么?”

“比如说，我肚子里的孩子的父亲是谁?你不想弄明白?”

阿迪雅轻轻地笑了：“我不想问。从今天夜里开始，那孩子就是咱两个人的。”阿迪雅说着又笑了起来。

“你不想问，就别问了。永远别问，啊?”斯琴高娃用整个身子向他贴上来，紧紧抱住了他：“不管牤牛是谁的，反正牛犊是归你啦!”

那天夜里斯琴高娃还告诉他，尼玛曾向她求过婚，但她却回答说，她想嫁给阿迪雅。

六

不知是老天爷欺骗了气象台，还是气象台欺骗了牧民们，第二天晚上根本没有下雨，甚至天上连一片云彩都没有出现。这时，牧民们在无水区已经艰苦跋涉一天了。

黎明时分他们踏上了无水区。看上去这里并没有什么异常。而且因为很少有人畜光顾，这里的植被甚至比其他地方还好一些。四处静悄悄的，显得异常宁静，使人感到这是一片宽厚仁慈的土地。但这里没有水，没有一切生命赖以生存的水。

阿迪雅和斯琴高娃把两群牛合在一起，把两个人的行李、水壶和锅碗瓢盆全部驮在那匹瘦马上。到了半晌午，他们看到远处有一群乌鸦围着一块地方时起时落。那里有一头倒毙的牲畜，乌鸦们正在那里喧闹着会餐。再往前走，牲畜的残骸就越来越多，成群的乌鸦铺天盖地，好像全世界的乌鸦都集中在这里似的，那些死畜就是他们遗弃的。

“妈的！”阿迪雅骂了一句，他的心被提了上来。斯琴高娃好像什么都不担心，有了阿迪雅，她好像把心理负担全部卸给他了。

无水区的可怕是慢慢显露出来的。因为没有水，还没有到中午就热得要命。那些拖着疲惫的四蹄，有气无力地往前赶的牛，开始发出可怜的叫声，后来竟狂奔了起来。跑着跑着就倒下一头，再跑，再倒下一头。

他俩所带的水很快用完，现在只好等待晚上的雨了。但他们的等待落空了。

天黑时，尼玛骑着马好不容易找到了他们。

“你们剩下多少头牛？”尼玛问。

“不清楚。”阿迪雅回答。他真的弄不清楚究竟有多少头牛了，整个一下午，倒下去一些，又跑掉一些。斯琴高娃在抽泣。

“夜里不要停下来，一个劲地往前赶。”尼玛气喘吁吁，“拉水的汽车可能快到了。”

是的，尼玛说得对，不能停。一停下来，这些牛可能就全倒下了。阿迪雅突然奇怪地问：“你的马群呢？”

尼玛苦笑了：“听天由命吧。我已经没有精力管它们了。”

他在部队上时是个好兵，阿迪雅想。为了关照全组的畜群，看来他已经放弃了自己的马群了。妈的，只要这些牛还能剩下一些，将来我分一半给他，阿迪雅想。

“乌仁吉德他们几个年轻人一直在一起，几个人还分了工，情况好一些。念过中学的还是有些办法。”尼玛说着叹了口气，“东日布大叔可就惨了。”

“怎么啦？

"他的马已经死了三匹，还几乎有一半跑散了。大约落日前后，我看见他大哭着狂奔，我怎么追都没有追上。"

尼玛走后，他俩互相紧靠着走，至少还有二十头牛，阿迪雅想。他们已经不知道饥渴，不知道疲劳了，已经近乎麻木了。两腿机械地往前走。走，不停地走。

七

斯琴高娃睁开了眼睛。早晨的太阳刺得她一时什么也看不见。她又闭着眼躺了一会儿，才慢慢抬起头来。阿迪雅早就起来了，正在摆成三角形的三块石头上支起铜锅熬茶。离他们几十步以外的慢坡上，总共卧着十九头牛。她记得很清楚，前天早晨他们进入无水区时，阿迪雅二十六头，她十一头，共有三十七头牛。如今他们已闯过了无水区，两天一夜损失了近一半。

大概由于有了男人以后觉得有依靠的缘故吧，这些天她变得特别懒。她就在被窝里一直那么躺着，静静地看着阿迪雅。损失了那么多的牛，她并不难过，她有了男人，有了这么一个强壮的男人，觉得没有什么可担心的。她甚至觉得，他们刚刚闯过来的噩梦般的无水区，现在想来都并不可怕。但一想起无水区，她的心还是针扎一般疼起来了。

是的，太惨了。那天后半夜，旗里的拉水车还真的开过来了。车灯在漆黑的夜里像两支长长的利剑一样扫来扫去，召唤着已经四分五裂的组员们。全凭那一大罐子水，畜群和人才获得了还能坚持一天一夜的最低限度的能量和希望。到了第二天中午，水用完了。尼玛又吐了一次血便不省人事。汽车拉着他直奔旗医院。不知怎的，她感到尼玛这次住院凶多吉少。那个年轻的复员兵在她的眼前晃来晃去。她觉得尼玛是这个世界上难得的好人，但她却不爱他，因此拒绝了他的求爱。那一次是否伤了他的心，她不知道。只是现在觉得深深地内疚，哪怕是只爱他一次呢。

乌仁吉德他们很顽强。他们损失也很惨重。据说他们在无水区一路走一路商量，牲畜死光了怎么办？有的说那样就去做买卖，成立什么“戈壁联营公司”，将来当大富翁。有的说如果这次失败了，过几年再赶着牲畜闯一次无水区，非留下一次胜利的纪录不可，操他娘的！

东日布喇嘛现在在哪里？谁也不清楚。进入无水区的第二天，有人第二次看到他。那时他的坐骑也不见了，六十多岁的人在徒步奔跑。他的马群是否全损失了？如果那样，他还能活下来吗？

“你醒了？再睡一会儿吧。”阿迪雅说着，提着笼头找他的马去了。斯琴高娃爬了起来，收拾着被褥。锅内翻滚着褐色的茶汁，飘起一股浓香。她提着桶，走到一头刚死了牛犊的母牛跟前挤下一滴奶，回来倒入锅里。

太阳升得很高以后他们才发现，前些天一直远在天边的那个蔚蓝色的高地，距离他们已经不远了……

驼队通过无水区

一

这是一个冬天的下午。驼队这时正是在一个叫作“翁根·乌兰”的地方。他们出来已经四天了。“翁根·乌兰”是一片平缓的硬沙戈壁，走过这里接着就是无水区。

天气很冷。在下午苍白的阳光下，戈壁上灰蒙蒙的。布和朝鲁一直望着前面。他前面总共是两串骆驼。骑在头一峰骆驼上的是驼队“老大”海力布老爹，这位七十多岁的老人很少说话，总是望着遥远的地平线。牵第二串骆驼的是占楚布。这个四十多岁的黑矮胖子在布和朝鲁心目中差不多是个恶棍。这家伙总是倒行逆施，蛮不讲理，没有一个人喜欢他。现在看上去他骑在骆驼上纹丝不动，就像放在驼背上的半截石柱子。

布和朝鲁排在第三。他们这支驼队总共四十八峰骆驼，六个人。布和朝鲁后边还有三串骆驼，由回乡高中毕业生萨楚拉图、年轻的寡妇德力格尔玛和嘎查党支部书记达木丁牵着。一想起达木丁，布和朝鲁便回过头看。他看到达木丁的脸色就像眼前的戈壁一样苍白。这家伙身体肯定是出了毛病，也许还是大毛病，他想到。他和达木丁今年都二十八岁，而且同时入伍同时复员回乡。部队上达木丁是他的班长。达木丁很能吃苦，对上级总是无条件地服从，但脑子却不够灵活，文化课成绩一直较差，直到复员仍然是班长。布和朝鲁一直为他感到惋惜。他曾劝达木丁不要太死心眼，需搞好方方面面的关系，这样有可能提干。但达木丁好像一直开不了这个窍。复员回来不久，达木丁就任了嘎查党支部书记。他们这个嘎查很穷，达木丁忙得焦头烂额，总是一副疲惫不堪的样子。一看到他那个样子，布和朝鲁心里就难受。

二

他们这次是送货到青海。旗里一个什么公司雇用了这支驼队，要求他们在十五天内把货送到青海。到青海一般要走一个月。只有走无水区才有可能在半个月以内到达。对方的要求非常苛刻，他们被逼无奈走向了无水区。

三年前，旗里有个人来找达木丁，说他想跟某公司借三万元，求达木丁以嘎查的名义担保一下。那个人老家就是他们这个嘎查的。那人说借不到这三万元他们就会破产，请家乡的“父母官”无论如何要搭救他一把。达木丁替那个人着了急，就出了个担保书。结果那个人拿了三万元不知去向，人家公司就来跟保方要账。达木丁认为这事毫无道理，全嘎查牧民们也觉着受了冤枉，就信心十足地打起了官司。

在布和朝鲁的印象里，他们嘎查的牧民们从来没有像那次一样齐心过。说起这三万元的事，个个义愤填膺。大家捐出了诉讼费，一直推举达木丁打这场官司。大家认为这官司肯定能打赢。因为他们没花过对方的一分钱。但结果却输了。据说达木丁走出法庭就昏了过去。布和朝鲁闻讯去看望达木丁时，达木丁躺在炕上望着房顶。“你急什么呀？不就是三万块吗？卖掉人民公社时期的那一片树林，或者卖掉嘎查那一栋库房，不就还清了吗？”布和朝鲁一边安慰着他，一边在脑子里飞快地思谋着还有什么东西可以卖掉。“不，不……不光是钱的问题。我是想不通这个道理，还有咱们嘎查的名誉……”达木丁脸色煞白，大汗淋漓，顿了顿又说，“咱们穷是穷，但确实没用过人家的钱呀……”

接着就是人家不断地来要账。达木丁的身体很快就消瘦下来。那时布和朝鲁就怀疑达木丁得了病。有一次达木丁来找他，默默地望了好长时间，走后才像下了决心，说：“我想……建议你来当这个支书。我知道你比我强。我……可真有点儿顶不住了。”布和朝鲁望着达木丁憔悴的脸犹豫了一下，但最后还是说：“你不干我同意。你可以躺倒不干。谁也拿你没有办法。我也不会干。”达木丁说：“只要我在位，就不能不负责任呀。那三万元，偏偏出在我手上……”

这次雇用他们送货的，正是那个公司。他们提出，只需在十五日内把货送到青海，那三万元就一笔勾销，而且还付他们一万两千元的运费。达木丁一口答应了。

三

落日时分，驼队走到了一个低缓的铺满沙子的地方。周围长着一些骆驼刺，而且在一个慢坡下边有一股泉眼，在这隆冬季节泉水还在汩汩流淌，冒着一股白雾。只有海力布老爹才能找到这种地方。海力布是个出了名的老驼倌，是少数曾经走过无水区的驼倌之一。十个驼倌其中有八九个想都不敢想走无水区。但海力布却三次走过这片人人谈虎色变的地方。“就在这里过夜！”海力布说。

大家停下来，吆喝骆驼卧下，卸驮子，搭帐篷。海力布老爹找到三块石头，摆成三角形，把一口铜锅支在上边。接着有人拎来水，有人捡回柴，点火熬茶。

德力格尔玛脸冻得通红，愉快地笑着。她是个不错的女人，布和朝鲁想。当兵以前，布和朝鲁曾经爱过她，复员回来时，她男人正好刚刚去世。去年他曾向她表露过爱意，她却说："你的想法我早就知道，可是……"可是什么，他至今都没弄明白。她这次要求跟驼队出来，说是顺路去看看在青海塔尔寺当喇嘛的叔叔。

德力格尔玛递给达木丁一条毛巾，说让他擦擦汗。回乡高中生萨楚拉图说："德力格尔玛靠近党组织了。"他今年二十二岁，是个说怪话的天才。这次出来是为了散散心。

"怎么？靠近党组织不对吗？"德力格尔玛问。

"对，对。"

占楚布笑眯眯地走到了德力格尔玛跟前。别看他又矮又黑，四十多了还是光棍一条，但他却是个好色之徒。这几天利用一切机会接近德力格尔玛，尽说下流话，还动手动脚，弄得德力格尔玛不是笑就是骂。

"德力格尔玛，跟大哥一起饮骆驼去吧。"占楚布说。

"你想得倒美。"德力格尔玛说完咯咯地笑。

"不是我想得美。是我那峰黑键骆驼可怜。"

"什么黑键骆驼？"德力格尔玛没听明白。

"大哥有峰黑键骆驼，脑袋总是立着，需要找个泉眼给它解解渴。"

"让它立着算了。不要脸的！"德力格尔玛骂道。

"占楚布，凡是能装水的器具，都要灌满水。"海力布老爹说。在家乡那些驼倌中，海力布最看得起的只有占楚布。因为这恶棍却是个出色的驮倌。占楚布对海力布也是十分服气。他谁都敢骂，有时还动手打架，唯独在海力布面前十分听话。

说实话，这次达木丁下决心闯无水区，全凭海力布和占楚布的支持。十五天到青海，只能走无水区，而要走无水区，没有海力布绝对不行。一听说这次是为了那个三万元，海力布便痛快地说："可以，我带你们走无水区。但必须让占楚布也走。"占楚布一听海力布点了他的将，便说："只要是老爹说了话，我没说的。"

海力布和占楚布着手出发前准备，达木丁又来找布和朝鲁。达木丁说："你陪我走一趟吧，路上帮帮我。"布和朝鲁说："我去，但就这一次。"他想找旗里的战友办公司，他不想在家乡待下去了。

茶熬好了。大家进帐篷，从皮口袋里拿出炒米、奶酪和熟牛肉。小小的三角帐篷顶上挂着一盏马灯。

"天哪，咱们这过的是什么生活？"萨楚拉图嘟哝道。

"这生活怎么啦？"德力格尔玛问。

"这么说吧。人家其他地方是住砖房，骑摩托，咱们却在骑骆驼，住帐篷。依我看，人家是向现代社会前进，咱们是在向原始社会倒退。"

"才走了几天，你是不是后悔了？"布和朝鲁问。

"快了。"

喝完茶，海力布老爹让占楚布去看守骆驼。他说戈壁上的狼群十分凶悍，说不准要袭击骆驼，让占楚布带上双筒猎枪。海力布老爹又说："明天就要进入无水区了。无水区很大，至少要走六七天才能穿过去。明天起，驼队有时要白天走，有时要夜间走，有时要连续走一天一夜。大家晚上要休息好。"

四

第二天晚上驼队上路进入无水区。

这是个无风而晴朗的夜晚。戈壁白色天空中，闪烁着无数颗星星。四十八峰骆驼上好了驮子，人们也都骑到了驼背上。海力布老爹却不忙着走，骑在一峰骆驼上，久久地凝望着天空。布和朝鲁知道，他是在靠观察星星的位置来确定方位。茫茫戈壁上行走，确定方位十分重要。一旦迷了路，只有死路一条。而这种确定方位的本领，不是每一个驼倌都具备的。

就在这时，占楚布跟萨楚拉图对骂了起来。

事情是萨楚拉图引起的。他突然埋怨道："怎么还不走？还磨蹭什么？"

占楚布立即恶声恶气地骂了起来："你叫嚷什么？你懂个屁。"

"你怎么这么野蛮？"

"你爷爷就是这种脾气！"

"你给谁当爷爷？"

"回去问你奶奶我该不该当你爷爷。"

后边传来达木丁有气无力的声音："不吵行不行。要进入无水区了，多不吉利！"

"自从你这个背时鬼当支书以来就没有过吉利的事儿。"

就在这时，海力布老爹的那峰骆驼向前迈出了第一步。后边的四十七峰骆驼立即跟着流动，就像一列火车似的突然徐徐启动了。

清冽的野风迎面吹来。布和朝鲁闻到一股酒气。他知道前面的占楚布又开始喝酒了。那家伙总是一路走一路喝，喝空了瓶子就恶狠狠地扔出去。后边的萨楚拉图好像在一个劲地嘟哝。他大概在骂占楚布。

他们就这样走了整整一夜。

海力布老爹把行程掌握得十分精确。每次行程结束时，他总能把驼队带到一个适合于歇息的地方。这天天亮时，驼队正好走到一个高坡下边，这里长满了耐旱的植物，而且竟然还有一座残破的古城堡。天知道是什么部落哪个年代的遗址。海力布老爹说，这里仍要休息一天一夜，让人畜都解乏以后再走。

就在那天夜里，驼队遭到了狼群的袭击。

那天夜里，布和朝鲁看守骆驼。到半夜时，从帐篷里出来一个人，照着电棒朝这边走过来，他认出了那个人是达木丁。

“你怎么不睡？”布和朝鲁问。

“睡不着，还不如跟你聊聊。”

“聊聊可以。但我还得提醒你，要注意休息，我看你这个身体……”布和朝鲁说。

“唉，我这个身体，休息不休息都一样了。”达木丁说。

听到这话，布和朝鲁心里沉重了起来。他觉得达木丁太苦了，至今连个老婆都没有。

“这次回去以后你必须去看病。”他说。

“回去以后？”达木丁苦笑了一下。几天以后布和朝鲁记起了达木丁的苦笑时，才想到达木丁这苦笑原来是一种不祥的预兆。

“不说这些了。”达木丁说，“我这次为什么下决心闯无水区？你知道吗？”

“不就是送货吗？”

“给你说实话吧，我是想打通一条通道。”

“什么通道？”

“你想，无水区这条线其实是去青海的一条捷径。好多人不知道能从这里走，还有些人让他走又不敢走。如果我们这次成功了，我们可以组织驼队专门在这条线上跑运输。那咱们嘎查就可以有钱了。”

布和朝鲁惊呆了。他现在才明白，达木丁心中原来有一种强烈的希望，有一个美好的计划。

“你得帮帮我。”达木丁似乎在求他。

“帮，一定帮。”

帐篷里又出来一个人。那是德力格尔玛。她走过来站在他俩旁边。

“你怎么也不睡？”达木丁问。

“你们俩都不在了，我敢在那里睡吗?”她说。她的意思是占楚布在帐篷里。

“你们俩都回去睡。”布和朝鲁说。

“急什么？咱们三人待在一起说说话，这多好。”德力格尔玛说。

“对呀，咱们一起待一会儿。”达木丁也好像精神了起来。

就在这时，传来了狼嚎声。几十峰骆驼一下子惊起，好像这里突然刮起了一股旋风。

“快，在骆驼四周点起火。布和朝鲁，你守住南面，狼群弄不好从那里来。”达木丁好像又回到了几年前当班长的时候，果断而利索地指挥着。

海力布和占楚布也跑了出来。他们很快在骆驼周围烧起了几堆火。达木丁端起双筒猎枪，朝着狼嚎的方向放了两枪。

狼嚎声总是不近不远地传来。他们一直守护着驼群到天亮。

五

中午，一辆破旧的北京吉普出现在戈壁上。这辆车看到驼队便拐了过来。车上下来三个人，向正在戈壁喝着午茶的驼倌们问好，不相信自己的眼睛似的盯着他们看。

那三个人说，他们是“戈壁野生动物开发责任有限公司”的，那天夜里到这一带打猎，这时准备返回去。他们得知道这支驼队是往青海送货以后，建议道，这批货他们那个公司可以用汽车送到青海，运费可以对半分成。

“不用你们。我们自己送。”海力布老爹说。他说得那么坚定，使那三个人感到无比地惊奇。在他们眼里，这几个驼倌已经进入了绝路。戈壁寒风的吹打下，他们的脸上开始出现了一道一道的裂痕。

“再继续走下去，你们就吉凶难卜了。别为了那一半运费把身家性命都搭进去。”那几个人说。

“我们这是给别人还债。我们不能失去信用。”海力布老爹说。

“还债，嘻嘻，说句不好听的话，你们现在性命比什么都重要。”

一直低头不语的萨楚拉图这时说话了。大概是激动异常，他站了起来，用颤抖的声音说：“都什么时候了，还讲什么信用，还逞什么好汉！你们……不想活着，我还想活呢。”

“你说什么呢。咱们这是为了咱们嘎查的事呀。”达木丁劝道。

“算啦，什么为了全嘎查。你们这是在倒退。搞现代化，我支持。搞倒退，我不参与！”萨楚拉图大叫了起来。

“那你滚！”占楚布红着眼站了起来，对着那三个人又喊：“你们也滚！”

“把我们的好心当作驴肝肺！真是太野蛮了。”那三人当中的一个说。

“告诉你们，我们穷，我们欠了人家的债，我们打输了官司。但我们从来没有服过输，以后也不会输。”占楚布吼道。

那三人准备上车，萨楚拉图突然叫了起来：“等一等。请你们把我带走。把我带出无水区，我自己想办法回去。”他以一种疯狂的状态从驮子上拿下自己的行李，奔向小汽车。

大家静静地望着萨楚拉图。萨楚拉图正要登上汽车，德力格尔玛喊了一声：“你带的钱够吗？啊？”萨楚拉图恶狠狠瞪了她一眼，钻进了汽车。

汽车很快消失在白茫茫的戈壁上。

“咱们赶路吧。”海力布老爹说。

达木丁对着身边的布和朝鲁说：“你看咱们几个人，多好。”

六

达木丁是天黑时突然倒下的。驼队准备歇息，布和朝鲁突然听到德力格尔玛叫道："达木丁，你这是怎么了？"

布和朝鲁看去，只见达木丁仍然骑在骆驼上，两眼直直地朝前面望着。德力格尔玛抓住他的骆驼缰绳，一个劲地叫。布和朝鲁还没有走到跟前，他便一头栽了下来。

"快，搭好帐篷，把他抬进去。德力格尔玛，赶紧熬一壶茶。"海力布老爹命令道。帐篷搭好以后，占楚布像抱小孩一样把达木丁轻轻抱起，走进了帐篷。达木丁一直处在昏迷中，在微弱的灯光下，他是那样地虚弱、苍白。海力布摸了摸他的脉，默默地走了出去。德力格尔玛给达木丁灌了几口茶，达木丁的眼睛稍微睁开了一点儿。

"你……你这是怎么了？"德力格尔玛哭出了声。

达木丁用眼睛寻找着布和朝鲁，当他看到布和朝鲁时嘴唇动了一下："我的战友……"布和朝鲁俯下身时听到了达木丁断断续续的声音，"……我已经建议了……你来当支书……你别生气……咱们那三万元……咱们嘎查……拜托了……"

没说完他就咽了气。脸上带着极度的疲惫和忧虑。

布和朝鲁强忍着泪水，钻出了帐篷。他看到海力布老爹站在外边流着泪。老人说："达木丁跟我说过，他想打通这条道。如果真的能够打通，布和朝鲁，你要记住，以后驼队路过这里，都要在这里住一夜……"

"一定……"布和朝鲁泣不成声。

布和朝鲁扶着海力布进帐篷。德力格尔玛眼睛红肿，用湿毛巾认真擦着达木丁的脸，接着把自己的脸紧紧贴在达木丁早已变得冰凉的脸上。这是只有死者的子女或妻子才会有的举动。布和朝鲁突然明白了：德力格尔玛爱着达木丁。她这次跟着驼队出来，也许并不一定为了去看望叔叔……他突然想大喊一声："达木丁，你不该死得这么早，哪怕是再等半年……"

天亮时，他们把达木丁埋在戈壁。为了将来好辨认，他们在坟上堆了不少石头。

七

四十八峰骆驼上好驮子，整装待发。出来时他们是六个人，现在却剩下四个人了。

海力布老爹骑在驼背上，久久地凝望着天空。他转过头来说："沙暴马上就要来。从现在开始，咱们得不停地走，一刻都不能停。只要停下来，我们就会被沙子埋掉。我在前边走，占楚布，你押后！"

占楚布两手各拿着一瓶酒，瞪着红红的眼睛向驼队后边走去。

布和朝鲁伸手摸了摸怀里的小笔记本，那是达木丁留给他的。上边密密麻麻地记录着每天行程的距离、方位和沿路地形地貌。达木丁确实希望在无水区开辟一条运输通道。

驼队出发两个小时后遇到了可怕的沙暴。

一天一夜，驼队一直在沙暴中行进。四十八峰骆驼，连成了一条长链，在沙暴连续不断的冲击下扭曲着，挣扎着。但海力布老爹总是能够向前移动，带着整个长阵不屈地向前走去。老人将方向、机会和节奏掌握得十分娴熟。

布和朝鲁有生以来第一次领教了什么叫沙暴，沙暴就是在地面上形成一种沙的海洋。沉甸甸的沙粒奇迹般地飘浮在空中，其密度大得出乎人们的意料，而且形成了层层波涛，以摧毁一切的力量接连不断地冲击。布和朝鲁紧紧握着驼缰绳，喘着粗气，每过几分钟就使劲吐出灌进嘴里的沙子。他不断地前后看，白天他还勉强能看两三米远，其实也只能看到一些骆驼的屁股和脑袋，到了晚上就什么都看不到了。只能听到风的吼声和骆驼偶尔发出的哀鸣。但他却相信骆驼连起来的长链始终没有中断，因为他还能听到后边的驼铃声和前面海力布老爹的喊声。

八

沙暴是在黎明前突然停止的。惊天动地的轰鸣声没有了，铺天盖地的沙粒也没有了。大戈壁突然变得异常寂静。

布和朝鲁扭过头瞭望远方，结果他真的看到了在黑沉沉的天幕上有一道若隐若现的白蒙蒙的光。天要亮了，他想。那道白光在迅速地变大变亮，终于划开了天与地的界线，把大戈壁的线条清晰地勾勒了出来。那是一道不规则的、平缓起伏着的地平线。他突然想到六年前的一个黎明。那也是个冬天，他跟达木丁骑着马在边防线上巡逻。他们在边境大草原上走了一夜，后来他们看到了遥远天边的第一道曙光，也看到了从夜雾中显露出来的地平线，当时的情景跟现在几乎是一样的。他还记得达木丁高兴地叫着，骑在战马上向那道曙光跑了一程。达木丁那年二十二岁，刚当班长，身体也好。

他回过头来，看到了德力格尔玛和占楚布。他们的头巾和帽子上、脸上、衣服上沾满了灰尘，已经变得面目全非了。德力格尔玛向他招了招手，占楚布把最后一口酒灌进嘴里后，把酒瓶扔出老远。当他转过头来时，最前面的海力布老爹映入他的眼帘。这个七十多岁的老人腰杆挺得笔直，还在一个劲地走。是他带着驼队，现在终于走出了无水区。但看他那不动声色的样子，好像什么事也没有发生过一样，这是海力布老爹第四次通过无水区，而布和朝鲁却是第一次。布和朝鲁想以后要经常从这里通过。他想下一次把驼队扩大一下，成立一个真正意义上的运输队，仍然要请海力布当“老大”，让占楚布也参加，还得找一些年轻人。他还希望德力格尔玛也来，他想跟她在一起。

远远地出现了一道黄色的山脉，他想山那边大概就是青海……

雷鸣　译

狼之歌

只有羊而没有狼，草原就会变得不完整。

——题记

黎明前的原野漆黑得像浓墨。天气奇冷。一点儿风都没有。但那寒冷因此而变得更加可怕。纹丝不动的寒冷在凝固着，膨胀着，挤压着。它在无声地摧毁着整个世界。

在一座由柠条和红砂石组成的土岗上，布扎盖色格力地顶着寒冷久久地挺立着。它是一条健壮而凶狠的公狼。这最黑暗最寒冷的时分，也是它精神抖擞的时候。它的眼睛是能够透过黑暗看见一切的。它现在正在凝望着几十里以外的一道横梁，两只漂亮的耳朵不时地剪动一下。

走过那一道横梁，有一户人家。那家房屋高大，牲口棚圈也很宽敞，有好几百只羊。羊群中有一只大尾巴黑鼻子绵羊。那绵羊长得膘肥体壮，毛又厚又长，远远看去像一团白云。布扎盖色格力地现在正是想着那只绵羊。

“呜——呜——呜！呜！”

它仰望着黑暗的天空嗥叫。这使人毛骨悚然的嗥叫中透着喜悦和自信。

好几个月来，它一直忘不掉那只绵羊。并不单单是因为它肥。就在附近也有好几户人家，他们也有绵羊。但是，狼是不坑害近邻的。而更重要的是布扎盖色格力地知道远处的那户人家有两条大猎狗，那家主人手里还有一杆枪，那家伙枪法准得很。它所认识的三条狼先后在他的枪口下送了命。而且有一次又差点儿要了布扎盖色格力地的命。从那时候开始它就下决心要袭击那只绵羊了。那只绵羊是整个畜群中的佼佼者，是那个带枪的家伙的宠物。它要报复那户人家。不懂得报复，就不能算是一条真正的狼。一想到报复，它就兴奋不已。

"呜——呜！呜——呜!"它又一声长啸，似乎是为自己唱了一曲壮行歌，接着像箭一样向无尽的黑暗射去。

布扎盖色格力地在奔跑着。不歇气地跑很长时间，对每匹狼来说都是轻而易举的事。而它，却能跑一天一夜。有一次它跑到两百里以外的一个畜群去袭击，来回仅用了三个小时。因为刚才在寒冷中站了好长时间，一开始它的两条腿显得有点儿僵硬。但没跑出多远就变得十分灵活了。漆黑而寒冷的空气在摩挲着它的毛，它感到很惬意。一高兴，它想到了那条母狼。

她是个漂亮的家伙，身体颀长，毛色发亮，两只后腿丰满而健美。她现在在哪里？它第一次见到她，是在去年夏天的一个下午。当时它已有十多天没吃到东西了，饥饿的野火在它腹腔内熊熊燃烧，它的五脏六腑都快要被烧焦了。它在原野上不紧不慢地奔跑者。它知道，饥饿也许还要持续好几天，但它不会饿死，它最终会找到食物，对此它有信心。它有生以来的大部分时间在饥饿中度过，它总是在饥饿中奔跑，越跑越有毅力，最后总能找到猎物。没有一条狼会饿死，当然，还有比饥饿更可怕的，那就是无时不在的枪口、猎犬、陷阱、圈套……狼每时每刻都处于危险的包围之中。

那天它就那么奔跑着，跑进一个洼地。这是一个很少有畜群光顾的地方。荒草长得有一人高，闷热而潮湿的空气中弥漫着艾蒿的气味。就在那里它看到了两条狼。一条是身材高大而僵硬的公狼，另一条就是她。那条公狼当时一动不动地站着，好像对一切都失去了兴趣一样。她却在不停地围着那只公狼献媚。她用鼻子嗅它，用身子撞它，用发达的臀部去蹭它，一刻都不消停。一眼就能看得出来，她比它年轻得多。青春的肌体发育得像熟透了的山野果。一看见她，饿得两眼发黑的布扎盖色格力地突然变得像刚刚吃了一只羊腿一样精神起来。它长久地盯着她美妙无穷的身躯。它现在才注意到今天原来是个难得的好天气，无比深广的蓝天上飘浮着朵朵白云，大地一片墨绿，带着愉快气味的夏日的风，一阵阵从草地上吹过。它心中某一种东西被唤醒了，那被唤醒了的东西在它胸中一遍又一遍地唱起了激越高亢的歌。它长啸了一声，向那条世界上最美丽的母狼冲击。

那条四肢僵硬神态冷峻的公狼突然清醒了过来，喉咙里发出可怕的声音，横过身来挡住了它。一场恶斗就这样开始了。它比任何时候都凶猛起来，感到有一股从未体验过的神奇的力量在鼓舞着它。当然，它的对手也凶猛异常，想一下子把它置于死地，它俩有好几次都差点儿要了对方的命。在自己认为必要的时候，毫不迟疑地用生命去下赌注，这就是狼的本性，它们厮打得越激烈越有信心，危险越大越冷静。布扎盖色格力地瞅准机会，一下子咬住了对方的咽喉。它这一嘴咬得又准又狠，马上使对方动弹不得了。现在就只差往外一扯，在对方的脖子上撕开一个大口子。只要做到这一点儿，它就算彻底要了对方的命。但就在这时，那条漂亮的母狼突然一口咬住了它的大腿。她咬得那么有力，像两条又细又长的钢锥刺透了它的肌肉。在它感到疼痛的那一刹那，那条公狼挣脱了它，走出几步卧在地上，若无其事地舔起身上的血渍。

它用悲痛至极的眼睛望着那条现在仍然狠命咬着自己的母狼。她的眼中射出残忍的冷光，锐牙在它的肉中还在深入。它看到她两只小而尖的耳朵，充满仇恨的眼睛，长着灰白色硬毛的鼻梁和一只秀气的鼻子。它要是转过身去扑向她，可以很容易地征服她。但它没动。只是望着她的嘴角和自己的大腿相接触的地方，有一股鲜红的血柱像火苗一样活泼地跳动着。钻心的疼痛和巨大的悲哀中它一动不动地支撑着，心里在说："咬吧，既然你不欢迎我……"

从那以后，在它左腿内外两侧，留下了两处对称的美丽的伤疤。虽然早已被又长又厚的毛覆盖住了，但它每时每刻都感觉到它的存在，心中增添了几分甜意。

它跑到离那户人家有十华里的地方停下来，仔细地分辨了一下风向。接着它绕到了他们家的东南方向，开始放轻脚步接近目标。寒冷的西北风迎着它有力地吹来，无论是它的声音还是它的气味，都被这风很好地掩盖住了。到了离羊圈有一华里左右，它开始匍匐前进，在草丛中像一缕青色的烟灵活地窜动着。黑压压的羊圈越来越近，它听到了羊儿安详的倒嚼声，闻到了热烘烘的羊粪味儿和只有狼才能感觉出来的羊身上的血腥气。

它伏在一处草丛后边长久地观察起来。黑暗中，它的眼睛什么都看得清楚，甚至比白天还清楚。白天在阳光的照射下，一切物体都带着阴影。黑夜里，阴影消失了，看上去有些奇特。它看到了前面的一片灌木，以及散落在其间的冻得像石头一样硬的牛粪。再稍远一些，一株沙蒿下边卧着一只野兔，两只眼睛睁得滚圆，好像随时准备逃命。兔子这东西总是在提心吊胆中度过自己生命中的每一分钟。再往远看……它吃了一惊。它看到了自己的同类，一条狼！而且就是给它的后腿留下过永久纪念的那条骚货。它确实吃惊不小，因为它一眼就看出来了：她的行动是轻率而冒险的，像个冒冒失失的新手，每个动作都透着愚蠢和可笑。它的脑子飞快地转动起来，估计着会出现什么情形。它估计一旦发生了险情她肯定会慌乱不已，那是非常危险的。（肯定是那条四肢僵硬的公狼把她惯坏了，使她没有机会得到磨炼。那家伙大概已经死掉了，逼得她只好自己来冒险，那老混蛋！）她知道前边这家牧户的主人有两条猛犬和一支好枪吗？

但至少现在，似乎还没有什么危险。这使它稍微放下心来。高大的房屋、柴草堆、城墙似的羊圈，都在毫无戒备的状态下沉睡着。它开始情不自禁地欣赏起她来。她好像比去年长高了一些，更丰满了一些，显得更有魅力，使它心旌摇荡。它觉得它后腿上的伤疤隐隐发麻，一时感到很激动。它甚至希望她回过头来看到它，跑到它身边，什么黑鼻子绵羊，什么对家人进行报复，它已觉得失去了吸引力。

它突然感到有什么不对头——狼对危险的出现往往不是用眼睛或耳朵，而是用感觉来做出明确无误的判断的。它的感觉从来没有欺骗过它，它知道已经出现了敌情。但它并不慌张，而极力想很快弄清敌人在什么地方，敌人的真正意图是什么？它卧在那里一动不动，只是用眼睛扫来扫去。结果它发现，离那条母狼大约有一百米的地方，那两条猎犬在迅速向前运动。那真是两个可恶而又可恨的东西，它们很老练，行动隐秘而迅速。但它并不把它俩放在眼里。两条家狗对两条野狼是形不成多大威胁的。它判断着：两条狗的出现很可能只是这次阴谋的一部分。它继续观察，而且真的发现了更为严重的情况：在它背后两百米的地方有一堆干牛粪，上边放着一些乱七八糟的枯树枝。它现在才发现那是伪装。现在从那些树枝中间伸出了黑洞洞的枪口。狡猾的家伙！很清楚，猎狗和枪口形成了一个夹角。而且阴谋者的意图肯定是：猎狗先发起进攻，逼着受惊的狼向枪口奔去。虽然有着黑夜的掩护，猎人不会像狼一样在黑暗中能够看清什么，但要是跑近那枪口，照样十分危险。那家伙可以根据奔跑时带起的响动来放枪，而且他那枪是可以连发的。那家伙干这种事很出色，它的两个兄弟就是在黑暗中让他给撂倒的。

不能再迟疑了。只有立即行动，才能救出她的性命。至于它自己，至少在目前倒是安全得很，无论猎人还是猎狗，都未曾注意到它。它一跃而起，怪叫着向前冲去。

两条狗弄不清发生了什么事情。汪汪地叫了起来。这当儿它已经到了她的跟前，并且向她打出了信号：“有危险！不要离开我！跟着我冲！”至于往哪里冲它早已想好了。它要向那两条猎犬冲去，一来这样完全出乎敌人的意料，可以一下子打乱他们的部署；二来猎人怕伤着自己的狗，不会贸然开枪。当它俩冲到猎狗跟前的时候，猎狗们终于醒悟过来了。奇怪的是这两个家伙都不理布扎盖色格力地，而低声吼叫着同时冲向了那条母狼，而且一下把她按倒在地。它马上听到了她痛苦而不屈的呻吟。这正是训练有素的猎狗的聪明之处：将一比一的力量对比一下子变成了两对一，而且把弱者当作进攻的目标。为了搭救她，它同猎狗进行了简短而激烈的较量。它的一只耳朵被咬掉了，血流满面，而它也把对方连皮带肉扯下来好几块。当马蹄声和人的喊声传来的时候，它和她终于成功地逃脱了。只是她的伤比它更重一些。

这道慢坡的背阴处，长着一丛低矮的柠条儿。从这里可以看到附近十来里内的一切。它站在那丛柠条旁边，望着已经发亮的天空和刚刚发生过恶斗的那块地方。她像一条受伤的蛇，无力地卧在它的脚下。她的血把身下的沙土弄湿了一大片。

刚才，当它们终于挣脱了猎狗逃命时，它突然发现天已快亮了。在灰蒙蒙的晨光中百步开外的东西都能看到大概。它马上想到了那支枪，而那支枪也不失时机地响开了。呼啸着的子弹开始从它们的头顶上空、前后左右飞过。它忽左忽右，尽量躲闪着敌人的瞄准。而她伤势较重，加上没有经验，只是直直地向前奔去，很少躲闪。结果眼看就要跑出有效射程之外时，有颗子弹击中了她。子弹并没有打在要害处，她只是趔趄了一下，终于逃了出来。

现在，她已流了很多血，无力地卧在冰冻的土地上，一点儿动静都没有，只有两只漂亮的耳朵偶尔动一下。它心里涌起一阵阵悲凉：她完了！太阳出来以后，兴师动众的追捕会立即开始。这个世界，从来就充满着对狼的仇恨。现在，这充满着仇恨的世界就要进行一次大的讨伐。它自己倒无所谓，或生或死，它会竭尽全力去对付的。但生性脆弱而又受了重伤的她，却要在生的欲望的驱使下将受更多的肉体和心灵上的折磨，而且最后还是必死无疑。它看着她，心中又响起了那支歌，激越而充满了柔情的歌：这是一条公狼对另一条美丽的异性同类的刻骨铭心的爱。它用鼻子去碰了碰她的脑袋，接着自己也卧了下去，使劲挤进了她和土地的中间，把自己的身体垫在冰凉的沙土上边。她睁开了眼，好像生命力一下子振作了起来，万般柔情地扭动着身子，并把无数个热吻印在它的眼睛、鼻子、脖颈以及胸脯上。最后她的嘴移到了它印着伤疤的大腿上，对着那愈合好久的伤疤，长长地吮吸着。

它一动不动，让她随意摆弄着，暂时彻底忘掉了死亡的威胁。它只感到这个世界太美好了，生活太美好了。它不无惋惜地想着，我们相见太迟了。要不，它会让她怀上很多狼崽。那些小家伙一旦出世，肯定是又勇敢又漂亮。但这已经不可能了，她活不过今天了。

它清醒了。不久太阳就会升起。它必须迅速地执行刚才酿成的计划，为了她，为了爱。它慢慢地把身子从她的下边抽了出来，对着她的眼睛看了好一阵子，又深情地吻了吻她的鼻子，最后对准她的咽喉狠劲咬了下去，为了使她在更短的时间内结束生命，它用牙齿找到了那两根仍在蓬勃跳动着动脉，使劲咬断。青春的热血喷了出来，灌满了它的口腔。它贪婪地喝了一口又一口。她把嘴使劲插入它的两条前腿中间，给了它一个长长的吻。

一切都结束了。冬日的曙光，把大地照得惨白而凄凉，天边却孕育着一颗通红的太阳。那颗即将出世的太阳属于世界上的每一个生命。

它放开四肢，向更远的原野跑去。

高地的那一边

这太阳的毒啊，想把一切烤焦了似的，令人窒息。牧羊人哈日夫心情异常沉重。

心情沉重的根源在于南斯丽玛。不是，不是在于南斯丽玛身上，而是在于搅乱了南斯丽玛心情的来自呼和浩特的那个戴眼镜的家伙身上。

哈日夫现在站在草场上——家乡靠北边的杜尔奔温都尔丘陵地带卧牛石敖包南麓——放眼望去，丘陵脚下一片很宽广的开阔地一望无际，一条叫“乌波尔陶斯图”的细长的河沿着开阔地的南头在阳光下闪闪发光，蜿蜒而去。开阔地中间地带，有三家牧户呈三角形居住。等腰三角形两底角居住着哈日夫、南斯丽玛两家，相隔七八华里，三角锐角部位居住的是扎拉森一家。现在，扎拉森家西侧小山包上站着一位身穿白褂子的人。哼！就是那个戴眼镜的家伙。

他是扎拉森的外甥，据说在呼和浩特念大学，暑假来到了娘舅家，整天无所事事，吃饱了就抱着砖头厚的书本这山包那山头的瞎转，有时候坐在山包上久久地看着那本书。呼和浩特的大学生原来就是这样啊。人家愿意在山包上转就转去呗，莫说是砖头厚的书，一尺厚的书人家夹着走就夹着走呗，实际上和你哈日夫毫无关系。可是，由于扎拉森这个外甥来到这里以后，南斯丽玛突然变得像另外一个人，谁知道那个戴眼镜的家伙现在站在山包上琢磨些什么呢，你能说他不是在企图与南斯丽玛不期而遇吗?

每当哈日夫去井上拉水的时候，南斯丽玛也准会去井上的。好像两家的水缸在同一时间没了水似的。他俩到了井上，哈日夫用水斗子把水提上来，南斯丽玛就接过水斗子往拉水箱里倒水。俩人欢天喜地交谈。

这片开阔地就住着三户人家。三户人家年龄相仿的孩子就是哈日夫、南斯丽玛俩人。哈日夫今年十九岁，南斯丽玛十七岁。这俩孩子将来会喜结良缘，三户人家虽然谁也没那么说过，但人们都认为他俩天造地设，很般配。哈日夫、南斯丽玛至今也没有相互透露过爱慕之情，但都心知肚明。俩人青梅竹马，两小无猜。如今，俩人都年近二十，想以打水之借口见个面面，也是理所当然的。

哈日夫小学一毕业就回乡放羊。南斯丽玛是今年夏天刚中学毕业回来的。母亲曾问女儿要不要继续念高中，可南斯丽玛回答说："算了吧！还是咱牧区好。"她显然是向往牧区平静的生活，向往和哈日夫一起过上琴瑟和谐的日子。听到南斯丽玛不去继续上学的消息，哈日夫心里暗暗高兴。

十多天以前。还是在井上。

"听说是扎拉森的外甥来了。"南斯丽玛说。

"我也听说了。"哈日夫回答。

"据说是在呼和浩特念大学呢。"南斯丽玛又说。

"说是呢。"哈日夫回答。

"说是呼和浩特的大学都是高楼大厦。学校的图书馆里有数不清的好图书。大学生们有的坐在图书馆的阅览室，有的坐在楼前的大树下看书、学习……"南斯丽玛说话正在兴头上，从哈日夫手里接过水斗子，竟然忘记了往水箱里倒进去。

原来，她已经和那位大学生见过面了，而且那个大学生给她显摆了很多东西。哈日夫想到这里，心里猫爪挠似的难受。

两天以后，哈日夫又拉着水箱来到井上，可这次南斯丽玛没有来。

有一天，哈日夫丢了一只羊，正在扎拉森家西边的洼地里寻找，巧遇南斯丽玛从扎拉森家出来往家走。

“去扎拉森家了？”哈日夫问。话外之意，是问人家去见那个戴眼镜的大学生了吗。

“是的！”南斯丽玛脸上绯红，显得有些不好意思。

俩人接着在一起找羊。见南斯丽玛挎着书包，哈日夫讪笑一句：“人家中学毕业生到底不一样嗨，离不开书本了啊！”

南斯丽玛脸更红了：“你不要拿我取乐了。我倒最近老是想，如果咱俩继续上学念书该多好啊！”

我知道你为什么产生这种想法。哈日夫想到这里，就说：“你这是继续念高中的意思呗。那么，干脆去呼和浩特念书不就得了？”

“你这是在说什么呀？”南斯丽玛虽然有点儿生气，但仍然压低声音说。

“不知道啊！我是个文盲，也许是胡说八道了吧。”哈日夫又说了一句。

“时间不早了。我回家呀，你自己一个人去找你的羊吧！”南斯丽玛转身而去。

哈日夫继续找羊。心里想，找到这畜生非一棍子打死不可。

有一天，南斯丽玛要去“乌波尔陶斯图”那边拉柳条，哈日夫父亲叫哈日夫去帮忙。那个“眼镜”也想要到河边看看，跟在他俩后边。讨厌！哈日夫虽然怀恨在心，又想还好，我倒要看看今天你们俩如何眉来眼去的。

到了河边，捆完柳条之后，三个人要歇一会儿。哈日夫铁青着脸找了个地方默默地坐了下来。他希望南斯丽玛过来能和他说几句话，可她对他爱搭不理的样子。

“眼镜”的武器，就是他手中的那本厚厚的书。他翻开了那本书，说："南斯丽玛，你看看这首诗，好不好？"

南斯丽玛似乎被招了魂似的兴高采烈地跑了过去，接过那本书看了起来。哈日夫斜眼望过去，那俩人在河边绿草地上坐得很近，小河的水哗啦啦地从他们身边流过，真叫人嫉妒。

南斯丽玛看了一阵儿那本说，说："哎呀！我有点儿看不懂。是好诗吗？"

"好诗呀！""眼镜"清了清嗓子，目视着远方，用很低沉的声音朗诵了那首诗：

> 蔚蓝的海面雾霭茫茫，
> 孤独的帆儿闪着白光奔向远方。
> 它到遥远的异地寻找什么，
> 它把什么抛在了故乡……

"眼镜"的朗诵好像潺潺流过的河水一样，似乎略带些悲伤之情。奇妙！知识分子就是不一样，心里会产生些什么样的感想呢？哈日夫忍不住地再望过去，只见大学生的眼镜镜片在阳光反射下闪出光芒。

南斯丽玛不知是因为诗的意境所感动，还是因为被"眼镜"声情并茂的朗诵所陶醉，表现出很激动的样子，久久不能自已。

"这是莱蒙托夫的诗，莱蒙托夫，知道吗？俄罗斯诗人。""眼镜"问。

南斯丽玛有点儿害羞的样子，笑了笑说："像我这样的人哪能知道那么多呀。"接着又说，"俄罗斯诗人，叫什么来着？是叫普希金吧？我们在课本上倒是学过他的诗。"

"是吗？""眼镜"很兴奋的样子，"普希金？普希金的哪首诗？"

"不记得了，好像是云？"

"是，是。云！""眼镜"兴奋不已，随口来了一句：

喳哒，这两个人一唱一和，是想欺我。说出那些奇奇怪怪的洋人名字，是故意说给我听哪！

去你的什么莱蒙托夫、普希金！三岁子羊有几颗牙，你“眼镜”知道吗？哈日夫心里愤愤不平。

哈日夫现在仍然站在卧牛石敖包南麓往南眺望着，发现扎拉森家西侧的土包上，那个身穿白褂子家伙还站在那里。干吗站这么长时间？难道看不到南斯丽玛的身影，直等到太阳落山也不回去了？或者又在吟诵什么莱蒙托夫的一派胡言，竟忘记了挪步？

哈日夫看着看着心生厌烦：我们这里怎么来了这么一个多余的陌生人。

正在这时候，只见南斯丽玛在毛驴背上驮着拉水箱从西南边小路上走过来。刚才还像木桩般站在那里的“眼镜”突然活过来似的手舞足蹈向南斯丽玛方向招手，也许在喊叫着，因为距离远，哈日夫听不到声音。南斯丽玛停住脚步，等待着那个家伙。不一会儿，俩人肩并肩走下梁去。

哈日夫觉得，敖包南麓一片开阔地从现在开始变得比以往任何时候都要寂静，而且他的心情也和这片开阔地一样空空荡荡。嗨！算了吧。蛇有蛇道，鼠有鼠路。人家他俩知道什么普希金啊、莱蒙托夫的，爱咋的咋的去吧。我呢，什么也不知道，该干啥干啥。这么一想，哈日夫宽心多了。不过，他接着又想，自己为什么连中学也不念就回来了呢。如果接着念下去，说不定也能去那个呼和浩特呀。听上去，那肯定是个不错的地方。我也会坐在大楼里，抱上砖头厚的书本，朗诵“孤独的帆儿”什么的。可是，这辈子肯定不行了。想到这里，悲从心生。

听说嘎查中心有电影，哈日夫也来了。生产队的时候盖的大仓房北墙上挂着大银幕，人们有的站着看，有的坐着看，一直看到深夜。

哈日夫与从邻近嘎查来看电影的一个姑娘并排站着看电影，时而故意大声和她说话。他的眼睛不是落在银幕上，而是落在斜前方站着的南斯丽玛身上。不见那个“眼镜”的身影，显然是南斯丽玛一个人来的。

傍晚的时候，哈日夫来到这里就一眼看出南斯丽玛是一个人来的。本来想过去和南斯丽玛交谈几句话，可总觉得心里有一股怨恨。正在这时候，遇见了邻近嘎查来的那个姑娘。那个姑娘是个自来熟，爱说爱笑，见到哈日夫就说个没完，笑个没完。哈日夫和那个姑娘交谈的时候，南斯丽玛站在离他们不远的地方。哈日夫觉得南斯丽玛今晚很孤独、很可怜。可他心里想：哼！你和那个“眼镜”在一起的时候，如何对我不理不睬来着。这回怎么样？孤独了吧？活该！于是，他又对姑娘说：“电影快开演了吧？咱们过去吧。”

他故意和那个姑娘大声说笑，他清楚地知道这个声音会无情地冲进南斯丽玛的耳朵里。他觉得越这样越过瘾，是一种绝好的报复，心里那个过瘾啊！

午夜已过，电影散了，人们四处散去。哈日夫和那位姑娘俩人一起向拴马链绳那边走去。“哈日夫！”一个弱弱的声音从背后传来，是南斯丽玛。几步之遥的地方，南斯丽玛垂头丧气地站在朦胧的月色里。

“哦！南斯丽玛呀？你也来看电影来了？是你一个人吗？”哈日夫假装刚刚看到南斯丽玛似的，说话还话里有话。他尽力保持声音的平静，对南斯丽玛的存在装出无所谓、不当回事的样子。他不再搭理南斯丽玛，而故意大声地对那个姑娘说：“咱俩的马在哪儿拴来着？”

俩人从拴马链绳上解下各自的马往出走，南斯丽玛仍然沮丧地站在那里。当他们从她身边走过的时候，南斯丽玛又叫了他一声。哈日夫明显地感觉到那声音里有委屈，虽然也很心疼，但脸上仍露出讥笑：“哦，怎么了？说什么呢？”哈日夫一副敷衍了事的样子。

“一块儿……走吧……这么晚……我有点儿害怕……”南斯丽玛像犯了错的孩子，说话吞吞吐吐。

“哎呀！我说好了，先送她回家的。”哈日夫用下巴指了指站在一旁的那位姑娘，然后又装出很关心南斯丽玛的样子，说，“要不你跟在我俩后面。一个人实在害怕的话。”

“那就算了。我还是……直接回吧。”南斯丽玛说完，孤零零一个人无精打采地向拴马链绳那边走去。显然是伤心到了极点。

哈日夫把那位姑娘送到了山包那一边后，说：“我就送你送到这儿，你自个儿回家吧。我也回去。”

“嗨，你不是说送我送到家吗?”那位姑娘问。

“说是说过。不过算了吧。喳，你走好。”

哈日夫说完调转马头，头也不回地走了。

姑娘感到很奇怪，久久地愣在那里……

不久以后的一天，哈日夫到了井上，正往拉水箱里装水的时候，远远地看见南斯丽玛毛驴上驮着拉水箱往这边来。哈日夫的心脏立刻咚咚地激烈跳动。哎呀，他心里想，她来到以后，我说些什么好呢？正在这时候，南斯丽玛也看到了哈日夫，立刻拉住了毛驴，原路返回去了。哈日夫头上浇了一桶冷水似的，高兴的心情立刻凉了半截。

晴朗的夏日一天一天地过去，十天、二十天……哈日夫、南斯丽玛再也没有见过面。

有一天早晨，哈日夫和弟弟一起在羊圈里给羊灌药，只见南斯丽玛直接奔他们家来了。哈日夫起初很高兴，但想到她不是来见我的，立刻心灰意冷起来。

南斯丽玛来了后，帮他抓羊灌药。完事后，她一本正经地说：“哈日夫你别走，我有话对你说。”

哈日夫感到很唐突，站在那里不动。弟弟拿着药瓶走出了羊圈。

哈日夫很紧张地看着南斯丽玛。

“扎拉森的外甥明天就要回呼和浩特了。”南斯丽玛低着头瞅着脚尖说。

“噢……是吗？……”

“我想送他到公路边上，你有意见吗？”

哈日夫想起了看电影的那天晚上的事情：“当然可以啊。我能有什么意见？”他很勉强地笑了笑说。

“那么……你要和我一起去送送！”

“啊？这，这……”哈日夫支吾起来。

“你不去？”南斯丽玛抬起头来盯着哈日夫。哈日夫清楚地看见她一脸的委屈。

“这……可是……”

“你想想看。我是个将将巴巴初中毕业的牧民姑娘，人家是在呼和浩特念书的大学生。我们俩人的关系是什么关系，难道你还想不明白？就算我喜欢上了人家，人家能看得上我吗？”

南斯丽玛眼泛泪花。哈日夫看着南斯丽玛张着嘴久久地愣在那里。人家讲得有道理啊。我怎么没有想到这层意思呢？

“我只不过是羡慕人家，钦佩人家而已。相比我们，人家在多么好的地方学习多么好的知识啊。他说话我爱听，他的书我喜欢看，甚至为自己没有继续升学念书，没有像他那样好运气而感到自惭形秽。不过如此而已。我错在哪里？”

一条公路蜿蜒曲折，穿过一片辽阔的丘陵地带伸向远方。

哈日夫、南斯丽玛久久地站在公路旁，一直目送那辆长途汽车消失在天际。

“回去吗？”哈日夫说。

“着啥急呀？咱俩找个地方坐坐。”南斯丽玛顽皮地笑道。两个人牵上三匹马，到了离公路边稍远的地方的坡上坐了下来。

“我对你有点儿太过分了，唉，看电影的那天晚上……”哈日夫声音很低，显得不好意思。

南斯丽玛莞尔一笑：“爱，是多么的美妙啊。醋意也可以说是爱情的灵魂所在。不过因为嫉妒而采取报复行为，我可受不了。”接着又说，“那天晚上，我知道你因为深爱而产生醋意，我虽然很生气，但心里还是高兴的。”

我为什么那样醋意大发？哈日夫想到了那位“眼镜”。刚才，“眼镜”还满面笑容地和他们告辞后上车走的。

原来，那个“眼镜”是个蛮不错的小伙子，他比起我们幸运多了，在那么好的地方上学念书，风光无限。哈日夫这样想，他又想起了“眼镜”朗诵的莱蒙托夫的那首诗。哈日夫怎么就记住了那首诗，连他自己都感到奇怪：

蔚蓝的海面雾霭茫茫，
孤独的帆儿闪着白光奔向远方。
它到遥远的异地寻找什么，
它把什么抛在了故乡……

坐了很久，哈日夫、南斯丽玛骑上马要回去，要回他们那片空荡荡的开阔地。他俩骑上马向着长途汽车奔驰的方向久久地眺望。山连着山，岭连着岭，目光所及之处呈淡蓝色。淡蓝色山的那边很远很远的地方有一座美丽的城，叫呼和浩特。那里有很多高楼大厦，有很多高等学府。学校的图书馆里藏有很多好图书，大学生们在那里如饥似渴地读书学习……

他们俩拨转马头，策马而去。

岱钦　译

高原母亲

这至少是六十年前的事情。

那年雨水丰沛，鄂尔多斯高原湛蓝的天空飘浮着如棉絮一样的朵朵白云。大地被深绿色的植被覆盖着，闷热的空气里夹杂着浓浓的鲜草味儿。那好看至极的云海，被南面吹来的暖风带着，在无边无际的天空一路向北飘浮，越过黄河至莫尼山峰巅，在北麓聚集起来。一场电闪雷鸣的大雨眼看要下起来了。

刚过了晌午，北风微微吹起，从正北方的宽广地平线上升起的黑色云团里时不时划出一道闪电。这是晚上要开始下暴雨的前兆了。在野外放牧的人们匆忙赶着牲畜往回走。这时，一位中年妇女也在急着把羊群往家赶。这个女人的衣襟都快被她迅速的动作带起的风吹起来了，女人显得格外精神。她叫德吉德，是一位受人尊重的女人。人们都说她一个寡妇把两个儿子拉扯大着实不易。

女人挥舞着手里的羊鞭，急急忙忙赶着羊群往回走。最近，她心情格外舒畅，人也好像年轻了不少。其实她也不算老，今年才刚刚四十五岁。仔细观察她的容貌和脾气，依稀能看到年轻时的影子，同时也有中年女性的成熟和庄重。自打丈夫丢下她，她拉扯着两个儿子凑合着把日子过了下来。说实话，她并没有觉得这对她来说有多难。从大清早起床一直忙乎到深夜，饿了吃炒米干饼子，渴了喝几口冷茶，就这样日子一天天过去了。她一直对生活满怀希望，每天乐呵呵的。

没有丈夫又怎么样？她丝毫没觉得有多苦。就在那种情况下，她也没怨过自己的丈夫，依旧高高兴兴地过好了自己的日子。

如今，两个儿子已经长大成人，老大今年二十四岁，老二二十一岁。这两年开始她才会偶尔觉得有些累了。儿子们长成大人后她才有时间喘口气，知道自己该歇歇了。可最近她又开始忙起来了。两个儿子一个要去旗衙门当差，另一个要到哈达图庙出家当喇嘛。因为过几天两个儿子都要走，这几天她忙着给孩子们补补衣服，准备点儿干粮，还打算请邻居们吃顿饭庆祝一下。这样一来她比以前还要忙了，可她心里特别高兴，也特别珍惜跟孩子们在一起的最后这几天的时光。

她大声吆喝着羊群，欣喜地看着自己养的这些上了膘的羊。不管什么时候她总是面带笑容，即使入睡后她脸上的笑容也从不消失。

北面天际的乌云不断涌动，不一会儿就像山一样高，很快遮住了大半个天空。乌黑的云不停聚集着、翻滚着，就好像陡峭的悬崖，云层里时不时划出一道道耀眼的闪电，传出轰鸣的雷声。从这里往北三十里地的哲里根图梁正在下着倾盆大雨，那里的一切都被雨雾笼罩着，雨雾的边界很清晰，快速向南移动。

她连喊带吆喝，把羊群赶紧赶回羊圈，迅速地把羊羔子关到了另外一个小羊圈。雨点很大，打在身上还有些疼。她像逃跑似的急忙跑回毡包，使劲关上了房门。毡包里光线昏暗，空空荡荡的。两个儿子今天出远门了。她想着熬一壶茶喝，可突然心里觉得空空的，就靠着图拉嘎[①]左边的哈纳[②]坐下来，抬头看着开着的陶纳[③]上面的巴掌大的天空若有所思。

在那巴掌大的天空中，黑色的云不停翻滚着。雨滴打在包外的毡子上，不一会儿越下越大，好像整个世界都湮没在了这场疾风骤

---

① 图拉嘎：毡包里的炉子。

② 哈纳：毡包的“墙”。

③ 陶纳：蒙古包顶上的“窗户”，早上掀开透光。

雨中。

她一直朝陶纳外看着，开始回忆过去。

小时候的事情，早就记不清了。可她能清清楚楚地记起十七岁那年的夏天。那也是雨水丰沛的一个夏天。二十几年前的鄂尔多斯高原可不像现在这样干旱。那天天气晴朗，中午她赶着羊群，高高兴兴地到了河边。羊群贪喝着河水，她站在河畔朝远处看去。牛群散布在弯弯曲曲的河边上吃草，有一群马从对面的高地飞驰而来。天很热，她脱下外衣和靴子，走进河里。

清清凉凉的河水，让她觉得很舒服。一群群小鱼绕着她的脚游来游去，让她痒得就想笑。她在河里站了好长时间。“你好！”突然身后传来一个男人的声音。

她有些慌张，急忙回头一看，只见一个身着带补丁的袍子的小伙子骑着马来到她身边，笑眯眯地看着她。那匹马浑身都湿透了，马头一颠一颠的。

“啊呀，你……”她只想快点儿从水里出来穿上衣服。他叫巴雅尔，她想起。春节后不久在别人家的婚宴上她第一次见到了巴雅尔。巴雅尔有一副好嗓子。在婚宴上大家唱歌时，巴雅尔的嗓音比谁的都高亢、嘹亮。那次，她偷偷看了巴雅尔好几回。

她迅速穿上了衣服，连忙问候道：“你好！”

奇怪的是她特别盼望和巴雅尔在一起，说说话聊聊天。两人走上离河较远的长满芨芨草的小土丘上坐了下来。他俩的羊群和马群都在安详地吃草。阳光的照映下绿草如茵。巴雅尔告诉她，他给富人家放马，骑的这匹马是自己的，而且另外还有一匹母马。她跟巴雅尔说他唱歌很好听，她也爱唱歌，但是人多了就害羞不敢唱。“你缝什么呢？”巴雅尔问道。那个时候牧区的女孩子们放牧都随身带着针线学着做针线活。因为怕别人笑话自己的手艺，一般都是偷偷摸摸地做。她红着脸回答：“啥也没缝。”

太阳把橘红色的晚霞留在天边，慢慢落下。她觉得今天最美的回忆也留在了天边。她不得不向巴雅尔道别。

显然俩人都依依不舍。“你长得真好看。”巴雅尔突然说。

她红着脸，低着头，笑了。

巴雅尔呼吸有些急促，倏地抓住她的手，说：“跟我骑马走吧？”

幸福的力量，使她感觉到全身在微微颤抖，说：“算了……回晚了妈妈会生气的……”她感觉费了好大的劲儿才能动动嘴巴说出了这句话，鼓起勇气看了看巴雅尔那张失望的脸。过了一会儿，激动的心情才完全平静下来。她心想今天总算遇到了一个我喜欢的小伙子。她好像等了巴雅尔很长时间，今天才等到他的到来，心里平静了许多。她有些害羞地看着巴雅尔说：“过几天你再来吧！我给你缝个鼻烟壶褡裢……你的马群走远了……”

她的爱情就这样突然开始了，一点儿都不显得唐突。

此后的两年里他俩陶醉于心里熊熊燃烧的爱情之火，忘掉了一切。后来有一次她告诉巴雅尔：“我要嫁人了！”

“是吗？新郎是谁呀？”巴雅尔笑着问。这事对他来说是意料之中。

“不知道，听说他们家养着马……”她说着用悲伤的目光看着巴雅尔。

没过多久，她出嫁了。巴雅尔也来参加她的婚礼了。

长在旁边的榆树哟，
眼看着就长高了；
真心相爱的姑娘哟，
恋着恋着就嫁人了……

巴雅尔的嗓音异常高亢，但歌声里有一丝不易察觉的忧伤。头戴鄂尔多斯新娘头饰的她偷偷瞥了巴雅尔一眼，他唱着歌，顽皮地向她眨巴着眼睛。她会意地笑了。两个人好像完全忘记了这不是他俩的婚礼。

毡包里光线更暗了，雨还在使劲儿地下着。她想着出去把陶纳盖上，可累得一点儿也不想动弹。巴雅尔后来娶了个歌唱得很好的老婆。现在膝下有一儿一女，虽然还是很穷，但一家子过得心满意足。只要有人办婚宴，巴雅尔夫妻俩一定到场跟大家乐和乐和。只要她去了，巴雅尔每次必唱那首《长在山坡上的榆树》。

这些年，她确实累了。嫁人后她生了两个儿子。丈夫跟她一起过了十来年，后来与另一个女人好上，抛下了她和两个孩子。丈夫在的时候对她怎么样？是不是真心对待她？她现在想都想不起来了。因为丈夫在的时候她从未想过这些问题。现在回想起来，曾经有那样一个人跟她生活过，有的时候在家、有的时候好几天不着家，后来干脆一走了之……除了这些，其他事情她一点儿都想不起来。这么些年，她心里一直有巴雅尔，满心满意地过着自己的日子。

刚才还下得挺急的雨渐渐变小了，看样子一时半会儿停不了。从陶纳望去天空漆黑一片。带着青草味儿的潮湿的气息飘了进来，充满了整个蒙古包。听着淅淅沥沥的雨声，她心里也异常平静。还记得同样也是下着大雨的那个夜晚。那年夏天，雨也是这样一直下个不停。周围青草的映衬下那个沙丘异常显眼。在沙丘旁立着一个白色的帐篷旁，她有些出神地站在旁边，一动不动。雨后的大雾轻盈地飘浮在沙丘四周，潮湿的气息扑鼻而来。距小帐篷几步远长着一丛高大的柠条，叶子上挂满了水珠，只见水珠逐渐变大，不堪重负最终滴落在沙子上，立刻打出来很多像虫子窝一样的小沙坑。

沙丘周边是长满嫩草的湿地。她赶着羊群走场到了这里。每隔几天，父亲会送来一些食物，等父亲走后，她又得跟一群羊一起待着。这也就是她出嫁前几个月的事情。丈夫是个什么样的人，她没心思去琢磨。日日夜夜思念的人只有巴雅尔。好长时间没见着了，也许不知道她在这里吧。她那颗年轻的心每时每刻都经受着相思的煎熬。巴雅尔究竟在哪儿呢？牧马人没有固定的住所，以草场为家到处奔波，有什么办法啊。若知道巴雅尔在哪儿，无论多远，也要冒着大雨去找他。巴雅尔要是来这儿该多好啊！这只是她瞎想罢了。

可到了黄昏时分，她去看了看窝在沙窝子里的羊群回来的时候，看到沙丘南面有一匹戴着马绊子的马。她激动得心脏怦怦直跳。浑身湿透了的巴雅尔站在小帐篷前。

看到巴雅尔，她笑了，既高兴又紧张，这两种情绪交织在一起让她微微颤抖。巴雅尔看到她边笑边用他宽大的手掌擦去满脸的雨水。两个人钻进了光线阴暗的帐篷。她在酸奶里拌了些炒米递给了巴雅尔。柴火被大雨淋湿，没法生火熬茶了。她像是在等待某件事情的发生，斜着身子安静地坐在那里。她感觉得到巴雅尔温暖的目光落在了她身上。过了好一会儿，巴雅尔靠过来握住她的手，说："过来，靠近点儿……"她乖乖地靠了过去。

静悄悄的夜晚，雨还在不停地下。帐篷里，能闻到新鲜的潮湿气息和巴雅尔身上的男人特有的味道，感觉特别舒服。那一夜，她终生难忘。在冰凉的帐篷里两个年轻人紧紧拥抱着，窃窃私语，直到天明。雨连续下了几天，这两个年轻人形影不离地过了几天。她多么渴望这场雨一直别停，父亲也永远别来啊。也就是在那几天，她觉得自己已经长成大人了，变成了一个地地道道的高原女人。对此，她既高兴又心满意足。她觉得自己这一辈子一定也是会过得无比幸福。

毡包里还是漆黑一片，雨还在淅淅沥沥地下着。黑暗中，她就这样坐着一动不动，回忆着过去。突然传来"叽叽喳喳"的声音，声音特别小。燕子！听到燕子的呢喃，她开始有些激动。毡包里陶纳的边儿上有两只燕子搭了窝。每年春天，这两只燕子从遥远的温暖的地方飞回来，从陶纳飞进蒙古包。它俩从十几里远的河畔衔来湿泥，来回飞无数次，筑起自己的巢窝，还用叼来的马尾巴装饰了一下自己的窝的外面。雏鸟孵出后它们更是忙得不可开交，整天从陶纳进进出出。这个雨夜它俩肯定和雏鸟们挤在一起沉入了梦乡。想到雏鸟，她又想起了自己的两个儿子。接着又想起了另一个雨夜。那天晚上的雨可不像今夜的雨这样缓缓地下着。

电闪雷鸣不断的那个夜晚，暴雨如注，到处都是震耳的轰隆隆的声音。她冒着雨朝三十里外的哈达图庙跑去。因为儿子生病，发高烧说胡话，她要到庙里请喇嘛看病。不知道啥时候她的靴子也丢了，袍子也破了，双脚被锋利的石子、带刺儿的草划得一道一道的，被流出来的血染得红红的，但她仍在拼命地往前跑。儿子那发烫的小脸一直在她眼前出现，她不停地哭着、跑着。那年她也就二十二三岁。儿子突然生病发烧，她吓傻了。她解开腰带把儿子拴在哈那上便跑了出来。丈夫不在家，这男人经常会几天不着家。儿子病成了这样，她也没想起来责备丈夫。因为丈夫在她心里从来就没那么重要。半夜，浑身泥水的她找到了庙里的嘎拉森师父，跪下来哭着求师父救救她的儿子。

嘎拉森师父连夜赶到她家，念完经，给儿子吃了一小包蒙古药。儿子很快就退了烧，甜甜地睡着了。她沾满泥水的脸上露出了幸福的微笑。从那以后，每当想起雨夜里连滚带爬地去庙里的事情，她心里就觉得很骄傲。她没有辜负母亲这一神圣的称呼。那个生病发烧的便是她的大儿子。现在已成了男子汉，喝酒如同喝凉水，骑马出去三五天不见踪影，变成了地地道道的戈壁男人。她发现儿子在女孩面前一点儿都不会羞涩，反而用各种办法戏耍那些姑娘，让她们脸红害羞，自己才洋洋得意地离开。她佯装没看见，“这真是个没脸没皮的家伙……”心里边骂边觉得好笑。儿子站她旁边，她的个子只到他的肩膀。对此，她很满意。“你还那么小的那年，为了给你治病，我冒着大雨一口气跑了三十里……”她经常幸福地说着这些陈年旧事。

今天她让两个孩子去邀请他们的亲爹。现在她经常会很自然地想起这个娶了她，很快又抛弃了她的男人。在这个细雨连绵的夜晚，她回忆了这个男人很长时间，而之前她从来都不会这样。

她一点儿都不爱这个男人，可也不是太讨厌他。女人应该嫁个男人过日子，这是自然规律。只是她从未指望过从这个男人这里得到爱。即使是这样，她尽量对他温柔体贴，使他心情愉快、日子过得心满意足。她认为嫁了人就应该这样。一起过了十来年后，丈夫与住在挺远的地方的一个女人好上了。一听说这件事，她不知所措地愣在了那里。可她转念一想，既然不爱人家，何必又把他死死地绑在家里？一天，丈夫宣布要和那个女人一起过，要分走一半的牲畜。她只说了一句话：“有空的时候记得回来看看两个儿子！”

好像是过了好几年吧，她听说那个男人得了重病，便准备了不少奶食品，叫两个儿子去看看父亲。十几岁的两个儿子好像都不愿意去。她有些奇怪，问：“你俩为什么不乐意去？”大儿子犹豫了一下，说：“那个……见到那个女人……我们应该怎么称呼？”“叫阿妈呗，除了叫阿妈还能叫啥呀？！混账玩意儿。她不是你们阿爸的老婆吗？论年龄也能给你们当妈吧？”她接着教育孩子们说，“他永远是你们阿爸啊！这个谁都改变不了！你们得明白这个道理！”这次她嘱咐两个儿子去把亲爸和后妈接来。他们的阿爸肯定会高兴，那个女人也会高兴的，听说她自己没孩子。

外边，听声音，雨又下大了。她这才回过神来，自己在黑暗的蒙古包里待了好长时间了。我这是怎么了？真是没用。早点儿睡，明天还得忙乎一天。想到这儿她忍不住笑了一下，黑暗中摸到了皮袍子盖在身上侧身躺下。

雨声好像摇篮曲，她慢慢睡着了。

第二天早晨，她把羊群赶到草场时，看到远处有个人踉踉跄跄地走着。她认出那是东德布。前些年她是多厌恶这个人啊，现在回想起来都觉得好笑。丈夫丢下她后，东德布跟她纠缠了多少年？当时她恨不得让这可恶的家伙早点儿死掉。

东德布以前那真是没皮没脸地跟她纠缠。他并非爱她才这么做，是因为他馋女人了。其实他是有妻儿的人，可他就喜欢像个二流子到处闲逛，招惹一下这家的女人，占一下那家女人的便宜。丈夫走了之后，她也成了东德布进攻的目标。死皮赖脸的家伙时不时跑过来问她，寡妇的日子不好过吧？我知道你跟巴雅尔是怎么回事，我不比巴雅尔差呀！就这样三番五次地来纠缠。光天化日之下跑过来骚扰正在放羊的她，三更半夜到家里来推门砸门，跪下来求她跟他好。她可不怕东德布来纠缠。东德布算个什么东西？她跟巴雅尔的恋爱往事在她心目当中像阳光一样温暖。跟巴雅尔相比，东德布连狗都不如……

东德布无精打采，一脚深一脚浅地走着。望着东德布佝偻的背影，她心里不由得有些可怜这个人了。几年前的那件事情之后，东德布孩子也没了，老婆也跑了，这家伙也开始走背运了……

想到孩子，她立刻打起了精神，不由得想到了马上要离开家的两个孩子，不过旗衙门、哈达图庙都离家不太远，两个儿子到了那里也跟在家里差不多。我会不会想这两个想得吃不下睡不着？会不会想得受不了？肯定会那样，孩子是我的心肝呀！

两个儿子性格截然不同。怎么会这么不一样？每次想起这个，她都觉得特别有趣。老大是个喜欢热闹的小伙子，老二却文质彬彬，喜欢安静。孩子们小的时候，她很喜欢在放牧的地方和孩子们玩。捡来各种颜色的石子儿给两个孩子玩，还摘沙奶子给他们当零食。有时候她悄悄藏在灌木丛后面偷偷观察两个孩子的一举一动。浓眉大眼的大儿子皱着眉头，为了找到自己的妈妈不停地来回看，就算挖地三尺也要找到她的架势。小儿子却面带微笑，不慌不忙，仔细观察着周围的灌木丛。这两个孩子的性格就是这么不一样。她从灌木丛后面望着自己的两个儿子，心里如同喝了冰糖水一样甜甜的。这两个小家伙长大后要干啥呢？肯定是一个当兵，一个当喇嘛！有两个儿子的人家，都会把一个送去当兵，一个送去当喇嘛，这是蒙古人的习惯。长生天赐给她两个儿子就是为了让她僧俗两界都不缺吧。想到这里，发自内心深处的信仰和喜悦油然而生。老大天生就是个当兵的料，胆大、机灵，将来一定成为一个顶天立地的男子汉。而且一定会带个媳妇回来的，一般姑娘他看不上，肯定带个漂亮的姑娘回来。老二天生记性好，老实、稳重，将来一定能够成为学识渊博的大师……当她沉浸于对于未来美好的想象中的时候，俩儿子看见了藏在灌木从后面的她，一起跑了过来，三个人打闹成一片，玩得不亦乐乎。当时孩子们还小，她也很年轻，母子三人就像三个孩子般尽情玩耍，像在无边无际的天空中自由飞翔的三只百灵鸟一样快乐。

她赶着羊群往河边走去。天太热，吃得饱饱的羊群扎堆聚在一起，不动弹了。草原上，向远处望去，可看到天边的海市蜃楼。她又看见了走在远处的东德布。看着形单影只的东德布，她打心眼里可怜他。这人是要去哪儿啊？这是要去干吗啊？

几年前一个夏天，两个儿子去放羊了。中午，她自己在家里捣酸奶。天气热得受不了，她只穿着薄薄的内衣。这时东德布来了。

东德布那天真是可恶至极，嘴里说着别人都说不出口的污言秽语，那双贪婪的眼睛似乎要透过她那薄薄的内衣看穿一切似的。不知为什么，她那天特别生气，直盯着一脸淫荡、步步逼近的东德布，倏地转身拿起烧火棍就朝东德布头上砸去。她盘算着东德布肯定会冲过来跟她纠扯到一起。可这家伙转身就跑。想起他仓皇而逃的狼狈样子，她就忍不住想笑。那天东德布运气真不好。没跑多远，又遇到了一个女人。那女的是旗衙门一个小官的老婆。谁也不知道东德布碰见那个女人后发生了什么事情。反正过了两天那个小官带几个衙役过来，把东德布吊在树上用鞭子使劲儿打。那些天，乡亲们都在传东德布的事情，有的说东德布已经死了，可有的说死倒是没死，就是伤口腐烂生蛆了。听到这些消息时她心里特别愧疚，完全忘了东德布那天是怎么欺负她的了。她在内心深处不停地自责，心想如果那天让他在这里随心所欲的话，他也不会这样活受罪了！东德布果真没死，可是没脸见人的妻子离家出走，接着孩子也死了。东德布也没了生气，整天到处瞎逛。

这个不幸的人现在一个人步履蹒跚地走在宽阔的草原上。“东德布哥！”她怜悯地叫他。东德布转过身来，停住了脚步。她走到他跟前，东德布用暗淡的目光看着她。“这天太热了，您到我家喝口茶再走吧！”她温柔地劝道。东德布摇了摇头。她叹一口气接着说，“过两天我的两个儿子要离开家了，我想请乡亲们聚一聚，吃顿饭，您也来啊！”东德布微微地点了下头。

她的心里沉甸甸的。

两天后，两个儿子带着父亲和后妈回来了，亲戚朋友、邻里乡亲都来了，巴雅尔夫妻俩也来了。

宴席开始了。年轻的媳妇们帮她端茶倒水。这么多人到家里来吃饭，她一点儿都不着急，稳稳当当地，高高兴兴地招待着客人们。她端详了前夫好长时间。哎，也老了。她心里有些伤感。巴雅尔还那么精神，嗓音依旧高亢、嘹亮。巴雅尔向她眨了眨眼，顽皮地笑了。她也笑了。她突然意识到这不合适，急忙起身向外走去。巴雅尔的妻子猛地搂住她的肩膀让她坐下，咯咯笑着说：“别逃！今天可是你高兴的日子，应该高兴，咱俩也唱一首吧！”

大家一个接着一个唱着歌。不少人喝得脸通红，有些兴奋了。前夫的眼里噙满了泪水，一定是为两个儿子高兴呗。坐在身边的妻子给他递了块毛巾。这女人应该也是个善良的人，她这样想，心里很高兴。角落里坐着的几个人开始用碗喝酒。巴雅尔满面红光，看起来格外精神，年轻了好几岁。他忽然又开始唱起：“长在旁边的榆树哟……”老了老了还不忘这首歌，真是的。她从内心深处感激这些人，他们都是替她高兴啊。

大家一直热闹到第二天中午才散。送走两个儿子后，她朝吃草的羊群走去。雨后的草原显得异常辽阔，让人感到特别舒服。习习微风里带着潮湿的气息。湛蓝的天空中飘着无数朵白云。这里阳光充沛，空气清新，草原广阔无垠，万物充满生机。她用手挡着刺眼的阳光朝两个儿子离去的方向看去。天际泛蓝，周围一片寂静。巴雅尔和妻子骑着马从她羊群旁经过。巴雅尔从远处朝她使劲儿挥了挥手，那是他衷心的祝福啊。

她的脸上泛着幸福的光，高高兴兴地挥动着手里羊鞭，向草原深处走去。

道·斯琴巴雅尔 译

借调干部

一

听说这个大院在解放前曾是部队大院。解放之后，在这里办过干部学校，后来开过招待所，再后来的好些年里就被闲置了，管伙食的偶尔会在秋天的时候圈圈牲畜。但不管它曾经是什么地方，现在是我们“四清”工作组指挥部所在地。

夏日的午后，炙热的阳光高照，大院子非常寂静。我拿了几张纸，朝工作组的印刷室走着，小米都嘎不知从哪儿跑了出来从身后叫住了我，说：“呼格吉哥哥，逛街去吧？”她是一个身材瘦小的姑娘。我们都叫她小米都嘎——娃娃脸，天真的性格，稚嫩的嗓音，每个特征都贴合着一个“小”。她其实只小我小三岁，已经十九了。

现在有一批回到牧区之后被工作组招来的小学毕业生和中学毕业生在这儿工作。每月还发生活费。听领导们说，工作成绩优秀的有可能被留下来转正为国家正式干部。这样的年轻人被大家叫作“借调干部”。顾名思义就是借来用的意思吧。米都嘎我俩就属于这样的“借调干部”。我叫呼格吉勒图，小米都嘎却叫我“呼格吉哥哥”。我们这些不懂事的小青年相互打趣着玩呗。这个姑娘就喜欢逛街。我们在旗政府所在地的小镇，小镇上有数的几个商店都给她逛遍了，她逛商店不是为了买东西，而是为了过眼瘾。挨个看着栏柜里的商品，娃娃脸上就会露出愉悦的笑容。她有时候也会买些糖果装在衣兜里，偶尔拿出一颗含在嘴里。碰见我们这些年轻的，不管是谁都会拿出几颗来让让。她俨然是个没长大的小孩子。我俩每次见面，她都央求我一起去逛街。我却最懒得逛街了。

“人家都说一起去呢！你到底去还是不去呀？”她缠着我不放。

“没时间，不去。”

听到我的回答，她没有生气，一个人无精打采地走了。我笑了笑，继续往印刷室走去。

大院又恢复了死一般的寂静。但是有二三十个人在那一排排低矮的土房里正在忙碌地工作。

“嘿，你……等一下……”

我没转身也听出了这是孟根其其格在叫我。每当听到这低沉而略带沙哑的嗓音，心里总有一种悦耳的感觉。孟根其其格是个脸色红润的漂亮姑娘。我有事没事总喜欢跟她坐在一起闲聊一会儿。两天不跟她说话，心里就会产生空落落的感觉。现在听到她在叫我，我非常情愿地转过头停了下来。

“今天天气真好，是吧？”精神抖擞面色红润的她站在那儿说。她穿着褪色的衬衣，洗得发白的青土布裤子，今天比以往任何时候都显得俏丽可爱，就连穿在脚上的那双旧布鞋都那么好看。她也是借调干部。从牧区刚来的时候，她穿的就是这双布鞋。我总觉得这双鞋的鞋帮里都浸着牧区蒿草的芳香。跟她站在一起说话的时候，也能闻到一股好闻的香味儿。我也分不清这香味儿是女孩儿身上的汗味儿，还是某种雪花膏的味儿。

“天气好呀，你叫我有什么事吗？”

“整天坐在办公室里看材料，真是无聊，出来走走。”她看着我笑着说。我俩向院子西南角走去。

我现在介绍一下在这个院子里工作的另外两名借调干部。除了小米都嘎、孟根其其格和我，还有两名借调干部。一个是叫索德纳木的又壮又黑的小伙子，性格稳重从不着急上火。我觉得他跟孟根其其格的关系有些暧昧。我发现有好几次孟根其其格就像用自己的东西一样在用他的东西，毫不客气一点儿不见外。因此我对他感觉一般。另一个是叫斯琴花的女人。听说她把哇哇哭着的哺乳期的女儿留给了婆婆就来当借调干部了。什么事上都表现得特别积极，我们不怎么喜欢她的这一点儿。

孟根其其格我俩来到了院子西南角。这里原来是一处马棚，现在已经倒塌，形成了一个掺杂着干泥巴和马粪的小土丘。在炎热的夏天，散发着陈年的马粪味儿。应该也有解放前的军马的粪便吧。但非常奇怪，这个臭土丘上却长着一丛粉色的花儿，花朵很耐看地摇曳着。我俩爬上土丘，眼前出现了从小镇边缘往前延伸的空阔的丘陵草地。绿油油的草地一望无际，越向远处看越是一种朦胧葱郁的景象。在这片丘陵草地那边放牧的我们是被叫到这里来当上了借调干部的。我缓缓叹了口气，忽然很想念牧区生活。

"牧区现在做什么呢?"孟根其其格缓缓地问我。

我说："正是仲夏季节。牲畜吃饱了，幼崽也都长大了。女人们在忙活着挤奶吧……"

她说："以前在这个时候我应该是饮完羊往回走呢。我家羊多，去水井上饮。每次都要提好几百水斗水。"

"几百水斗的水，都是你一个人提?"

"有人帮忙的。"

我想，她说的这个"人"应该是指索德纳木。他跟她是一个地方的。

小米都嘎应该是逛完回来了。我们看见她从大门进院了。我俩往回走去。孟根其其格身上又散发着那种好闻的香味儿。我想：索德纳木他俩可是一个地方的。

二

晚饭后，我和小米都嘎、孟根其其格、索德纳木，四个人从大院子出来，走到了距我们的院子有些距离的长着青草的一处高丘上。正值黄昏时分，微风中飘扬着青草的芳香。每个晚上，我们几乎都会来这儿消磨晚饭后的短暂时光。工作组事情多，常常在晚上开会或组织学习。

索德纳木点着烟卷吸了起来。孟根其其格批评道："劝你多少回了，让你把烟戒了，你就是听不进去。"

索德纳木好像没听见，更惬意地吸了一口。

"孟根其其格姐姐说得对。我有一次听领导们议论你呢，他们说那个叫索德纳木的小伙子抽烟抽得可凶了。"小米都嘎的语速非常快。

"你看，我劝你没错吧！"孟根其其格用指责的眼神看着他说。

"啊，抽烟也算犯错？那些领导哪个不比我抽得凶。"索德纳木瞪着眼珠说。

"索德纳木哥哥可是花自己的钱买烟抽呢呀。"小米都嘎俨然又替索德纳木帮起了腔。

"嗨呀，你们……"孟根其其格有点儿急了，有理却找不到合适的词来辩解。

我没作声。但是比孟根其其格更了解事情背后的原因。我早已察觉到，自从我们几个以借调干部的身份来这儿之后，不管是走路还是打哈欠呼吸，我们的一举一动在别人眼里，都显得有些不合适。究竟是什么原因，我也说不清楚，而且也不是几句话就能解释清楚的事。比如，他们说：小米都嘎太孩子气。孟根其其格过于大大咧咧无拘无束。有一次，晚上组织学习的时候，屋里非常闷热，孟根其其格热得不行，就把裤腿挽到膝盖处继续听课。第二天，专门负责管我们借调干部的扎拉森老汉就把孟根其其格叫去说："你以后在穿着方面要多加注意。"说索德纳木爱抽烟，开会学习的时候不积极发言。说我爱哼哼歌，喜欢读诗。比我们几个的表现都积极的那个斯琴花也有缺点，说她不愿意吃用猪肉和鸡蛋炒的菜。我们的这些事情，怎么就成了缺点，我实在是说不清楚。

黄昏褪去，大院里响起了哨声。这是开会的信号。今晚有生活会。我们起身下了小丘往回走去。

进会议室的时候，大部分人已经到了。专门负责管我们的扎拉森老汉向我们笑着，示意我们就座。会议开始了。斯琴花最先表态要发言。好像是怕被别人抢了这个风头，显得特别着急。她拿出小笔记本就说了起来。首先讲到了她是如何被组织招来当借调干部的，又讲了领导和同事们如何关心培养她，接下来开始自查不足之处。她说："在工作如此繁忙的情况下，这么多领导同志都舍小家为大家工作着，我却因为想念孩子常常耽误工作。这是缺乏革命斗争锻炼、无法克服私心的表现，也是辜负领导和同事们给予我关怀培养的重大错误……"她在平日里绝对不提想念孩子的事情。每逢生活会，就拿出这件事来自我批评。她其实特别想念孩子。孟根其其格和米都嘎可以作证。她们仨住一个宿舍。有好几次，她俩发现斯琴花因为想孩子而偷偷落泪。

她说完之后大家开始帮她解决不足之处。评价她的自查比较深刻的同时也提出了她不愿意吃猪肉和鸡蛋的事情。斯琴花支吾了一下，就这方面又自查了一番。

扎拉森老汉不住地给我们几个使眼色，催我们踊跃发言。可是我们这几个人都属于不爱说话的。为了扎拉森老汉我们也应该发发言吧。说实话，我们既尊重他又可怜他。扎拉森老汉今年四十五岁，谢顶的前额上经常冒着汗珠，穿在身上的那件发旧的青色干部服上永远落着灰尘，每天却忙得脚不着地。家里困难，自己还有一身病。但他对工作非常认真，为了工作毫不惜力。我们最佩服他的这一点儿。但是，在这个会上，我们真不知该说些什么。

三

扎拉森老汉每周都会把我们几个分别叫去“谈心”。今天轮到我了。

“年轻人，你最近的思想状态怎么样？说说吧。”他和蔼地问了起来。

“四清”运动是一项具有伟大意义的运动，我将努力参加这项运动，历练自己的思想觉悟。我诸如此类地说了一会儿，心里却想：自己所说的这些都是空话，半文钱不值，觉得挺不舒服。在牧区的时候，我们根本就没必要说这样的空话。如果有人问，你这是要去哪儿？我就会告诉他，去找一头牛就完事了。但我知道这个扎拉森老汉却最喜欢听我们讲空话。我愁眉苦脸地像嚼着辣椒说话似的编着空话对付他，他却非常满意地点头微笑着。我说完了，他开始鼓励我——也都是些空话罢了。但我看得出来，他的这些空话却是打心眼里说出来的。他接着说：“大家都向我们反映你爱唱歌爱读诗的问题。”我心里有些不高兴，就说：“我唱的歌在广播里播过，读的诗在书店里也卖着呢。”扎拉森老汉听到我的反驳好像有些生气，说：“这个我知道。但是，你身为年轻人要严格要求自己才对。也不是不让你唱歌读诗，在这样的机关单位，你整天唱‘十五的月亮’是不是不合适？唱那首‘不可忘记的五条’也比唱‘十五的月亮’强吧？你再看看其他同志，不是看公文，就是在学习‘六十条’。你倒好，就知道翻诗集。”接着又说，“你这个年轻人呀，表现得有些自傲，以后可要严格要求自己。”

我看他生气，心里也急了。刚才还觉得他说的那些都是无稽之谈，心里发起急来却认为他的批评有道理。于是主动认错，进行了自我批评。扎拉森老汉非常满意地走了。我在他身后久久地望着他那落满灰尘的佝偻的背影渐渐远去，心想扎拉森老汉是个好人，为了我们才对我们说这些教导的话。

索德纳木虽然是个不爱说话的汉子，但他只要开口说话总能抛出有分量的话。扎拉森老汉跟他谈心时对他说：“孟根其其格你俩以后要多注意些影响。”他却毫不在乎地回道：“我们可都是婚姻法规定的成年人。”扎拉森老汉听到这话，面带愠色地批评他，说：“不是说不让你考虑个人问题。现如今‘四清’运动和阶级斗争如此激烈，年轻人过于考虑个人问题有些不妥。”索德纳木说：“好啊，那我就等着了，消灭阶级斗争之后再娶媳妇。”

打那之后，索德纳木和孟根其其格有好几天都不互相说话了。扎拉森老汉跟孟根其其格谈心的时候，也不知都说了什么。

扎拉森老汉其实是个好人。我们的领导常常表扬斯琴花，我们对此很反感。扎拉森老汉跟我们“谈心”的时候，我们也会跟他说我们的反感。他听完后就会说：“要多发现人家先进分子的优点。斯琴花虽然有时候让人产生反感，但是人家积极向上的态度是没有错的。”很明显，他也反感斯琴花。

扎拉森老汉对我们常说：“参加工作成为干部可不是容易的事情。你们一定要严格要求自己。你们看看，现在的领导们脾气有多好？我刚参加工作那会儿呀，别提了。做件新衣服都不敢穿，把新衣服洗好几遍直洗到褪色，像旧衣服了，才敢穿出来。那个时候的要求可真是严呀。”他说这些的时候，脸上就会露出一种陶醉的笑容，好像在回忆某一种光荣而幸福的经历。看着他那谢了顶的冒着汗的前额，蜡黄的病态脸，还有落满灰尘的干部服，我就会想：这老先生会不会是被这十几二十年的“严格要求”折磨成了这个样子。他继续鼓励着我们：“我们的年轻人呀，一定要严格要求自己。你们现在可是借调干部，好好努力才能转正为正式干部。”

四

那个打扮得像二十五岁小伙儿似的五十岁的领导要是没从盟里来，我们几个也许会在扎拉森老汉的教导下继续被“锻炼”下去。可是这个领导刚一来，就放出了从五个借调干部当中只留两个，最多也就留三个的话。或许，我们的命运本该如此。从这位新领导突然降临的那天开始，我们几个就上演起洋相百出的戏码。

新来的这位领导是个非常有派头的男人。浑身散发着香皂的香味儿，发型修剪得体，胡子剃得干净，穿在身上的衣服像是每天都被熨烫过一样，总是板板正正的。盟区的领导经常来工作组的指挥部视察工作，所以他来的时候我们并没有特别当回事。这个领导来之后的第二天晚上，我们四个又要去那个高丘上消磨晚会前的那段时光。这时小米都嘎快言快语地说道：“听说现在要给借调干部转正呢。咱们五个当中最多就给三个名额。”小米都嘎忽闪着双眼、嘟嘟着小嘴说话的习惯，简直就像个没长大的孩子。

我问：“谁说的？”坐在我身旁的孟根其其格也向她那边欠了欠身子。

小米都嘎说：“斯琴花告诉我的。昨天来的那个领导就是专为这事来的。”

如果是斯琴花说的，肯定八九不离十。她不跟我们四个一起活动，像苍蝇似的总爱围着那些正式干部打转。我们曾经也怀疑过，她会不会向那些人说我们的坏话。现在才知道，她那是为确保自己顺利转正。

孟根其其格冷笑着问：“她还给你说了什么？”她早就鄙视斯琴花，而且鄙视她的整个人。

“她说要转正两个的话，一个是你，另一个是我。其他那三个都有些缺点。”小米都嘎笑了笑，又接着说，“给我转正我也不会留下来。我要回家。我想家想得都快疯了。呼格吉哥哥，你也想回家吧？”她用天真的眼神看着我。

唉，小米都嘎呀，如果每个人都像你一样纯洁善良，没有嫉妒心，这个世界不就变成天堂了吗？可是，在这一瞬间，你们知道我产生了什么想法吗？首先想到了自己爱唱歌爱读诗的问题。那可是我的缺点。我忽然非常后悔并开始责怪自己。为什么把那半文钱都不值的爱好视为神圣无比的东西？现在那些破歌和诗成了我能否转正的绊脚石。五个留两个，最多留三个！我在心里跟索德纳木和孟根其其格比较了一下，但是没想明白我们三个到底谁比谁更强。转而又想：那些正式干部到底对我看法如何？但是也没有找到答案。

五个留两个，最多留三个！这几个奇怪的数字像磐石一样忽然之间把我们几个的心压得很重。

第二天，我注意到了，我们几个的身上都发生了复杂而微妙的变化。

说话向来无拘无束的孟根其其格好像被糨糊糊住了嘴巴，变得沉默寡言。她原来不喜欢接触领导，现在只要是开会或学习，总爱坐在那个好面子的领导身边。不爱说话的索德纳木在那晚的学习会上，首次在大家面前最先发表了学习心得。我并不觉得他讲得有多好，但是从来不发言的人，一旦发起言来却收到了意外的效果，得到了领导们的大加表扬。我也是从那天晚上开始不再哼歌读诗。但是我的这个变化好像并没有受到大家的关注。我因此非常着急。从来不靠近我们的斯琴花也跟我们几个开起了玩笑，态度好得不得了。一到食堂就嚷嚷着问："今天有没有猪肉？"却没见她吃过一口猪肉。只有小米都嘎依旧往街上跑，而且越跑越勤，还爱打扮了。着急回家的人，高兴还来不及吧。

几天之后，那位有派头的领导忽然让人叫我，说是要跟我谈话。他穿着雪白的衬衫，身上散发着麝香的香味儿，气派十足地坐在那儿盯着我说："对你们这几个借调干部，谈谈你个人的看法吧。"

我有些踌躇了。

他微笑着说："比如斯琴花……"

斯琴花是伪积极分子。她总是以想念孩子当借口做检查，却从不纠正真正的缺点，每次都拿想孩子做文章。我诸如此类说了一堆。领导在笔记本上划拉了几个字后，继续问："其他的呢？"

五个留两个，最多留三个！我欲言又止。我知道否定别人是上上策。但是，这位领导肯定也会找他们几个谈话。谁能保证他们几个就不会说我的坏话？想到这儿，我仿佛看到了索德纳木，看到了他那张洋溢着宽厚笑容的脸庞。我不能暗中作梗给他下绊子。那可不是人做的事情。爱咋地就咋地吧。暂且不管他们怎么说我，由他去吧。我可不能再做陷害人家的事。留不下就留不下呗。去他的吧！

这样想过之后，我把孟根其其格、索德纳木和米都嘎简直夸出了花，还故意把他们的"缺点"往好了说。

"哦……那你谈谈你自己吧。"领导在笔记本上边写边说。

我想我是不可能成为那三个或两个的其中之一了，因此也不想掩盖自身的问题，直接说："我不行。我就喜欢唱歌读诗。"

"是吗？"领导好像听到了什么好消息似的高兴地抬起头来，说："那你给我唱首歌吧。"

我简直惊呆了，缓了缓情绪之后说唱就唱，给他唱了那首"十五的月亮"。

“唱得挺好，嗓子挺好。”领导欢快地笑着又表扬我道，“你还说自己不行，原来是个谦虚的小伙儿。”

五

我以为斯琴花肯定被我们整得够呛，可她并非等闲之辈。

她有一天找到我悄悄地问：“领导都问你什么了？”

我说：“了解你们几个的情况呗。”

“你咋说的？”她几乎要把嘴唇贴到我的耳朵上了。又接着说，“也跟我谈话了。我夸了你，说了他们仨的缺点。跟他们比，你的条件最好。他们还自不量力，想跟你比。”

我想：是啊，你会夸我吗？你这个无可救药的女人！

“孟根其其格这些天可没闲着呀。你发现了没有？”她好像发现了某种秘密眉飞色舞地说。

“怎么了？”

“想方设法地跟那个新来的老头领导接近呢。乳臭未干的小姑娘脸皮可真厚。”

孟根其其格确实在接近那个领导。但我知道这跟脸皮的厚薄没有任何关系。我于是说：“别诬陷别人。绝对没有那种事。”

“嗨，刚开始呀，我也是这么想的。他俩的年龄差距大得像父女。对不对？不过我听说那个老头领导已经离婚两年了。你发现了没？她最近越来越能打扮了。”

我没有接她的话茬，径自向别处走去。没过多久，我也看到了她同样在索德纳木的耳边悄悄嘀咕着什么。爱搅和的这个女人真是到处搅和呀。

那晚，学习会结束之后，我独自去那个高丘上坐了很久。各种思绪在脑子里盘绕。我们刚来的时候，家里的人都高兴得不得了。孩子，去了之后要好好努力。好好听党的话。以后就要成为国家干部了。家里的大人们反复叮咛着。我来这儿之后，并不是没有努力。直到今天我才明白，我并不是无法适应这个环境，而是这个地方容不下我这个从牧区来的牧民小伙儿。原来，牧民的性格，经过几代人传承下来的牧民的性格，根本融不进国家机关的风格里面。朦胧的月光下，远处的丘陵草地雾蒙蒙地延伸着。我想念丘陵那边的家乡，忽然间非常想念我那安详宁静的牧区生活。

我在高丘上坐了好久之后才打算回去睡觉。当我快走进院子的时候，听到了大院子的西南角，就是那块散发着陈年的马粪味儿的倒塌的土墙下面，索德纳木和孟根其其格在说话。

“我现在把实话告诉你吧。那个领导找我谈话问你们的情况时，我没有说半句坏话。只是没给那个爱嘚瑟的女人添好话罢了。”这是孟根其其格的声音。

索德纳木说：“我也跟你一样。无论如何也不能在背后诬陷人家。”

孟根其其格好像是皱着眉头在说：“但是，看见斯琴花那削尖脑袋硬要往里钻的样子，我豁出命来也想把她挤出去。”

“我刚开始也这么想，所以在那晚的会上发了言，得到了领导们的表扬不是吗？现在一想，有什么用呀。愿意留谁就留谁吧。”

“你真的不想转正了吗？”

“不想。我回家娶媳妇。”

“图力古尔姐姐一直在等你吧？”

“那可不……”

我这才知道孟根其其格和索德纳木的关系。原来，只是从小一起长大的再平常不过的同乡罢了。

我走进院子时，看见了派头十足的新领导的宿舍门口站着一个人。那个人影在朦胧的月光下虽然有些模糊，但我一眼就认出了是斯琴花。“那个领导已经离婚两年了。”我忽然想到了她曾经给我说过的这句话。脸皮厚的那个人，原来是你呀。我站在树荫下，悄悄关注着究竟会发生什么。

那个人的确就是斯琴花。她好像在犹豫，在门口东瞅西望地站了一会儿，像是没胆子进去，向自己的宿舍走去。走了一会儿，又骤然停下了脚步，然后又到了那个门口，犹犹豫豫地站了片刻，欲伸手推门。但是，好像又犹豫了，站在那儿久久没有动作。她后来还是没敢推开那扇门，无精打采地向宿舍方向折回去了。

看着她的一举一动，我忽然对她产生了一种特别强烈的心疼感。

六

终于公布了借调干部的转正名单。一个是我，另一个是孟根其其格。听说我被转正的理由是会唱歌。因为“四清”运动工作组即将成立文艺队。三名女同志当中，孟根其其格得到了大家的一致好评，她因此也被转正了。

我们的竞争就这样结束了。斯琴花、索德纳木和小米都嘎即将回家乡，我和孟根其其格被派到基层工作组工作的事情也定下来了。这时我们才觉得有些难舍难分，星期日这天买了酒，在宿舍里边喝酒边道别。

索德纳木可以回家娶媳妇了，他好像终于放心了，一口接一口地喝着。小米都嘎不会喝酒，但是我发现她有点儿奇怪，总是以忧伤的眼神看着我。斯琴花刚喝几盅就醉了，鼻涕一把泪一把地哭了起来。

她呜呜咽咽地说：“哥们儿姐们儿呀，我在背后说过你们的坏话，也诬陷过你们。你们却不知道我的难处……我丈夫是干部，他嫌弃我是牧民，老说要跟我离婚……我怎么就不能当干部呀？……”她边哭边说了好半天，心情才有所平静，然后擦了擦脸上的泪水，说，“现在好了。为了没用的事，我是又伤心又伤肺。当牧民怎么就不行？我也不是不会当一个好牧民。”

孟根其其格我俩互相看了下。早知道她有这样的难处，我俩当初绝不会跟她斗。我和孟根其其格都有些后悔。

索德纳木安慰着斯琴花，说：“你也别伤心了。我是看出来了，咱们的血液里流淌着牧区人的性子。所以呀，就像把贴杆马（译者注：套马时乘骑的快马）当驾车的牲畜使唤一样，让咱们当干部简直就是活受罪。还是回牧区安安静静地过日子好。”

他们仨第二天就走了。

孟根其其格给我拿来了一个折纸，说：“小米都嘎留给你的信。我已经看了。你不可能向我隐藏什么秘密吧。”我打开这封信之后很惊讶。

亲爱的呼格吉哥哥：

在我们即将各奔东西的时刻，我想把心里的想法说给你听。我从心底里爱过你，可我们的命运却如此。从今往后，也许没有机会再相见。但是，我想对你表白，这样就没什么遗憾了。

我不愿意当干部。对我来说当干部是一件痛苦的事情。扎拉森老汉是多年的老干部了。但是，每次见到他，我就心生恐惧，担心自己以后也会变成他那个样子。但是，呼格吉哥哥，你不会变成那样的。在这离别之际，我衷心祝愿你永远英俊潇洒。

米都嘎

我这时才想起，米都嘎就小我三岁，今年已经十九岁了。我太忽略她的一片真心了。我没有爱过她，在我心里她就是一个小孩儿。但是，读完这封信，我的心里却空落落的。

孟根其其格脸上泛着红晕说："你永远都不能忘记这样爱你的人。"

扎拉森老汉不知何时已来到门口，站在那儿笑容满面地看着我们。深青色的干部服上落满灰尘，谢顶的前额上冒着汗珠，蜡黄的一张病态脸愈发蜡黄……天啊，二十年后我会不会也成这样？

千万不要。愿小米都嘎的祝福成真……

朵日娜　译

草原车事

一

沙日塔拉草原，是一片满是沙砾的戈壁滩，平坦得犹如用刨子刨过的木板儿。只可惜这平坦的戈壁草原被拦腰斩断，中间突然豁开了一个大口子，南北走向的深深的沟壑生生把戈壁草原一分为二，经历了漫长的岁月，汹涌的山洪在戈壁草原上冲出这如斧砍刀削般的陡直断崖，足有数丈深，两边是悬崖峭壁，上面雄鹰飞翔，沟里狐狸、獾子出没，人称“狐狸沟”。由于这条深沟，多少年来给横穿沙日塔拉草原的人们造成了极大的不便。这里只有一条必经之路，成了令人望而生畏的“鬼门关”。

一个秋雨连绵的下午，名叫巴泽尔的中年汉子驾驶着汽车，向通过“狐狸沟”的唯一路口驶去。戈壁上空乌云密布，远近的景色迷迷茫茫，一片模糊。路边偶尔看见几处积水的地方。外面冷风劲吹，驾驶室的风挡玻璃上挂上水汽，过几分钟就需要擦拭一下，不然看不见前边的路。巴泽尔一边擦拭着挡风玻璃，一边嘴里不干不净地骂娘，目不转睛地瞅着汽车前方低垂的云雾，开足马力前进。

今天，“鬼门关”这里简直成了又冷又潮湿的世界。

二

“狐狸沟”边上，坐着一位身披雨衣的人，像一尊石雕佛像一动不动。他这样坐了很长时间。羊群在前边的滩地上聚集在一块儿。他想着这场雨什么时候能停呢，沙日塔拉的天准是老糊涂了。从春天到秋天久旱不雨，可刚过了立秋，草枯黄的时候下开了雨，不知道停了。这场雨除了会让牲畜掉膘，加快牧草枯黄，一点儿用处都没有。可是，老天爷要下雨，你有什么办法。总有个停的时候吧。

放羊的这个年轻人，名字叫朝克图。在令人厌烦的雨天久坐在这里，他只能胡思乱想打发时间。想着想着，他突然想到了色布吉德玛姑娘。她可是个好姑娘啊！每次见面，她从老远就露出洁白的牙齿微笑。她是只有向我微笑呢，还是对所有的人都这样微笑啊？听几位爱传小道消息的年轻人说，部队上有人常给色布吉德玛来信呢。不知是真假。也许是真的。色布吉德玛这样漂亮的姑娘哪会把我这样的人放在眼里呀？拉倒吧！我想她干什么？倒不如琢磨琢磨别的姑娘。

他的思绪突然被一个什么动静打断，朝“狐狸沟”方向探头往下看。哎哟妈呀！只见一个骑马的人从“狐狸沟”唯一的一条路上走下来。下了雨了，这条路就更难走了。陡、滑，而且还弯弯曲曲，有的路段满是泥泞。他胯下的马小心翼翼，鼻尖嗅着地面，一步一步地挪步，还不时地滑一下，腿陷进膝盖深的泥水里。可是，骑在马背上的那个人好像是睡着了似的，不声不响，真好笑！这么又冷又潮湿的天他为何疲于奔命呢？好好待在家里不行吗？人就是爱自找苦吃的动物。想想看，这是通过“狐狸沟”唯一一条路。如果把“狐狸沟”两边的戈壁滩比作两个大瓶子，这里是两个瓶子的瓶颈，如果哪一天这个瓶颈堵塞了，“狐狸沟”两边就变成了各自独立的世界了。现在看，这条路情况很不好。唉！这么长时间了，人们光知道从这里通过，就没人想到过好好修一下这条路。如果修好了这条路，雨雪天路人就不会遭这份罪不是吗？

三

当巴泽尔这个中年汉子开着车由西往东奔驰的时候，距离他六十公里之外的路上还有三辆汽车由东往西行驶。最后一辆卡车的驾驶室里，除了司机小伙，还挤着两位姑娘。虽然窗外秋雨绵绵，冷风飕飕，然而在驾驶室里一路有说有笑，打打闹闹，洋溢着热烈气氛。

“嗨！你再往那么一点儿坐不行吗？看把我挤的！”坐在中间的那个姑娘杵了一下司机小伙，毫无原因地哈哈大笑起来。

“挤一挤暖和不是？你的身子就像个暖水袋似的，弄得我上半身暖呼呼怪舒服的！”司机大大咧咧地说。

“什么暖水袋？”坐在外手的姑娘接过话茬，“是那种肚子疼的时候装上热水放在肚皮上的胶皮袋子吗？哈哈哈！那你已经……”话说半截，自己笑得前仰后合。

坐在中间的姑娘假装生气的样子，拽了一把坐在外侧的姑娘说：“那我俩换换位子，你来给他当暖水袋吧！”俩人你拉我拽，嘻嘻哈哈乱作一团。汽车使劲颠簸了一下，前车轮滑下了路基，左右摇摆了几下，好容易拐回到路上，吓得两位姑娘目瞪口呆，久久不说话。

如果要评选世界上脾气最好的司机，非这个司机莫属。两个姑娘那么闹腾，差点儿发生翻车事故，司机小伙不但没有一点儿恼火的样子，而且还安慰她们俩说：“我给你们讲个故事吧。有个地方的一个司机有一次车上拉了一个姑娘。”

“你是不是要讲你自己的风流韵事呀？快拉倒吧，你。让我们耳根清净一点儿吧！”坐在中间位子的姑娘打断了他的话。

“讲就讲呗！我们都刚刚认识，了解一下他有什么不简单的经历，不是更好吗？”坐在外侧的那个姑娘说。

“哎呀！路这么滑，你开得这样快，一旦出事怎么办？”又是坐在中间位子的姑娘失声叫道。

车的确越开越快。从车窗看去，路边被冷雨打蔫了的戈壁稀疏的植物飞快地被甩在后边。

“非超过前边的那两辆车不可。‘狐狸沟’快到了，如果前边那两辆车在沟里打滑，那我们仨只好在沟这边过夜了。”说完，司机越发发疯地踩足油门往前奔跑。

四

巴泽尔稳稳地把握着方向盘向前开着。他知道雨天路滑容易出事，所以他十分小心。说实在的，这雨天他完全可以待在家里的。住在他们家西边的邻居那木吉拉来找他，说：“请了木匠打了几件家具，准备送到在旗里工作的弟弟那里。你有汽车，帮个忙给跑一趟。”巴泽尔知道那木吉拉的弟弟快要结婚成家了，急需新家具。这样，早晨冒雨出发了。雨倒不打紧，但是路况不好，卡车来回跑一趟，少说也得烧一百元的油，是个不小的开销。可那木吉拉又是低头不见抬头见的近邻，不好拒绝。这附近就他有辆汽车，乡里乡亲的来求他了，就应当帮忙。唉！人这个东西不考虑得失也不对，但太斤斤计较也不好。不算账财产受损失，过分算计名声受损失。尽量做到两全其美就行了，这么一想，一百元的烧油钱也不值得心疼了。

现在，那个“狐狸沟”可快要到了，不超过二十公里。这场雨下得不知道那里变成了什么样子了。前年，他刚买这辆车不久，有一次雨天通过“狐狸沟”，车陷进泥潭里贵贱出不来，直到次日天亮以后才被拽出来的。现在路面也许是好多了吧？再说，自己也开了好几年的车了，驾驶技术也和当年不可同日而语。

巴泽尔想到这里，脸上露出了笑容。

五

身披雨衣，像猫头鹰似的蹲坐在“狐狸沟”沟边的那位羊倌朝克图这会儿正饶有兴趣地观看着一辆汽车在全力挣扎着吼叫着。这辆车是从东边开过来的，它像一条害怕在陡直且弯曲的路上一头栽下去的大虫子一样蜗行，好容易下到沟底，接着出尽了洋相。原来，那辆汽车在泥里打滑了，前两个轮子陷入暗红色的泥浆里，汽车呜呜地吼着，也没有冲出泥潭。司机倒车然后往前冲，再倒车，再冲。如此这般重复了十几二十来次，司机这才意识到这么硬冲无济于事，便从驾驶室里跳了下来，从车上搬下几条木板放在车轱辘底下。嘿！这个办法倒挺管用，车从泥潭里开出来了。刚从泥潭里拔了出来，紧接着迎接它的是打滑。汽车从沟底慢吞吞地往上爬，活像一头老牛，拉不开腿，直喘粗气，爬了一段，干脆趴着不动了，车轮刺溜溜地直空转，而且更可怕的是简直像跳摇摆舞一样左右摇晃，一不小心就往路边横过去。看样子今天甭想出去了，就得在沟里过夜。管他呢！我好赖还能回家暖暖和和地睡觉。不过，时间还早着呢，只是云雾笼罩遮住了太阳，其实顶多日近中午吧。他娘的！阴天就是显得漫长。

六

那位司机小伙和两位姑娘说说笑笑，打打闹闹，拼命地开车，终于开到“狐狸沟”东岸上。他停下车摇开车窗玻璃探出脑袋一看，完了！已经有一辆车比他先到，把唯一的一条路给堵死了。他才刚超过了它前边的两辆车有何用？他何曾想到已有一个饭桶比他们先来，反倒耽误在了这里。

“快走啊，怎么站着不动了？”坐在旁边的那位姑娘好像是车主，或者是青年司机的什么人似的说。

“没法再快了。路被堵住了。”年轻司机耸耸肩膀说。他觉得这样耸耸肩膀肯定好看。他经常在外国电影上看到外国小伙子这样的镜头，觉得很潇洒。

“那怎么办？”两个姑娘厉声问道。今天早晨从旗里一个小旅店出发时，这两位陌生的姑娘求着坐他的车的。这会儿却好像司机强迫她俩坐他的车，把她们拉到这儿来似的，给司机脸色看。

“什么怎么办？在这过夜呗！”青年司机再一次耸耸肩膀，一脸坏笑地说，“可是，我这个驾驶室里只有两个人可以躺的位置。我是车主，当然我占一个位子。你们俩就得轮流来和我在这儿躺吧！”

只见那辆汽车还在沟坡上趴着，司机从车上下来仔细观察地形。沟彼岸蹲坐着一个身披雨衣的人，他身后雨蒙蒙的戈壁滩上隐隐约约看到一群羊，噢！原来是个放羊的人。这时候又看到一辆汽车往这边驶来。又得堵在这里呀！嗨！那边还有一个黑黝黝的东西是什么？噢！原来是一辆链轨拖拉机呀！

距离岸边十几丈远的地方果然停着一辆链轨拖拉机。他看到拖拉机不由地苦笑了一下。他当了几年汽车司机，已经掌握了哪里路况糟，哪里必然会有一辆链轨拖拉机出现的规律。那是拖拉机手在这儿等着敲汽车司机的竹杠呢。平时在好路上从拖拉机旁边风驰电掣而过的汽车司机们一旦在坏路上掉进泥坑出不来，不得不求救于链轨拖拉机司机帮他把车拽出来，汽车司机尽管百般不情愿，心里对那些“杀人不见血”的拖拉机手恨之入骨，那也得“挨宰”乖乖地交了钱了事。你看，今天那个“杀手”不是正好站在路边吗？他娘的！今天闹不好，就得让他敲竹杠了。年轻司机一边这么想着，一边不由自主地向链轨拖拉机那边走去。

脚穿高筒雨靴、身穿一身旧棉大衣的黑胖汉子坐在驾驶室里抽着烟。

“哪儿来的？”年轻司机冷冷地问。

驾驶室里的黑胖汉子很不以为然地用小眼睛扫视了他一眼，轻描淡写地说：“从那边儿！”

“那边是哪儿啊？”司机问。你这不是小看人吗？他心里这么想，但没敢有所表示。他还想着，一会儿让他宰得稍微轻一些，就用手指了指沟边的汽车，强作笑脸，讨好地说：“过去拽一下吧？不就是钱吗？”

“等等。还不到时候呢。”黑胖汉子笑了笑说。

“还等什么时候？”

“哼！我要是主动过去帮他拽车，好像成了我求他似的，他该牛逼上了。得等他过来求我再说！”

“真是条毛驴！”年轻司机心里这么想，但在脸上堆起笑容，说：“师傅你厉害，姜还是老的辣！”

黑胖汉子不再搭理他，眯缝着眼睛往沟里瞅着。

七

羊倌小伙子朝克图也不为时间过得慢而烦躁了，因为在沟里正在上演着一出好戏。

沟底的那辆汽车咋也折腾了一个多钟头了吧，但是仍然没有能前进一步。正在这时候，只见东边方向开过来三辆汽车，西边方向开过来一辆汽车各停在沟东沟西边。嗨！那辆橘黄色的链轨拖拉机是哪个开过来的，朝克图却不知道。一看那么个庞然大物停在沟东岸边上。这回可有热闹看了，朝克图便目不转睛地看着。

从西边开过来的车上下来一个中年汉子——那正是巴泽尔。他点燃一根烟卷往沟里瞅了半天，慢慢走了下来。沟东岸那个年轻司机也走下坡来。两位司机走到陷进泥塘里的那辆汽车旁边，与司机交谈了许久，不时低头猫腰看看车底下。显然是在商量如何把车弄出来的办法。这时候，停在东岸上的拖拉机上的那个黑胖汉子也走下来了。

“有铁锨吗?”巴泽尔问。

“有铁锨我还能遭这个罪吗?”车主无奈地说。

“别说铁锨，我连个羹匙都没有带。”东边来的年轻司机说道。

巴泽尔用手摩挲着下巴在思谋。

拖拉机上下来的黑胖汉子笑了笑，说：“除了用拖拉机拽毫无办法。你们何必在这儿瞎折腾，耽搁时间呢？我帮你们拽。钱吗，你们看着给吧！”接着，收住了笑容，说道，“不过，我这可不是求你们的。请你们自便！”话里带着要挟。

巴泽尔没有搭理他。仍然用手摩挲着下巴思谋半天，突然说道：“把那些木板搬过来。”巴泽尔的这个主意好，用木板来铲除泥浆，要比铁锨还要好，不大工夫，他们用木板条铲除掉了泥浆，打滑的汽车轰鸣着慢慢地爬上了坡。年轻司机高兴地跳了起来。巴泽尔满意地笑了。拖拉机的主人——那位黑胖汉子从老远瞅着，一脸失望的神色。

朝克图也很扫兴，没有想到一出好戏这么快就结束了。

八

朝克图猜错了。其实好戏还在后头，而且是从打滑的那辆汽车从沟里出来之后才正式开始。

打滑的车从沟里出来之后，司机像从监狱里放出来的犯人一样高兴，手舞足蹈，一路鸣笛，不久消失在远处的地平线。路障清除了，“狐狸沟”两岸之间的通道重新打开。年轻司机拍着屁股连蹦带跳地跑向自己的汽车。这是干什么？巴泽尔正在打量，只见年轻司机飞快地钻进驾驶室轰开了马达。噢！这家伙想要抢先通过。多么自私的家伙！刚才，我们俩人忙着用木板条清除泥浆的时候，你袖手旁观，无动于衷。这会儿你倒是比我还着急了？巴泽尔觉得忍无可忍，转过身子愤愤地朝自己车走去。他上了车，“砰”的一声关上车门打着了车。

年轻司机看到这个情况非常着急，从车窗探出半拉身子喊了一声：“等等！等我出去之后，你再通过吧！”他一边喊，一边把车头对着沟开了过来。

巴泽尔脸上露出阴森的笑容。巴泽尔眼里容不得沙子。死鬼！求到我头上，一百元的油钱我不在乎，但是如此不懂得谦让，那就对不起了，我没有等着你过去的那个耐心。想到这里，巴泽尔开动了汽车。

东岸上的车急急忙忙地往沟里开来。年轻司机又急又气，喊道：“叫你等等你不等。不懂人话的毛驴！”

巴泽尔仍然不理睬，稳稳地开着车下来。从东边开过来的那辆汽车顺着陡坡下来了，别说再倒回去，就连停下来的可能性都没有了。

巴泽尔稍微犹豫了一下。这会儿对他来说，还有倒回去的可能。然而，想起那个年轻人不懂得谦让，他也放弃了让路的想法，直接往前驶来。

九

看见两辆汽车对开而来，岸上引起一阵骚动。停在东岸上的那另外两辆汽车的司机也赶紧发动了车。他们想。如果那愣头青能抢在西边来的汽车之前通过这沟，他们也可以紧跟其后顺利通过。所以，他们把一切希望寄托在青年司机身上。他们希望他快点儿，快点儿！他们也看到了巴泽尔的汽车往沟里开过来了。什么东西？不懂礼貌。稍等等不行吗？他们甚至心里诅咒，掉沟里摔死个狗日的！

坐在年轻司机车上的两个姑娘又是喊叫，又是拍手，好像在观看一场有趣的比赛似的兴奋不已。“快开！快开呀！怕啥呀？”“从对面来的汽车旁边飞过去！要不就撞开它！”“嘻嘻嘻！”“哈哈哈！”

此时的年轻司机顾不上和姑娘们打闹了。本来这个陡坡滑得厉害，要抢在对面开过来的车来到之前通过，并非易事。

巴泽尔第二次犹豫了一下。他已经经看出，两辆汽车哪一辆也来不及抢先通过了。这阵儿，他仍然还有停下车或倒回去的可能。如果他把车停下来，再倒回去让开路，那三辆车是可以顺利通过去。等他们通过之后，他也可以顺利通过去。可是，应该让路的不是他，而是那位从东岸上冲过来的可恨的家伙！他为什么如此欺侮人？老子何曾让人欺侮过？他娘的！你厉害我比你更厉害。你不怕，老子更不怕！我这样直接顶上去，他也许不得不找地方让一让。对！就这样。想到这里，巴泽尔的犹豫又烟消云散。

羊倌朝克图俯视着沟里发生的这一幕百思不得其解。看着从沟两边面对面开过来的两辆汽车，他们到底是想干什么？他越发不理解。

沟底本来只有窄窄的一条路，两辆汽车鼻子对鼻子，进进不得，退退不得。这么个显而易见的事情，他们为什么这么做呢？着魔了吧？

两辆汽车分别从沟的两边对开而来，像顶牛眼红了的两条牤牛一样越来越近。到了刚才用木板条铲过的地方，两个人尽力想躲开对方错过去。然而，还是不行。年轻司机的汽车后轮往外打滑，“嘭”的一声响，两辆汽车肩膀对肩膀相碰在一起，谁也动弹不得。

“你！他妈的！”年轻司机骂骂咧咧地跳下车。巴泽尔也下了车，背着手站在那里，一副“看你能咋样，我才不怕呢”的样子。两个姑娘，一个哭得一塌糊涂，另一个咬着牙不声不响。

这回可真的是寸步难行了。不知那位黑胖子拖拉机手何时来到了跟前，嘴角挂着嘲讽的笑容。年轻司机骂了一通，喊叫了一气儿，突然醒悟了什么似的走到黑胖汉子跟前，皱起鼻子，说：“师傅！帮我们拽拽车吧！”

“哎呀！”黑胖汉子的鼻子比他皱得还厉害，说道：“这可麻烦啦。这不是打滑，而是两辆车贴到一起了。”

“多给你点儿钱！”年轻司机说。

“一辆车两百！”黑胖汉子的小眼睛紧盯着年轻司机。

“噢，行，两百就两百！”

“去他的！我两分也不掏！”巴泽尔狠狠地甩了一句。

“你不掏？都是你干的好事！”年轻司机眼睛通红，向巴泽尔冲过去。

十

雨后的浓雾还没有散去。天色已晚，暮色已渐渐地降落在沙日塔拉戈壁草原上。羊倌朝克图要回家了。

他站了起来抖了抖身上穿的雨衣准备走，只觉得这场戏还没有看够。他又回过头来看了看，“狐狸沟”里侧面贴到一起的两辆汽车仍然停在那里；车主仍然高一声低一声地叫喊着；东岸上的两辆汽车和等着敲竹杠的那辆链轨拖拉机还在原地不动。

再见了，先生们！开机器的你们就在这荒郊野外过夜吧，放牲口的我该回家舒舒服服地睡觉呀！别看你们平时兜起风来风光无限，没想到还会有这么尴尬的境遇！

唉，可怜的！

岱 钦 译

乡下人

一

沙立夫来到旗府所在地，到底是住了七八天，还是住了十几天，连他自己都不清楚了。因为，他没有掐着手指头算日子的必要。他没有正当职业，也没有什么事情急着办，何必算什么日子呢。高兴了再住上几天，不高兴了立马走人。这个世界上没有人能管得了他。

他站在旗府小镇的一个十字路口边上，嘴里叼着一根烟卷儿，两只手揣入裤兜里。看似面熟但又叫不上名字的人们或骑着自行车或步行从他身旁匆匆而过！日他娘的！这些人运气都比我好，都拿上国家的工资，端上了铁饭碗！怎么来的？或者是投靠有权有势的亲戚，或者是行贿拉关系…… 一句话：有“后门”。可是，这个“后门”，也不是谁想走就能走的，运气好才行。不过，说句公道话，把所有人都说成走“后门”进来的也不公平。比如：有人靠本事考上了大学，毕业以后分配工作来的。不能说人家也是走“后门”进来的。但是，此时此刻，无论是走“后门”的，还是靠自己本事的，凡是端上“铁饭碗”的，他看着一个也不顺眼。

沙立夫两年前高中毕业，参加完高考就回乡下老家了。他对高考没有抱任何希望。他知道自己的学习成绩差，知道自己考不上大学。

家里父母大人，有几百头大小牲畜，有几间砖瓦房。他回家半个月之后，开始醒悟到要和自己的父母亲一样一辈子过乡下牧民的生活，心里凉了半截。他极不愿意过这样的生活。那怎么办好呢？他朝思暮想，怎么也想不出个头绪来。有一天，也和他一样回到乡下来的达布希拉图来他们家。俩人喝掉了两瓶白酒，关于命运不济的牢骚话说了一宿，甚至俩人谈到，既然考不上大学，要不做买卖发大财，要不就自杀了断此生，云云。次日半晌午，俩人醒酒起床，把昨晚喝酒时说的话、下的决心忘得一干二净。

“整天这么待着也不是个事，要不出去转转吧！”达布希拉图提议道。

“转，往哪儿转啊？”沙立夫问。

“到旗上。”

于是，沙立夫坐在达布希拉图摩托车后座，俩人去了旗府所在地。自从那一次进城之后，沙立夫找到了一种新的生活方式——干部不是干部，牧民不是牧民，城乡之间游荡的那种生活方式。回来不几天，总想进城看看。于是，买辆摩托车的要求被提上日程。

“那玩意儿莫说是你，连我自己都没舍得买呀！”父亲说道。

“人家其他青年都骑着呢呀！”沙立夫说。没有一点儿急赤白脸，也没有一点儿讨好乞求的样子，但是有一股决不罢休的倔强劲儿。

“要买就给他买吧！”母亲心疼独生儿，不忍心拒绝儿子的请求。

于是，沙立夫有了摩托车。有了摩托车以后，沙立夫在家根本待不住了。一走二十天半拉月不着家。

“到处流浪的是乞丐，咱家有那么多牲畜，你怎么也成了流浪者？”父亲忍了很久，终于有一天实在忍不住，发火了。

“现在年轻人都这样！”沙立夫满不在乎地说。

“养你不如养一条狗！”

沙立夫没吱声。沙立夫懒得说话。父亲说的道理，他比谁都懂。好好经营牲畜，辛勤劳动，过上不缺吃、不缺穿的富足生活！不就是这个意思吗？哼！与其在乡下过富足的生活，还不如在城里讨吃要饭呢！

沙立夫照样瞎逛不误。父母亲也不再和他费口舌了。对这个独生子，他们已经失去了耐心和信心。于是，沙立夫更加肆无忌惮，随心所欲。

沙立夫在街口站了足有一个多钟头。这要去哪儿好呢？中午在哪儿吃饭？这些他想都没想。到时候肯定会有个办法。

“沙立夫！”“沙立夫！”听见喊声，只见身穿满身沾满油垢的劳动布工装的小伙子骑着自行车来到他身旁。小伙白净的脸上架着一副近视镜。

“噢，双合尔！”沙立夫叫了一声。他俩是高中同班同学。双合尔高考也没考上，因为家在旗府所在地，父母亲托亲求友，好容易在屠宰场给他找了份工作。双合尔为人老实，心地善良，对同学真诚友好。

俩人各点了根烟，靠着自行车交谈。

“怎么样？你。摩托车还没有要出来？”双合尔问。

“不交三百块钱罚款不给。”好像被警察没收的不是一辆摩托车，而是一两根香烟似的，沙立夫说得很轻松。

“得想想办法。”

“有啥办法？”

双合尔挠了挠头，也没有想出个办法来。他笑了笑说：“不管怎么说，这样站着大盖帽也不会主动把你的摩托车送过来。走，走，下馆子。”

因为双合尔在屠宰场干的是重累活儿，工资稍微多些。他在自行车后架上带着沙立夫，走到小镇边上的一家小饭馆。热菜、凉菜要了好几盘，俩人喝白酒。饭馆一角的落满灰尘的一张桌子上，一个破旧的录放机里歇斯底里地播放着歌曲。

“大城市早就禁止的黄色歌曲。在这儿倒没人管。”双合尔笑着说。几盅子白酒下去，小白脸泛起红光。

“谁倒霉谁就挨罚呗！”沙立夫端起酒盅马马虎虎地蹾了下去。

“你那摩托车到底是怎么被没收的？是你的错，还是大盖帽讹你了？”双合尔问。

沙立夫愣住了。谁错谁对，他真还没有考虑过这个问题。人这个东西呀，有时候走运，有时候倒霉。你走运了，错的也是对的，当你倒霉的时候，对的也是错的。就拿昨天摩托的事说吧。他靠左侧通行的确是违反了交通规则。可他不是故意的，而是无意所为。而且在他前面还有三辆摩托车也是左侧通行。可是，交警单单就逮住了他。

“停！”警察喝令道。这警察会是从地缝里冒出来的？他根本没看见，也没听见警察的喝令。当警察第二次喝令他的时候，他听到了，也看到了大盖帽，但没有能立刻减速。所以，尽管交警气得眼睛里冒火一样怒视着他，他仍然在行进。当交警三轮摩托车快速超过去并挡住了他的去路，他才停下。

“跑什么你，违反交通规则还想跑？”警察怒气冲冲。

“我没有跑。”他想辩解一句，这时候看到前边的三辆摩托车已经从街角拐过去了。

“错了还不承认，什么态度？”

错没错，他倒根本没考虑。但他知道既然今天撞在了人家枪口上了，没有好果子吃。认倒霉吧。他没有了辩解的兴趣。

“罚款！一百二十元！”交警伸过手来。

“我没有钱。”

“那摩托车拿来！”警察说着便过来抓住车把。他只好扔下摩托走人。

随后，他赶到了交警队。几个年轻交警敞着怀打扑克正起劲。

“交三百块钱，可以把摩托车拿走！”一个交警这样说了一句，眼睛都没曾离开手中的扑克牌。

“得托个熟人想想办法，不然就更麻烦了！”双合尔说。

说熟人吧，倒有三五个，可都帮不上忙。沙立夫没吱声。

二

沙立夫找过一个熟人。何止是熟人，还是个应该管人家叫舅舅的人。到底是什么个舅舅，沙立夫也不清楚。

当沙立夫进得屋里去的时候，那个人正叉开腿坐在沙发上剔着牙。对面电视机好像播放一个什么电视剧。

“舅舅……”沙立夫胆怯地叫了一声。想到自己在旗府所在地初中、高中念了六年，一次也没曾来过这个舅舅家，感到有点儿不好意思。

“哦……”那个人扫了他一眼，眼睛盯在电视屏幕上。沙立夫拉过一把椅子坐下，等着舅舅的目光离开电视屏幕。外边黄昏悄然已过，天色黑了起来。

过了许久，那个人看了沙立夫一眼，问了一句：

“你是？有什么事？”

“舅舅，我是……”

“舅舅？等等，你是谁家的孩子？”

沙立夫说出了父亲的名字。

那个人想了半天，说：

“噢，对！叫舅舅也可以。那么，你有什么事呀？”

“我高中毕业没有工作。”接着，沙立夫非常难为情地说，“舅舅在旗里……能不能给我找份工作？”吞吞吐吐，说到这儿卡壳了，只觉得脸上发烫。

“没有工作？乡下放牧不是工作吗？现在的年轻人！”那个人说着，脸变得像冻透了的羊肝一样青。

沙立夫像个接受审判的犯人一样低着头。

舅舅非常为难地说：“找工作谈何容易啊？我儿子自费大学毕

业，现在还在家里当‘啃老族’呢。”沙立夫听得出其言外之意，我还能顾得上管你这个所谓外甥吗？

“舅舅”没收住话题，接着说道：“你一个乡下人，穿戴要像个乡下人的样子嘛！还学城里年轻人的样子，留了个披肩长头发，穿上什么牛仔裤。唉！现在的年轻人啊，真不像话！”

沙立夫挨了一顿训斥，乖乖地从那儿出来了。从此以后，这舅舅家的门再也没有登过。但他仍然没有离开这旗府所在地。

从家里带来的几百块钱快花完了，他手头很紧了。正在这时候，还是双合尔帮了他。

“我们屠宰场有清理牲畜下水的活儿。你要是不嫌乎脏，我给你想办法。”双合尔有一天对他说。

沙立夫好像在黑洞里突然看见了光，说：“行！现在就去吧！”

双合尔笑了：“事情哪有那么简单啊。我得先给头儿嘴上抹抹油吧。”

当天晚上，双合尔自掏腰包在小饭馆备了一桌席请客。屠宰场承包清洗下水那摊活儿的胖汉子理所当然地被请到主宾席上就座。连把胡子，满身汗渍、油垢的那汉子倒是个痛快之人。他把端上来的菜挨个儿夹了夹，尝了尝，就说：“双合尔啊，你尽点了些什么玩意儿，这是？嚼没嚼头，吃没吃头。你给我上两碗肥猪肉条，多加点儿醋和葱花，再来一头蒜！呸！快把这羊眼睛大的小酒盅拿走，给我换上大杯！”然后，他也不用别人劝，不用别人让，自顾自地吃掉两大碗肥猪肉条，干掉两大杯白酒，其间还抽了三根手指头粗的雪茄烟，满头大汗地坐在那里。酒足饭饱，临走时双合尔又把两包好烟塞进胖汉子的衣兜，说了句：“我求你的那件事……”

胖汉子拍了拍沙立夫的肩膀，说：“明天早上来上班！”

从第二天起，沙立夫与一帮娘儿们一起在一个臭烘烘的大车间做起了牲畜下水清洗工作。双合尔常抽空过来看看他，还说：“你要好好干，屠宰场有可能正式招用你呢。”可是，那位大胡子车间主任和他唠嗑时，摇了摇头说：“我真闹不明白，你在牧区有肉吃，有奶喝，为什么来这里干这个清洗臭下水的活儿呢?”在一旁的那些女工人也说：“可不是吗?我们在乡下一没有牲畜，二没有草场，户口在城里。为了糊口只好干这个活儿。不然谁愿意干这个呀?”

清洗下水的活儿干了半个月，沙立夫真的想家了。一望无际的草原，沁人肺腑的新鲜空气，喷薄而升的漫天朝霞，令人遐想无限的夕阳的余晖……是那样的美丽，令人梦牵魂萦。而再看看这满池子污垢漂浮、臭气熏天的下水，真是令人作呕。

于是，他请假回了一趟家。但一回到家又觉得无聊。有一天，他在井边与来饮羊的其木格姑娘不期而遇。

“哎呦！这城里的人怎么到我们乡下来了?迷路了吧?”其木格一见面就讽刺了他一句。

沙立夫用忧郁的目光看着其木格没吱声。其木格也是今年高中毕业的回乡青年。环境改变人，这话真不假。念高中的时候，其木格一身城里人的打扮，挺“洋气”的。回来才几个月，变成了彻头彻尾的牧民姑娘了，脸也晒黑了，体格也健壮了，一边用水斗子往上提水，一边有说有笑，显得非常自然。

“乡下生活习惯了?”沙立夫问了一句。

“你这叫什么话?我们本来就是生于斯、长于斯的嘛!”说完开怀大笑，“噢！原来是你乡下不习惯了，才往城里跑的呀?”

沙立夫突然产生了向这位姑娘倾诉一下内心苦恼的冲动。他突然想到好久没有和别人交流了。

“我真的一天也不愿在乡下待了。”沙立夫说。

“可是，城里终究不是你我这样的人生存的地方啊！快算了吧你。与其这样在城乡之间晃荡，还真不如回来安居乐业呢。说实在的，这里啥都不缺呀!”其木格真诚地劝道。

沙立夫没有吱声，但他心里觉得她的话有道理。自己都二十多岁的小伙子了，这样流浪啥时候是个头啊？总不能一辈子就这样吧。或者真的按照她的话不悲观失望，安心于乡下？怎么过也是一辈子！想到这里，心里好像轻松得多了。

其木格饮完了羊要走了，她笑了笑又说："别垂头丧气了！下决心回到乡下来吧！"临走的时候又撂下一句，"欢迎你去我们家串门！"

"行，行！"沙立夫愉快地答应。

第二天上午，沙立夫真的来到了其木格家。其木格挺热情，又是倒茶，又是端上来奶食品，还播放音乐，俩人热烈交谈。这时候，外边传来其木格父母亲的说话声。

"家里来客人了？"

"还不是那个沙立夫吗？"

"噢！就是那个摩托车屁股后面冒着烟，整天东逛西窜的小伙子？"

"嗨！现在的年轻人……"

"那天，我还真看见他了。披头散发，奇装怪服，牲畜见了也许会炸群呢。"

"……"

其木格不好意思赶紧把门关上。但沙立夫已经如坐针毡了。

"再坐一会儿吧！"其木格殷勤地挽留。

从其木格家出来，沙立夫心里觉得空空荡荡。看看家乡还是那样冷冷清清，穷乡僻壤，一点儿生机也没有。

三

当沙立夫、双合尔从小饭馆出来时日午偏西。小巷过去一辆汽车，卷起的尘土带着汽油的刺鼻的味道到处飘散。树荫底下，蹲坐着几个男人一边抽烟，一边天南海北地聊天。那边趿拉着拖鞋的两个年轻女人，一个在织着毛衣，一个在嗑瓜子。

这时，街角拐进一辆旧卡车停在汽车修理铺的门口，车上下来一个身穿满身油垢工装的年轻司机。

“嗨，老伙计。好久不见，净去些什么地方了？”修理铺里一个矮个黑汉子迎面走出来。

“呵，这趟跑了个长途，去了一趟兰州。”年轻司机说着从衣兜里掏出一包香烟递给黑汉子一根，又拿出打火机“啪”一下打着火。

矮个黑汉子用沾满油垢的手指头夹着烟点着，说：“嗨呀，看来兄弟你可发了大财了。抽的都是美国香烟，看，那个打火机也真漂亮！”

“嗨！发，发什么大财呀，咱没那个福分。就挣两个辛苦钱呗。这个打火机你要喜欢就送给你吧。这也是从朋友那里顺手牵羊装起来的。”司机接着又说，“我这个烂车声音有点儿不对劲，你给我整一整。”

“嗨，你那么有钱还开这个旧车……”矮个黑汉子说着，打开汽车引擎盖端详着。

这个工夫，年轻司机和那两位年轻妇女搭讪：“嗨呀，两位嫂夫人享着清福，不认识人了。大哥在家吗？”

两位年轻妇女笑盈盈走过来，一个说：“人家发了财，怕是不认识咱们了呢。”另一个说：“你大哥不在家，还能去哪里呀？”

年轻司机面向其中的一个，说：“那嫂子你回家做饭去吧。今晚我去你们家吃饭。告诉大哥，酒不好我可不喝啊！”

“我们虽然没有发，但总管你吃饱。你可按时来呀。可不能像上回似的，叫我们久等不到。”两位夫人中的一个说完就走了。

双合尔对沙立夫说：“你看见没？那个年轻司机是阿拉坦朝鲁。走！我给你引见一下。”

“阿拉坦朝鲁？”

“别看这个人只有小学文化程度，可是个大能人。在旗府所在地有房子，自己有汽车。听说全家户口也迁入城镇里来了。”

“去见个不认识的人干什么呀？”

“我认识呀。所以说引见你。挺好的一个人。”双合尔说完，领着沙立夫来到了阿拉坦朝鲁跟前。正如双合尔所说，阿拉坦朝鲁很热情，微笑着从衣兜里掏出香烟递给双合尔和沙立夫。

“阿拉坦朝鲁大哥！你给沙立夫找个挣钱的门路吧。他多少天来一分钱都没挣，瞎逛呢。”双合尔请求道。

“试试看吧。也许能行。”阿拉坦朝鲁笑了笑继续说道，“有道是：在家靠父母，在外靠朋友。是不是？像我们这些人就得互相帮衬帮衬。”

果然不出两天，阿拉坦朝鲁给沙立夫找到了在粮库扛麻袋的活儿。挣钱发财的愿望在他的胸中燃烧。他知道，解决一切问题的神奇的钥匙，就是钱钱钱，那个上面画着画的纸。只要有了钱，可以成为城里人。你看看人家阿拉坦朝鲁，就是榜样。扛麻袋是个计件活儿。为了多挣钱，沙立夫两百斤重的麻袋扛起就走。干了半个月，他的兜儿鼓起来了。

他买了新衣裳，买了黑墨镜。在穿戴方面，他有意无意效仿人家阿拉坦朝鲁。“沙立夫发了！”消息在小镇不胫而走，和他称兄道弟的哥们儿多起来了。他隔三差五吃请，隔三差五请客下馆子。钱真是个神奇之物啊！

钱的神奇不止于此。两个月以后，有个年轻姑娘常来看他。

那个年轻姑娘，是碱厂的一个临时工。也许是为了打扮漂亮，或者为了吸引异性的眼球，那个姑娘又是描眉又是涂口红，留了个爆炸头，整个头都蓬起来，身穿奇装怪服。不过，这姑娘心地善良，有时候甚至有点儿男孩子性格。

有一天，姑娘对沙立夫说：“咱俩去一趟包头，怎么样？”

“去包头？干什么呀？”

“逛呗!”

沙立夫有点儿犹疑:“那还得请假吧?不然好几天的工钱就没了。”

“嗨!乡巴佬。两天就回来,不请假能把我们怎么的?你为两天的工钱心疼哪?告诉你吧。有钱就花出去,那才叫钱。不用它,钱就是一堆废纸!”姑娘感慨道。她跷起二郎腿坐在椅子上,抹过指甲油的手指头间还夹着一根香烟。看见她信心满满的样子。沙立夫也来了情绪:“去他妈的吧!她说的也真对!有钱就得享受!”

“可是……人的一辈子还长着呢。不能挣了钱就花光吧……”沙立夫好像等着倾听她还有什么高论似的瞅着她。

“人的一辈子还长?你说有多长?你没听说过‘人生如梦’?人的一辈子不知不觉中很快就过去。听人说,一个什么书上写着呢,1999年地球要毁灭!真的是那样,要享受还得抓紧时间呢。”

“地球要毁灭?”沙立夫大吃一惊。

“你害怕了?真的要毁灭,害怕有啥用?我有时候倒是真的希望地球毁灭。也是这样一个宁静的夜晚,突然发生可怕的轰鸣声,地球好像发了疯似的旋转起来,上面的人啊,动物啊,还有城市啊,乡村啊,随之胡乱地滚动起来,最后‘咚’的一声……没了!”

姑娘哈哈大笑。沙立夫也跟着笑了起来。世间的一切对她来说如梦如幻,或者是一场游戏。

于是,他俩真的去了一趟包头。

四

那天早晨的太阳又亮又明。可是,沙立夫好像霜打的草蔫巴起来了。

早晨,粮库主任通知沙立夫:“上级有文件,农村户口的临时工一律清退。你就不能在这儿上班了。”

沙立夫很不情愿，说：“他们几个也是临时工，可他们还不是上班呢吗?”

“嗨！你还没听明白呀？这次清退的是农村户口的临时工。他们几个都是城镇户口，唯独你是农村户口。听明白了没?”

沙立夫无奈，结完工钱走人。

街上又是一派忙乱。骑自行车的、步行的人们来回穿梭。沙立夫来到街上，真正感觉到自己无事可做了。他靠着一根电线杆站了许久。

要不去找碱厂的那位姑娘说说丢了工作的事？想了想没有去。和她说有啥用？为了得到安慰，还是为了得到怜悯？就连地球要“咚”的一声毁灭她都不当回事，我失去了工作算什么呀？唉！乡下人！城里没地方容纳你。城镇好比是个大大的胃，进城的乡下人好比是一粒石头，无论如何也消化不了，说不定哪一天跟粪便一起把你排泄掉。

这时候，有辆汽车开过来停下，阿拉坦朝鲁从车上下来。他摘下了黑墨镜，笑了笑，说：“把你清退了？我听到这个消息后，马上去了粮库求情。可这是上边的规定，他们也没办法。”

“是的。不要乡下人。”沙立夫说“乡下人”三个字的时候说得咬牙切齿。

“喳，老弟你不要灰心。男子汉大丈夫，这点儿挫折算得了什么呀？生活的道路，不是一帆风顺的。”阿拉坦朝鲁说，“晚上去我们家坐坐!”

晚上，沙立夫应约去阿拉坦朝鲁家参加家宴。走进阿拉坦朝鲁宽敞明亮的客厅，沙立夫心里一震。靠墙一溜新沙发，一墙角摆放着硕大的录放机，一墙角是大酒柜，房顶吊着五颜六色的大吊灯，犹如进了梦幻般的色彩斑斓的世界。

阿拉坦朝鲁向他一一介绍了来的客人。

“这是我姐夫，叫巴布。”阿拉坦朝鲁指着一位一身港商装束的年迈者，介绍说，“此人家里有千十来头牲畜、两万多亩地草场，年租金八千元租给了别人，全家搬进城里来生活。”然后又幽默地开了句玩笑：“是新式牧主!”那位年长者很有风度地向沙立夫点了点头。

“这三位也都是乡下人。在城里年头时间也不短了。这次在清退农村户口的工人的时候，也都被清理了。”那三个年轻人看上去也没有垂头丧气的样子，若无其事地看着沙立夫。

“喳！咱俩妹子也出来吧!”随之，隔壁房间走出来两个年轻貌美的姑娘，涂脂抹粉，打扮得花枝招展。“她俩是今年的高中毕业生，家都是乡下的。现在，帮城里的亲戚照看小孩。不但歌儿唱得好，现在正学跳交际舞。酒宴必不可少的角色!”

家宴就这样开始了。沙立夫心情似乎轻松了许多。原来，在城里生活的乡下人还真不少，也不是单单他沙立夫一个人。愁啥呀!

阿拉坦朝鲁举起酒杯，说：“今天汇聚我家的客人都是乡下人。请大家敞开痛饮吧！咱都是下了决心宁可当城里的乞丐，也不当乡下富翁的人们。喝他个一醉方休！他娘的！比起城里人，我们差啥呀?”

午夜已过，家宴还在继续……

岱 钦 译

图书在版编目（CIP）数据

阿云嘎文集 / 阿云嘎著. -- 北京：作家出版社，2024. 1
ISBN 978-7-5212-2615-7

Ⅰ. ①阿… Ⅱ. ①阿… Ⅲ. ①阿云嘎 - 文集 Ⅳ. ①I217.2

中国国家版本馆CIP数据核字（2023）第234225号

阿云嘎文集

作　　者： 阿云嘎
责任编辑： 兴　安
特约策划： 锡林巴特尔　哈达奇 · 刚
特约编辑： 戴塔娜　那日苏
封面设计： 王一竹
内文设计： 张　亮
出版发行： 作家出版社有限公司
社　　址： 北京农展馆南里10号　　**邮　　编：** 100125
电话传真： 86-10-65067186（发行中心及邮购部）
86-10-65004079（总编室）
E-mail:zuojia@zuojia.net.cn
http://www.zuojiachubanshe.com
印　　刷： 北京盛通印刷股份有限公司
成品尺寸： 152×230
字　　数： 3000千
印　　张： 171.75
版　　次： 2024年1月第1版
印　　次： 2024年1月第1次印刷
ISBN　978-7-5212-2615-7
定　　价： 600. 00元（全九卷）